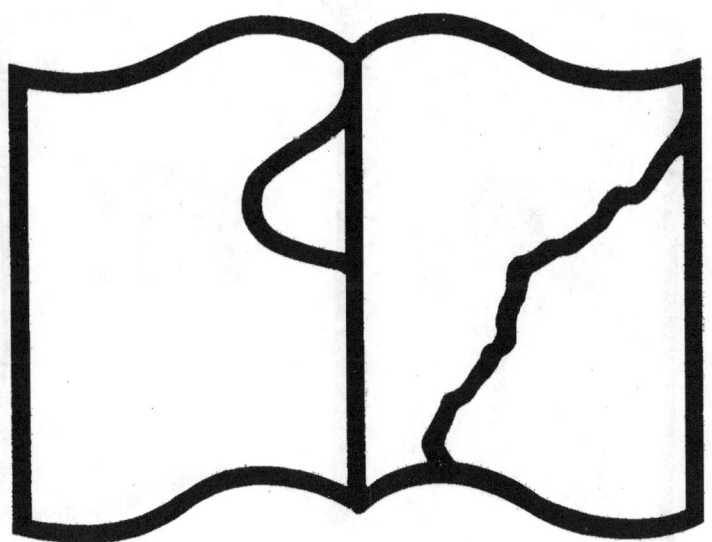

Texte détérioré — reliure défectueuse

NF Z 43-120-11

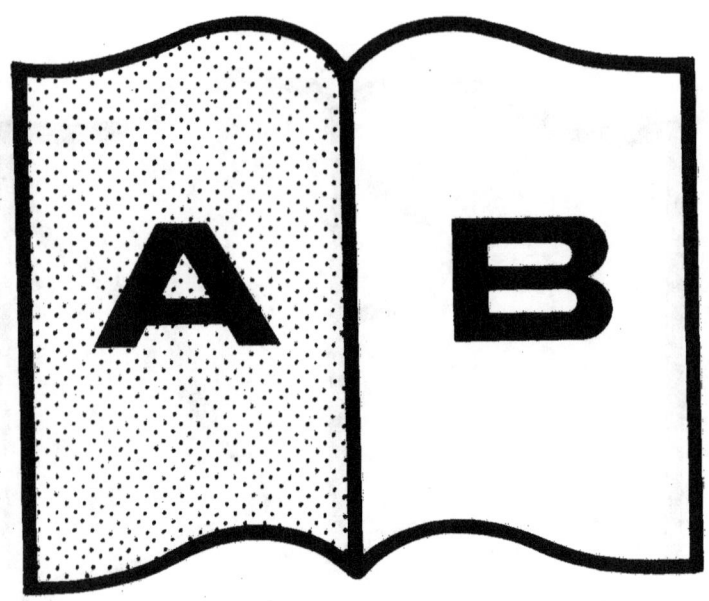

Contraste insuffisant

NF Z 43-120-14

BIBLIOTHÈQUE
DES ÉCOLES ET DES FAMILLES

ISAAC J. HAYES

PERDUS

DANS LES GLACES

PARIS

LIBRAIRIE HACHETTE et Cie

79, BOULEVARD SAINT-GERMAIN, 79

PERDUS

DANS LES GLACES

21335. — PARIS. IMPRIMERIE LAHURE

9, Rue de Fleurus, 9.

BIBLIOTHÈQUE

DES ÉCOLES ET DES FAMILLES

PERDUS
DANS LES GLACES

PAR

ISAAC J. HAYES

OUVRAGE TRADUIT DE L'ANGLAIS AVEC L'AUTORISATION DE L'AUTEUR

PAR LÉON RENARD

ET ILLUSTRÉ DE 58 GRAVURES SUR BOIS

PARIS

LIBRAIRIE HACHETTE ET Cie

70, BOULEVARD SAINT-GERMAIN, 70

1891

PRÉFACE

L'auteur de ce petit livre n'est pas un romancier. De là sans doute la modestie de son début dans la voie ouverte par Fénelon, suivie depuis et si brillamment par Daniel de Foë, Barthélemy, Edgard Poë et Jules Verne. M. le docteur Hayes ne s'adresse qu'aux enfants. Ce n'est pas qu'il n'ait rien à conter aux hommes. Avant de s'essayer au métier difficile et charmant de Perrault et d'Andersen, M. Hayes a beaucoup étudié et beaucoup voyagé. Il a lu bien des livres que peu de savants connaissent et visité des contrées où personne n'était allé avant lui. Compagnon de l'héroïque et regretté docteur Kane, un Américain comme lui, il fit partie de la seconde expédition envoyée au pôle par l'opulent M. Grinnell. Ce fut même lui qui découvrit la terre à laquelle, par reconnaissance, il a donné le nom de cet homme généreux et intelligent.

Bien qu'il ait rapporté de cette exploration surhumaine

des observations nombreuses et du plus haut intérêt, ce que M. Hayes avait vu n'avait point rassasié sa soif de voir. Ce qu'il eût voulu résoudre, c'était le fameux problème de la mer du Pôle. Existait-elle ? et si elle baignait de ses flots glacés, ainsi qu'il le supposait avec bien d'autres, l'extrémité septentrionale de notre planète, était-elle navigable ? Telles étaient les questions que se posait sans cesse son esprit excité.

Pour y répondre, la bonne volonté ne suffisait pas. Il fallait un navire, des provisions, un équipage, en résumé beaucoup d'argent. M. Hayes s'adressa franchement à ses concitoyens. Ceux-ci lui répondirent en mettant à sa disposition tous les éléments nécessaires à la réussite d'une nouvelle expédition.

Le 6 juillet 1860, M. Hayes quittait Boston, et à travers mille périls atteignait, le 18 mai 1861, le but de ses rêves, le point le plus septentrional qu'aucun homme ait jamais atteint (81° 35′ de latitude) ; il découvrait la Mer libre enfin, y plantait le pavillon étoilé des États-Unis, et s'assurait de la possibilité d'y naviguer.

M. Hayes y conduira-t-il jamais un navire ? il l'espère. En attendant il se prépare à ce nouveau voyage en s'occupant des anciens, en revivant, au coin du feu, la vie passée dans la nuit polaire, au milieu des glaces, sous la neige. Après avoir publié le curieux récit de sa tentative, la *Mer libre du pôle*, dont M. F. de Lanoye a donné une si belle traduction, et exposé ses projets d'exploration future, il a voulu montrer que les régions boréales étaient moins épouvantables qu'on ne se les représente. Non content d'avoir acquis les pères à l'œuvre de toute sa vie, il a voulu y intéresser les enfants, leur communiquer un peu du charme sauvage qu'il a éprouvé au féerique pays des neiges. Il y a réussi dans sa patrie, où ce petit livre a obtenu un succès égal à celui de la *Mer libre*. Aura-t-il même bonheur en France ? Sans nul doute, si l'on y aime encore les aventures extraordinaires et les choses honnêtement pensées et honnêtement dites, les mâles leçons et les nobles exemples, les grands et salutaires spectacles de la nature.

L. R.

PERDUS DANS LES GLACES

CHAPITRE PREMIER.

Comment un ancien marin devint l'ami de trois enfants.

N beau soleil brillait sur le village de Rockdale, ainsi que sur la petite baie voisine, et qui, grâce à ses splendides rayons, ressemblait à un miroir d'argent. Au même moment trois jolis enfants descendaient par le sentier qui conduit de la colline au village, tandis qu'un homme âgé gravissait ce même sentier d'un pied moins leste sans doute, mais ferme encore.

On nommait ces enfants, le premier William Earnest, le second Fred Frazer, et le troisième, qui était une petite fille, Alice. Celle-ci était la sœur de William; Fred était leur cousin. L'aî-

1

né était William ; il avait près de douze ans. Fred avait
une année de moins. Alice n'avait que huit ou neuf ans.
Fred se trouvait avec ses cousins parce qu'on était au
temps des vacances; il était venu les passer avec eux; et
tous trois, est-il besoin de le dire, ne demandaient pas
mieux que de les voir s'écouler le plus lentement et le
plus gaiement possible.

Ils aperçurent le vieillard avant que celui-ci les vit,
car ils regardaient devant eux, tandis que le vieillard
qui, lui, regardait en lui-même, avait la tête baissée.

« Tiens ! voilà le vieux marin, s'écria William, qui,
en apercevant le vieillard, reconnut un ami.

— Qu'est-ce que le vieux marin? demanda Fred avec
étonnement.

— Oui, dit à son tour Alice, non moins surprise,
mais plus timidement : Qu'est-ce que le vieux marin?

— Comment, vous ne le savez pas? » demanda William.

Et, prenant en pitié l'ignorance de ses compagnons :
« C'est une vieille connaissance, dit-il. C'est l'homme
le plus extraordinaire que vous ayez jamais vu. Il sait
un nombre prodigieux d'histoires de naufrages, de pirates, de sauvages, de Chinois, de chasses à l'ours, de
combats de taureaux et de tout ce qu'on peut imaginer
de plus intéressant. Je le nomme l'ancien marin; d'autres l'appellent le vieux père Neptune; son vrai nom est
le capitaine Hardy, je l'ai vu dans un livre.

— Et pourquoi le nomme-t-on vieux père Neptune?
demanda Alice.

— Pourquoi? répéta William; et, prenant un air sérieux : parce que Neptune est le dieu de la mer, dit-il,
et que le capitaine Hardy ressemble aux portraits de
Neptune qu'on voit dans les contes. Voilà pourquoi on
l'appelle le vieux père Neptune. »

Le vieillard était arrivé près des enfants, et William,

quittant subitement ses compagnons, fit un bond en avant pour aller à sa rencontre.

« Oh! capitaine, que je suis content de vous voir! s'écria le petit garçon; d'où venez-vous? où avez-vous été depuis si longtemps? comment vous portez-vous? Trèsbien, j'espère? et il saisit la main du vieillard qu'il serra cordialement.

— Je suis très-heureux de vous rencontrer, mon garçon, répondit le vieillard avec amabilité, et je serai trèsaise de répondre à toutes vos questions, si vous voulez bien les poser une à une, et non toutes en même temps, comme si vous me lâchiez une *bordée*. »

Ce disant, et tout en gravissant le sentier, le vieillard satisfit William, qui lui présenta Fred et Alice. Celle-ci, d'abord un peu troublée à la vue du vieux loup de mer, se remit lorsque le vieillard l'eut rassurée par quelques bonnes paroles, et si bien que, sa timidité disparaissant subitement, elle prit la main de sa nouvelle connaissance.

Tout en gambadant, riant et causant, les trois enfants et leur vieux compagnon arrivèrent devant la porte de la demeure du père de William et d'Alice.

C'était une grande vieille maison de campagne, entourée de beaux arbres, et assez loin de la grande route. William invita son ami à y entrer avec eux; mais le vieillard s'excusa en disant qu'il viendrait une autre fois faire une visite à M. Earnest, que pour le moment il avait besoin de rentrer chez lui.

Mais vous n'êtes pas dans votre chemin, dit William. N'habitez-vous pas de l'autre côté du village?

— J'y demeurais autrefois, répondit le vieillard, si l'on peut dire que j'eusse une demeure. Maintenant, tout est changé; j'ai un petit chez-moi gentil, confortable. Voyez-vous là-bas cette fumée qui monte à travers les arbres? Eh bien, cette fumée-là vient de ma cuisine.

— Mais, dit William, la maisonnette que vous me
montrez appartient à la mère Podger.

— Elle lui appartenait jadis, mon garçon, à présent
elle est à moi ; je l'ai achetée, et, ce qui plus est, je l'ai
payée ; c'est là que j'ai l'intention de mettre fin à ma vie
errante, de me fixer pour le reste de mes jours. Vous
viendrez tous me voir, et je vous ferai faire une jolie
promenade en bateau.

— Oh ! comme cela sera charmant ! » s'écria William.

Alice et Fred étaient ravis ; aussi, devenant de plus en
plus hardis, ils demandèrent s'il n'y aurait pas moyen
de voir le bateau tout de suite.

« Assurément, répondit le vieillard ; venez avec moi. »
Et il descendit avec eux jusqu'à la petite baie où le bateau était amarré. — « Le voici, dit-il, en arrivant en vue
de sa petite barque. N'est-ce pas qu'il est gentil ? Il se
tient sur l'eau comme un canard. » — Sur quoi les enfants s'écrièrent que jamais de leur vie ils n'avaient vu
quelque chose d'aussi joli, et qu'un canard ne saurait na-
ger aussi coquettement.

La barque du capitaine Hardy était, en effet, un excellent yacht, avec une charmante petite cabine au milieu,
et, à l'arrière, un espace assez vaste pour que quatre
personnes puissent s'y asseoir commodément. Il n'avait
qu'un mât ; il était peint en blanc à l'intérieur et à l'extérieur, à l'exception d'une petite raie rouge qui courait
sur ses flancs, un peu au-dessus de la marque indiquant
la hauteur de l'eau.

Le capitaine Hardy attira son yacht vers l'espèce de
quai qu'il avait construit lui-même. Les enfants entrèrent
dans le bateau, et pénétrèrent dans la cabine dont le
plafond ne dépassait pas de beaucoup leurs jeunes têtes ;
sur les côtés, il y avait des coussins recouverts d'étoffe
cramoisie ; ces coussins avaient un double emploi : ils
servaient de siéges et recouvraient les petites caisses dans

lesquelles le capitaine conservait ses *nippes*. La cabine contenait en outre un poêle des plus mignons, sur lequel le capitaine promit de faire cuire quelque chose le jour où ils iraient faire leur promenade en bateau.

Quand les enfants eurent fini d'admirer le yacht, ils sautèrent à terre, et se dirigèrent vers la demeure du capitaine.

Cette maisonnette n'avait qu'un étage; les murs en étaient aussi blancs que la neige, et les volets aussi verts que l'herbe qui poussait alentour. De grands arbres l'entouraient de tous côtés; ces arbres faisaient de l'ombre pour le capitaine lorsque le soleil brillait, et ces arbres faisaient de la musique pour le capitaine lorsque le vent soufflait. L'entrée était presque cachée par des masses de chèvrefeuille aux doux parfums. A une petite distance s'élevait un kiosque rustique, ombragé par un groupe d'arbres, et entièrement couvert de vignes et de fleurs. Un sentier, serpentant à travers le jardin, menait de la maison à la petite baie où se trouvait le yacht, après avoir traversé un gai ruisseau dont l'eau claire s'en allait en gazouillant sous son abri de fougère et de fleurs des champs. William, Fred et Alice admiraient tout cela. Une seule chose les surprenait : ils ne pouvaient comprendre comment on avait pu transformer la vieille bicoque de la mère Podger en un véritable petit palais.

« C'est que j'ai tout fait moi-même, lui répondit le capitaine. Aussi la transformation a été complète, comme vous voyez. Ce n'est plus la maison de la mère Podger, c'est l'*Ermitage du marin*.

— Ah le joli nom! dit William, et comme il convient bien à votre demeure, capitaine.

— Si la maison vous plaît, mes enfants, dit le vieux marin, eh bien ! il faut revenir la voir. Je serai très-heureux de vous y donner l'hospitalité.

— Merci mille fois, capitaine, répondit William. Nous

viendrons demain, si nous en avons la permission de
nos parents, et si cela ne vous dérange pas.

— Vous ne me dérangerez jamais, dit le capitaine.
Venez sur les quatre heures, — oui, vers quatre heures;
peut-être aurai-je un bout d'histoire à vous conter. Il me
semble que j'ai promis quelque récit à William l'an dernier. Vous en souvenez-vous, mon garçon? »

William se hâta de répondre qu'il s'en souvenait parfaitement; et ses yeux se dilatèrent de plaisir.

« A propos, de quoi s'agissait-il? dit le capitaine essayant de rassembler ses souvenirs. Des régions tropi-
cales ou des régions glaciales? C'est que, voyez-vous, je
n'ai plus ma mémoire d'autrefois, mes enfants.

— Il était question de la région des glaces, j'en suis
sûr, dit William; vous avez promis de me raconter
la même chose que vous aviez déjà racontée à Bob
Benton et à Dick Savery; il s'agissait du temps où
vous étiez *perdu dans les glaces*, comme disait Dick
Savery.

— Oui, c'est cela, exclama le vieillard. Je m'en souviens fort bien. J'ai promis de vous dire de quelle façon
je suis devenu marin, et de vous raconter mes premières
campagnes sur mer.

— Précisément, répliqua William. Seulement, vous
disiez que vous aviez été *perdu dans les glaces*.

— N'importe, mon garçon, reprit le capitaine. Une
histoire n'est plus intéressante quand on connaît la fin,
voyez-vous. Oubliez que j'ai été perdu, et qu'il m'est arrivé quoi que ce soit; rappelez-vous seulement que je
suis parti sur mer, et rapportez-vous-en à moi pour le
reste. Adieu, chers enfants. Venez demain : nous aurons
l'histoire, et peut-être une promenade en bateau, si le
vent nous favorise et que le temps nous le permette; —
dans tous les cas, l'histoire! »

Nos trois petits amis furent, ce jour-là, les enfants les

plus heureux du monde; aussi ne reprirent-ils le chemin de leur maison qu'après avoir accablé le capitaine
de leurs remercîments. Ils en dirent tant qu'à la fin celui-ci, tout ému, fut forcé de leur crier : « Assez!, assez!
sauvez-vous ou je me fâche tout rouge. »

CHAPITRE II.

Le capitaine John Hardy, autrement dit l'ancien marin
ou le vieux bonhomme.

ᴇ capitaine Hardy, ou le capitaine John Hardy, ou simplement le capitaine, était considéré dans le hameau comme un personnage de la plus haute importance. Tout le monde connaissait le capitaine, et tout le monde l'aimait. Il y avait autour de lui un certain air de mystère, — aujourd'hui il était ici, demain il était là, — paraissant et disparaissant si souvent qu'à la fin il lassa la patience et la curiosité des gens à tel point que les plus grands bavards du village furent obligés d'avouer qu'ils ne savaient que penser du capitaine, qu'il

serait inutile de chercher à découvrir quoi que ce soit
sur son compte, et ils cessèrent prudemment de faire des
enquêtes ou de se creuser l'esprit à son sujet, ce qui ne
les empêchait pas d'être toujours fort contents de le voir.

Le capitaine avait la réputation d'être un grand causeur; le fait est qu'il avait toujours une immense quantité d'histoires et d'aventures à raconter à quiconque
voulait bien l'écouter. Et il trouvait facilement un auditoire, car il racontait fort bien. Dans les belles soirées
d'été, il aimait à s'asseoir sur le vieux banc qui est en
face de l'auberge, et là, entouré d'un cercle de curieux,
il racontait volontiers des aventures de naufrage ou
quelque autre merveilleux récit. Toutefois on remarquait
que depuis quelques années il était moins disposé à parler; on le voyait plus rarement sur son banc de prédi-
lection. « Je deviens trop vieux, disait-il, pour rester
dehors si tard. »

Il avait, à cette époque, cinquante-neuf ans; mais il
paraissait plus âgé, car la vie dure qu'il avait menée, et
les privations qu'il avait subies, avaient laissé leurs
traces sur toute sa personne. Ses cheveux étaient tout
blancs et tombaient en longues mèches argentées sur
ses épaules, tandis qu'une barbe épaisse et blanche
comme la neige descendait sur sa poitrine.

Néanmoins tout le monde reconnaissait en lui un ancien marin : sans doute parce qu'il portait toujours de
larges pantalons blancs en été, bleus en hiver, et un
chapeau de toile goudronnée, entouré d'un grand ruban
bleu, dont les bouts flottaient par derrière comme le
pavillon d'un navire de guerre.

Pour tout le monde le capitaine Hardy était un homme
bon, généreux, inoffensif, mais fort peu prévoyant. Ami
du pauvre, jamais il ne renvoyait le mendiant sans l'a-
voir secouru, à moins toutefois qu'il n'eût plus un seul
shilling dans sa poche. Quelquefois il avait beaucoup

d'argent, et néanmoins il vivait chez lui d'une manière
simple et frugale. Grande fut donc la joie parmi ses
nombreux amis lorsqu'ils surent que la fortune lui avait
enfin souri. Ayant aidé à sauver le vaisseau anglais *l'Indomptable*, qui était sur le point de se perdre, les compa-
gnies d'assurance lui avaient accordé une généreuse ré-
tribution, et le but de son dernier voyage avait été de
toucher cet argent. A peine de retour, il était allé tout
droit à la maison de la mère Podger et l'avait achetée.
C'était, disait-on, la première fois qu'il avait agi sagement, prudemment, comme tout le monde.

Le bonheur du vieillard semblait être maintenant à son
comble. « Ici, s'écria-t-il, si Dieu le permet, je ferai
jeter l'ancre au vieux vaisseau, et je finirai mes jours en
paix. » Mais lorsque tous ses arrangements furent terminés, qu'il ne resta plus rien à faire ni à sa maisonnette, ni à son petit jardin, ni au yacht, il commença
à se sentir quelque peu triste et solitaire. Il était si loin
du village qu'il ne pouvait pas voir ses vieux amis aussi
souvent qu'il l'aurait désiré. Nous avons déjà dit qu'il
était grand causeur; il avait une si grande envie de raconter ses anciennes prouesses, de recommencer, pour
ainsi dire, ses batailles, et il avait tant à débiter à ce sujet, qu'un auditoire lui était absolument nécessaire. Il
est donc fort probable qu'il considérait sa rencontre avec
William, Fred et Alice comme un heureux événement.
Il aimait beaucoup les enfants, mais nos petits amis lui
étaient particulièrement sympathiques. Quant à eux, la
promesse de cette histoire leur causait un plaisir qui
ressemblait fort à une vive émotion. Pour que le lecteur
puisse comprendre ce sentiment éprouvé par William,
Fred et Alice, il est bon de lui dire qu'à Rockdale tous
les garçons, petits ou grands, portaient terriblement
envie à celui qui avait le bonheur d'être spécialement
choisi pour auditeur par le capitaine Hardy.

CHAPITRE III

Qui prouve que le vieillard est homme de parole.

Ainsi qu'il est facile de le supposer, les petits amis du capitaine ne manquèrent pas de venir le lendemain à l'heure indiquée. Aussi exacts que le sont les aiguilles d'une horloge, ils se dirigèrent vers la maison du capitaine Hardy, qu'ils trouvèrent assis à l'ombre de son berceau verdoyant, et fumant une longue pipe de terre.

« Je suis bien aise de vous voir, mes enfants, leur dit-il; et il était fort content en effet, beaucoup plus content peut-être qu'il ne voulait l'avouer, aussi content pour le moins que les enfants eux-mêmes.

— Aujourd'hui, mes petits chéris, continua-t-il, il n'y a point de vent, en sorte qu'il nous faut renoncer à notre promenade en bateau. En revanche nous aurons l'histoire.

— Oh oui, l'histoire! l'histoire! s'écrièrent les enfants d'une seule voix.

— Va pour l'histoire, dit le vieillard; mais d'abord il faut vous asseoir. »

Et les enfants s'assirent sur le siége rustique, fermant bien leurs petites bouches, et tendant bien leurs petites oreilles pour pouvoir écouter comme il fallait. Le capitaine secoua les cendres de sa pipe, l'enfonça au-dessus de sa tête dans le feuillage touffu, et toussant pour éclaircir sa voix :

« Il faut que vous sachiez, mes enfants, dit-il, que je ne saurais terminer en un jour l'histoire que je vais vous conter; je vous en dirai seulement le commencement aujourd'hui, car elle est très-longue. Il faudra donc revenir demain et après-demain, et tous les jours qu'il fera beau, jusqu'à ce que nous ayons fini. Cela vous va-t-il?

— Oui, oui, firent les deux garçons vivement, tandis que la petite Alice riait de contentement.

— Êtes-vous sûrs de ne pas oublier le nom de ma demeure? Vous rappellerez-vous bien qu'elle se nomme l'*Ermitage du marin?* Vous souviendrez-vous de cela.

— Mais bien certainement.

— Et la barque dans laquelle nous allons faire un petit voyage un de ces jours, comment l'ai-je nommée? demanda le capitaine.

— *La Mouette,* répondit William.

— *La Sirène,* dit Fred.

— *La Colombe blanche,* s'écria Alice.

— Personne n'a deviné, dit le capitaine en souriant gaiement. J'ai peint le nom sur ma barque en belles lettres d'or, et lorsque vous reviendrez la voir, vous y verrez le mot *Alice*, et les lettres ont exactement la nuance de la chevelure d'une petite fille que nous connaissons tous très-bien.

— Est-ce là vraiment son nom? s'écrièrent les deux garçons, dont l'enchantement était à son comble. Comme c'est gentil cela, capitaine. »

La petite Alice ne dit pas un mot, mais se glissa silencieusement vers le vieux marin, et le vieillard entoura de son bras herculéen la mince taille de l'enfant. Les deux rayons du soleil pénétraient à travers le feuillage des arbres, jetant çà et là des paillettes d'or sur la pelouse verte.

Le capitaine commença ainsi :

« Il faut que je vous dise, mes chers enfants, que tout ce que je vais vous raconter m'est arrivé lorsque j'étais encore très-jeune, presque enfant; ce sont mes premières aventures.

« Pour commencer par le commencement, je vous dirai que je suis né dans les environs de Rockdale. Vous voyez que j'ai de bonnes raisons pour y être revenu. Et quand j'y suis, il me semble que je suis dans ma famille.

« Je n'avais que six ans lorsque je perdis ma mère; mais je me souviens d'elle comme d'une bonne et douce créature. Cependant elle a été trop tôt enlevée pour avoir laissé une très-profonde impression sur mon esprit et sur mon cœur. Je grandis avec trois frères et deux sœurs, tous plus âgés que moi, à l'exception d'un seul. Ignorant les tendres soins d'une mère, privé d'une sollicitude dont ont besoin tous les enfants, qui aurait constamment veillé sur moi, je devins, il faut l'avouer, obstiné et intraitable, à tel point que, sans la Providence miséricordieuse qui me protégeait évidemment, mon mauvais caractère eût pu me conduire à la plus triste fin.

« Nous ne recevions d'autre éducation que celle qui était mise à notre portée par la petite école du village, car mon père était pauvre, il avait par conséquent beaucoup de peine à nourrir sa nombreuse famille; et il était très-content lorsque, à la fin de l'année, il pouvait joindre les deux bouts.

« Quant à moi, je vous l'ai dit, j'étais un fort mauvais sujet, qui ne savais apprécier ni la bonté de mon père, ni aucun des avantages dont je jouissais. Des bienfaits de l'éducation modeste qui m'étaient offerts, je ne profitais pas non plus, car l'oisiveté avait beaucoup plus de charmes pour moi que l'étude, et j'ennuyais tellement le maître, que je fus enfin renvoyé de l'école avec défense d'y revenir. A cette nouvelle, mon père entra dans une juste colère, et, désespérant sans doute de pouvoir faire quelque chose de moi, il me mit en apprentissage, ou plutôt il me *loua*, pour un certain nombre d'années, à un fermier de notre voisinage. Ce nouveau maître m'obligea de travailler beaucoup, en sorte que je me croyais fort maltraité, tandis qu'en réalité je ne recevais pas le quart de ce que je méritais.

« Je demeurai trois ans et demi avec ce fermier avant qu'il découvrît mon incapacité et ma fainéantise. Il se plaignit alors à mon père et menaça de me renvoyer à la maison. Il ne parvint qu'à m'irriter, car j'avais la conviction d'être parfait. Je considérai sa démarche comme un très-mauvais procédé. Dès lors je n'eus plus qu'une idée : faire enrager le vieux fermier par tous les moyens possibles, et enfin punir mon père d'avoir écouté ses plaintes, en prenant la fuite.

« J'étais alors dans ma dix-huitième année, assez âgé pour avoir plus de bon sens et de caractère, mais beaucoup trop étourdi pour réfléchir.

« J'exécutai ce beau programme sans le moindre regret, tant j'avais le cœur et l'âme endurcis, emportant

seulement un mince paquet de hardes, un petit morceau
de pain et deux petites pièces d'argent. C'était une entreprise assez hardie que la mienne, comme vous voyez ;
mais je croyais arriver à New-Bedford sans obstacle, et,
une fois là, j'étais décidé à monter sur un bâtiment et
à mo faire marin.

« Le voyage à New-Bedford était beaucoup plus difficile à effectuer que je ne l'avais imaginé tout d'abord,
et je crois que, n'eût été la honte, je serais retourné sur
mes pas au bout de cinq milles. Je continuai cependant,
et atteignis ma destination le second jour, après m'être
arrêté, la nuit, dans une méchante auberge où restèrent
mes deux pièces en échange de mon souper, de mon lit
et de mon déjeuner.

« J'arrivai à New-Bedford le jour suivant, vers trois
heures, accablé de chaleur et couvert de poussière, car
j'avais marché tout le temps sous les rayons brûlants
du soleil, en suivant la grande route ; j'étais très-
fatigué et, de plus, affamé, car depuis le matin je
n'avais pris aucune nourriture, n'ayant plus un penny
pour en acheter et ne voulant pas demander l'au-
mône.

« Avant cette époque de ma vie je n'avais jamais été
à dix milles de chez moi et n'avais par conséquent jamais vu de ville, de sorte que tout était nouveau pour
moi. Mais la faim et la fatigue éloignaient tellement de
mon esprit toute curiosité que je fus peu frappé de ce
que je voyais cependant pour la première fois. Loin de
là, réfléchissant enfin sur ma folie, j'en vins à regretter
d'avoir quitté la ferme ; car si le travail y était pénible,
il ne l'était pas autant que ce que j'avais supporté pendant ces deux jours de marche sur le chemin poudreux
et brûlant : — « Au moins, pendant mon séjour à la
ferme, me disais-je, je trouvais toujours moyen d'apaiser
ma faim ! »

« Qu'aurais-je fait, que serais-je devenu dans cette situation critique si personne ne m'était venu en aide,
c'est ce que je ne saurais imaginer. Je craignais de
questionner les passants, car, en vérité, je ne savais
que leur demander, ni comment expliquer ma position,
en voyant chacun fixer sur moi des regards étonnés et
curieux, et plusieurs d'entre eux riaient évidemment de
ma triste mine. Je repris donc ma course n'ayant pas
la moindre idée ni du lieu où j'allais ni de ce que je
ferais.

« Enfin je vis s'approcher de l'autre côté de la route
un homme au visage fortement coloré; d'après sa mise
et son air, je jugeai que c'était un matelot; désespéré
comme je l'étais, je m'avançai vers lui, présentant, j'en
suis sûr, l'image frappante du désespoir, et l'abordai
ainsi :

« — Je vous prie de me dire, monsieur, où je pourrais
aller m'enrôler comme matelot.

« — Matelot! s'écria-t-il. Matelot! Un joli garçon pour
faire un matelot!

« Cette réponse, je l'avoue, blessa vivement mon
amour-propre. Le marin m'adressa ensuite plusieurs
questions, auxquelles je ne compris pas grand'chose,
car il employait beaucoup de mots dont je ne connaissais
point la signification. Ce qui ne m'échappa pas cependant, c'est qu'il m'appelait très-fréquemment « gros
lourdaud »; mais j'ignorais si en me désignant ainsi il
avait l'intention de me faire un compliment ou celle de
m'injurier : la dernière de ces suppositions était probablement la mieux fondée. Après quelques instants de
conversation, soit qu'il fût las de parler, soit qu'il eût
épuisé son vocabulaire d'expressions étranges, il se re-
tourna brusquement et m'ordonna de le suivre, ce que
je fis, éprouvant à peu près ce que ressent un coupable
lorsqu'on le mène en prison.

« Nous descendîmes une rue en pente, et nous arrivâmes aussitôt à un bâtiment bas et noirâtre, dont je
n'aurai rien à dire, sinon qu'on y respirait une forte
odeur de goudron, et que beaucoup de gens flânaient
alentour. Je compris bientôt que c'était un bureau maritime, c'est-à-dire le lieu où l'on s'inscrit quand on veut
embarquer comme matelot.

« A peine entrés, mon conducteur me conduisit vers
un grand pupitre, et s'adressant à un individu à la mine
rechignée, qui se tenait derrière, il lui dit quelque chose
que je ne compris pas très-bien. Pour toute réponse cet
employé me tendit un papier en me disant de le signer,
ce que je fis, sans avoir lu un seul mot de ce qu'il contenait

« L'homme au visage enluminé appela alors d'une
voix forte, quoique enrouée, le nommé Bill! Celui-ci fit
un bond, se laissa rouler de son banc, puis se releva
après avoir fait la culbute.

« Une fois planté sur ses pieds, il prit un air important et, se dirigeant vers la porte, il me dit brusquement :

« Suivez-moi »

« Je lui obéis avec une crainte pareille à celle que je
venais d'éprouver en accompagnant l'homme au visage
coloré, jusqu'à ce que nous fussions arrivés au port.
Nous descendîmes alors une espèce d'échelle, ou marche-
pied. Arrivé au dernier échelon, je fis un faux pas et je
manquai de me précipiter à l'eau : ce qui fit éclater de rire
mes nouveaux compagnons. Ma maladresse les amusait ;
mais pouvais-je n'en avoir pas, moi qui de la vie n'avais
mis le pied dans un bateau? Pour surcroît de malheur,
je m'assis sur le banc des rameurs ; et quand on m'ordonna, avec force injures, « de m'ôter de là, » je demandai sur quel banc je devais m'asseoir. Ma naïveté
fit encore plus rire, ce qui redoubla ma confusion. J'i-

2

gnorais que ce que je nommais un *banc*, ils l'appelaient
thwart.

« Enfin, après avoir essuyé beaucoup de railleries et
force grossièretés, je trouvai moyen de me placer en
avant du bateau, dans une petite encoignure, où je me
roulai, pour ainsi dire, en pelote. Nous nous éloignâmes du quai, on fit sortir les avirons; j'entendis donner l'ordre de partir, puis le bruit des rames tombant
dans l'eau, et notre petite embarcation se mit en mouvement.

« J'éprouvai réellement alors un regret déchirant pour
tout ce que j'allais quitter; mon cœur se serra dans ma
poitrine, quand je pensai que peut-être jamais je ne re-
verrais ni mon pays ni le toit paternel. De grosses larmes
se glissaient sous mes paupières, sans que je pusse les
retenir. J'en avais la vue tellement obscurcie, que je
distinguai à peine les objets qui passèrent sous mes
yeux, à partir du moment où nous quittâmes la terre,
jusqu'à ce que nous fussions arrivés sous la poupe du
navire. On retira les rames; l'un des matelots attrapa le
bout d'une corde qu'on lui jeta du navire, et le canot
étant attaché, nous grimpâmes tous sur le bâtiment. On
me poussa alors vers un trou en avant du pont; ce trou
était couvert par une espèce de boîte renversée; dans
l'intérieur il y avait une échelle. Complétement aba-
sourdi, je descendis tant bien que mal, au moyen de
cette échelle, et je me trouvai aussitôt dans une pièce
obscure, humide, remplie de fumée de tabac et de mauvaises odeurs de goudron et d'eau croupie. On me fit
savoir que ceci était le gaillard d'avant, la demeure de
l'équipage, dont maintenant je faisais partie, hélas! Je
l'avoue, s'il y eût eu la moindre possibilité de le faire,
je me serais échappé; mais se sauver d'un navire est
tout autre chose que de se sauver d'une ferme.

« A peine étions-nous descendus, et avant d'avoir pu

Ma maladresse les amusait. (Page 17.)

prendre un peu de nourriture, que nous reçûmes l'ordre
de remonter. Au reste, il est probable que si l'occasion
de satisfaire mon appétit se fût présentée, je n'aurais encore rien mangé, tant j'étais incommodé par la fumée
de tabac et tant j'avais le cœur rempli de tristesse.

« En arrivant sur le pont, on m'ordonna immédiatement de me joindre à quelques hommes de l'équipage

qui étaient occupés à faire manœuvrer un long manche
de bois adapté à l'extrémité d'un levier de fer, manœuvre qui me rappela celle dont les pompiers se servent
pour éteindre le feu. En face de nous, d'autres matelots
relevaient un manche semblable lorsque nous faisions
descendre le nôtre, puis à notre tour nous soulevions
le nôtre quand le leur était retombé. Je découvris bien-

tôt que ce travail avait pour résultat de faire tourner
sur elle même une grande pièce de bois arrondie, ayant
un cercle de fer à ses deux extrémités et entourée d'une
longue chaîne. La chaîne rentrait dans une ouverture
pratiquée dans le flanc du navire, en produisant un bruit
assez fort; j'appris qu'on nommait celle-ci un câble, et
la machine que nous faisions fonctionner, un cabestan.
Naturellement ce câble était attaché à l'ancre, et il était
évident pour moi que le navire allait se mettre en
marche immédiatement. L'idée de naviguer ainsi me paraissait alors aussi effrayante qu'elle avait été agréable
autrefois lorsque je l'envisageais de ma tranquille ferme,
à une bonne distance de la mer. Mais il était trop tard,
et quoi qu'il pût arriver, mon sort était fixé, je devais aller jusqu'au bout.

« Nous étions occupés depuis quelques moments à
manœuvrer le cabestan, lorsque mes compagnons, pour
égayer ce fastidieux travail, se mirent à entonner un
chant que je n'ai pas oublié. Sans doute avait-il été
composé pour cette manœuvre, car sa mesure suivait
les mouvements du levier que nous faisions monter et
descendre. L'un d'eux chanta d'abord seul, d'un ton
lent et monotone, un couplet dans lequel il était question de Sallie, venant ou étant venue ou allant arriver à
New-York, couplet auquel tous les autres matelots répondirent en chœur par un refrain, qui du commencement à la fin ne me parut présenter aucun sens. Quand
le chœur s'arrêtait, l'homme du couplet se mettait à
brailler de nouveau au sujet de Sallie et de la ville de
New-York; puis le chœur reprenait de plus belle. Le chan-
teur ayant alors épuisé ses souvenirs au sujet de Sallie
et de New-York, se mit à improviser, et d'une façon si
heureuse, qu'un rire général suspendit la reprise du
chœur pendant deux ou trois tours de la machine. Ce
qu'il raconta, je ne l'ai pas oublié non plus, et je vais

vous le réciter, mes enfants, pour que vous puissiez juger combien c'était absurde. Voici sa romance :

« Dans la ville de New-Bedford nous avons ramassé une bonne
                                              [grosse bête.
   Va-t'en, John, va-t'en avec la tempête.
   Allons, allons, est-elle passée c'te tempête?
   Elle est équipée comme un lougre, not' grosse bête.
   Comme un lougre elle est ficelée des pieds à la tête.
   Elle en verra de rudes pendant la tempête »

   « C'est ce dernier vers, appelant une tempête sur la
« grosse bête équipée comme un lougre, » qui les avait
fait tous rire si fort. Cet accès de gaieté passé, ils reprirent leur chant, répétant avec une ardeur insensée ce qui
avait été dit à propos de John et de la tempête. Ils continuèrent ainsi, sans plus de variété, jusqu'à m'en ras-
sasier et m'en assourdir, ce qu'ils désiraient, car je ne
pus me méprendre sur ce qu'ils entendaient par « la
grosse bête. » Enfin l'un d'eux s'écria : « L'ancre est
levée. » Tous se dispersèrent alors pour exécuter des ordres auxquels je ne compris absolument rien, et je les
vis manœuvrer dans la mâture, dont les voiles et les
cordages me paraissaient si embrouillés les uns dans les
autres, que je ne pensais pas que personne y pût rien distinguer. Malgré cette apparente confusion dans le grée-
ment du navire, en un clin d'œil les voiles blanches commencèrent à s'enfler. La grande voile s'ouvrit au vent
qui, s'y engouffrant, la gonfla comme un ballon; le navire tourna sa proue dans la direction de la mer, et nous
partîmes. Pendant qu'on dépliait le hunier, on me fit aider les hommes qui amenaient l'ancre à bord. Cette opération s'accomplit rapidement, et la lourde masse de fer
crochue qui avait retenu le bâtiment dans le port fut
fixée à la place qu'elle devait occuper à l'avant du navire. En relevant les yeux, je vis toutes les voiles ouvertes

au vent qui soufflait à l'arrière, nous poussant avec vi-
gueur vers le grand Océan !

« Mes désirs étaient donc accomplis ! J'étais sur un
navire, je parcourais l'immensité des mers, et la carrière tant enviée qui s'était autrefois ouverte à mon imagination romanesque avec son cortége de féeriques pro-
messes, cette carrière s'ouvrait devant moi. Mais était-ce
bien là ce que j'avais rêvé? et la réalité approchait-elle
de l'idéal que je m'étais formé? Dire le contraire, ce serait mentir. Je n'éprouvais que du dégoût et de la frayeur,
et la vue de l'Océan produisait sur moi un effet beaucoup moins agréable que ne l'eût été celle de la mare
aux canards voisine de la demeure paternelle. Je devins
bientôt horriblement malade; la nuit approchait, sombre, effrayante; les vents s'élevaient, les vagues se brisaient violemment contre les flancs du navire, atteignant
le pont même, que par moments elles couvraient d'écume,
ce qui me faisait craindre à tout instant d'être enlevé
par elles. Cette peur n'était pas la seule que j'éprou-
vasse; je craignais encore d'être tué par quelque fragment de la mâture que le vent menaçait de briser, à en
juger du moins par les sinistres craquements que j'en-
tendais dans les ténèbres. De plus, je ne pouvais me
maintenir en équilibre sur le pont sans m'appuyer; j'é-
tais ballotté dès que j'essayais de remuer; enfin, chaque
fois que le navire s'enfonçait dans le creux des vagues,
il me semblait que j'allais rendre l'âme. Trempé jusqu'aux
os par l'eau de mer, grelottant de froid, le cœur sens
dessus dessous, terrifié par la crainte de quelque événement terrible, j'étais vraiment dans un état déplorable.
Je recueillais amplement les fruits de la folie que j'avais
faite en quittant ma famille et en échangeant ma ferme
contre le pont d'un bâtiment. »

Ici le capitaine s'arrêta, et rit de bon cœur au por-
trait qu'il venait de tracer de lui-même. Après avoir

repris haleine, il allait poursuivre son récit, lorsqu'il s'aperçut que les ombres du soir commençaient à s'étendre sur le berceau. Regardant à travers les arbres, il vit les feuilles et les branches se détacher sur le ciel embrasé; il reconnut par là que le jour touchait à sa fin et que le soleil était couché. Se levant donc, il engagea ses petits amis à se hâter de rentrer avant que la rosée commençât à tomber, mais non sans leur recommander de revenir le lendemain : ce qu'ils promirent sans difficulté.

Mais la tête de William était pleine d'une idée qui le préoccupait tellement qu'il ne put s'empêcher de la communiquer avant de prendre congé.

— Capitaine, s'écria le petit garçon, savez-vous à quoi je pense?

— Comment le saurais-je? répondit le capitaine en riant.

— Eh bien! je pense que ce serait bien gentil d'écrire tout ceci et d'en faire comme un livre imprimé. »

Le capitaine approuva le projet, mais il ajouta qu'il craignait que William n'eût pu tout retenir. William se récria, en disant qu'il était impossible d'oublier de si belles choses, et qu'il se souviendrait du récit mot pour mot. Fred et Alice en déclarèrent autant à leur tour. Devant une telle unanimité, il fut décidé que William écrirait du mieux qu'il pourrait ce qu'il venait d'entendre, et au besoin prierait son père de corriger les plus grosses fautes. Les choses ainsi convenues, les enfants souhaitèrent le bonsoir au capitaine, et partirent gaiement pour la maison, Alice tenant par la main son petit frère, trottinant légèrement à travers la prairie, et se retournant de temps en temps pour envoyer du bout de ses doigts mignons un joyeux baiser à son vieil ami le capitaine, qui la suivait d'un regard affectueux, du seuil de son berceau de verdure.

CHAPITRE IV.

Le vieillard ayant raconté comment le jeune homme s'était embarqué,
continue l'histoire du même jeune homme.

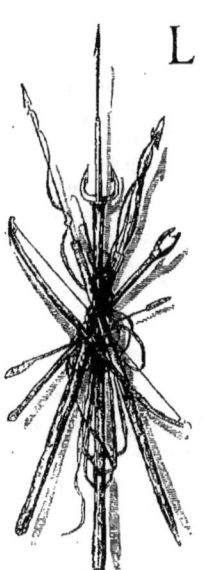

Es deux journées que le vieux marin et ses jeunes amis avaient passées ensemble avaient si complétement banni toute contrainte entre eux, qu'il leur semblait s'être toujours connus. Il n'est donc pas étonnant que le lendemain, quand ils descendirent, l'idée leur vint de surprendre le vieillard. Ils résolurent en conséquence de profiter du moment où il était occupé à arracher les mauvaises herbes de son jardin pour s'approcher du capitaine à pas de loup, puis de fondre sur lui subitement.

Ce complot formé, la petite troupe glissa sans bruit le long de la haie, franchit de même l'entrée du jardin et courut vers le vieux marin, en poussant de

tels cris que celui-ci, croyant sans doute à une attaque
de sauvages, sauta sur son râteau, se préparant à vendre
chèrement sa vie.

— Ouais! mes chers agneaux, s'écria-t-il quand il vit
à qui il avait affaire. N'avez-vous pas honte d'effrayer
ainsi un pauvre vieillard?

Puis il se mit à rire d'aussi bon cœur que ses mysti-
ficateurs.

— Cela doit être un tour de William, il me semble,
dit-il; mais n'importe, je vous pardonne en faveur du
plaisir que me cause votre visite. Il fait horriblement
chaud, et je suis las de jardiner. Or donc, mettons-nous
à l'ombre dans le nid de corbeau.

— Le nid de corbeau? s'écria William. Qu'est-ce que
c'est que ça?

— Mais c'est le berceau, répondit le capitaine. Ce nom
vous déplaît-il?

Il n'y avait que quelques pas à faire pour aller au nid
susdit, et la joyeuse compagnie s'étant assise, le capitaine se mit en devoir de reprendre le fil de son récit où
il l'avait interrompu la veille.

— Et maintenant, mon joyeux farceur, mon petit
homme de lettres, dit-il à William, qu'y a-t-il de nouveau
au sujet de votre futur ouvrage? Qu'en dit votre père?

— Oh! répondit William, j'ai écrit presque tout ce
que vous avez dit; papa l'a examiné et a dit qu'il le
trouvait bien. Voici mon travail. »

Et il sortit de sa poche un rouleau de papier, qu'il
tendit au capitaine.

Le vieillard, ayant tiré de sa poche une paire de lu-
nettes d'un antique étui de maroquin rouge usé depuis
longtemps, les posa soigneusement sur son nez, déroula
les feuillets et les parcourut de l'air d'un connaisseur.

— C'est bien, dit-il, fort bien rédigé, aussi bien que
possible. Mon garçon, vous avez vraiment du génie, et

vous prendrez rang à côté des Walter Scott, des Cooper
et autres hommes de talent, c'est moi qui vous le prédis.

— Je suis bien heureux de vous voir satisfait, capitaine Hardy, dit William enchanté d'avoir fait plaisir à
son ami.

— Satisfait! s'écria le capitaine; satisfait! je crois
bien que je le suis. Mais comme il va me falloir veiller
sur mon langage à présent!... Et pas de fautes d'ortho-
graphe non plus! poursuivit le capitaine en continuant
de tourner les feuillets; on voit que vous avez eu la précaution de ne pas écrire exactement ce que j'ai dit. Mais
passons; reprenez vos papiers et gardez-les soigneusement. Nous allons continuer, si toutefois nous pouvons
retrouver le point où nous avons laissé notre récit.
Quelqu'un d'entre vous se le rappelle-t-il?

— Je m'en souviens, dit William. Vous étiez en pleine
mer, à moitié mort de frayeur.

— Oui, c'est cela, reprit le capitaine; j'étais à moitié
mort de frayeur, et vous l'auriez été aussi, mon garçon,
si vous aviez été à ma place. Mais tout cela ne vous in-
téresse peut-être pas beaucoup, et si vous le voulez bien,
je ne vous parlerai plus de ma misérable existence à
bord de ce bâtiment.

— Oh non! non! s'écrièrent tous les enfants à la fois;
ne sautons rien du tout.

— Eh bien alors, dit l'obligeant capitaine, satisfait
de voir combien son récit était goûté par ses petits amis,
si vous voulez absolument connaître la triste vie des
jeunes mousses, je vous en reparlerai. Ah! ils ont de
rudes épreuves à subir, les pauvres garçons!

« D'abord j'avais une très-mauvaise nourriture, et de
plus on me la servait sur une vieille assiette en étain,
toute rouillée; au reste, le mouvement du navire me
rendait si malade, et les mauvaises odeurs de toute
sorte, et la fumée de tabac dont le gaillard d'avant était

Vous les auriez pris pour des têtes de nègres renfermées dans une cage. (Page 31.)

complétement rempli, m'empêchaient si bien de manger, que j'avais fini par prendre le parti de me laisser mourir de faim. Ajoutez à cela que les matelots se querellaient constamment. A les voir dans leur gaillard d'avant, vous les auriez pris pour des bêtes féroces renfermées dans une cage. Deux d'entre eux avaient des pistolets, les autres avaient leurs couteaux, et je craignais à chaque instant d'être le témoin d'un meurtre, et aussi de recevoir moi-même quelque mauvais coup, par mégarde. Comme vous le voyez, la vie d'un jeune mousse n'est pas aussi gaie que vous pourriez le supposer.

— Ce qui est surtout affreux, dit Alice, c'est d'être toujours malade et de n'avoir personne pour vous soigner.

— Pour dire la vérité, répondit le capitaine en souriant, ce n'était pas une véritable maladie, c'était seulement le mal de mer. Quand on en est atteint, mes enfants, manger devient impossible, lors même qu'on vous offrirait de bon plumpudding.

— Alors, on ne meurt pas de cette maladie-là? fit Alice.

— Pas souvent, ma fille, répliqua le capitaine; mais c'est tout comme. Vous croyez être à la mort, et ce qui est pire, vous voudriez être mort.

« Ajoutez à mes maux que j'étais le point de mire des plaisanteries des matelots, qui ne cessaient de se moquer de moi, ce qui m'ennuyait fort. Le remords que me faisait éprouver ma conduite ne tourmentait pas moins ma conscience. J'étais honteux de m'être sauvé de chez moi comme un voleur, et cela pour m'être laissé tomber dans un tel piége!... Pour mettre les choses au pis, comme si tout n'était pas déjà assez déplorable, un orage violent fondit sur nous au milieu de la nuit. Jamais vous ne pourrez imaginer de quelle façon notre navire se mit alors à rouler sur les vagues. Quelquefois celles-ci balayaient le pont, menaçant de nous emporter dans leur fureur, tandis que le craquement des mâts, le mugissement du vent à travers les cordages, et le bouillonnement des flots réunissaient leurs tapages pour me glacer de terreur; il me semblait que chaque moment allait être le dernier de ma vie. — Pour augmenter ma frayeur, on m'informa, au beau milieu de l'ouragan, que la destination de notre navire était les mers polaires, où nous allions chasser la baleine et le veau marin. Oh ! pour le coup, je crus que c'en était fait de moi ! le peu de courage qui me restait m'abandonna et je tombai à genoux pour prier ! — C'était, je l'avoue à ma honte, la première fois que cela m'arrivait; c'est que je comprenais qu'à cette heure suprême la prière seule pourrait me sauver. Je crois que je serais mort de frayeur si l'orage ne s'était apaisé.

« Il s'écoula plusieurs jours pendant lesquels j'étais tellement persuadé que d'une manière ou d'une autre j'allais faire le grand saut dans l'autre monde, que je ne me préoccupais plus de ce que je faisais ni où j'allais dans celui-ci; en conséquence je devins très-antipathique aux gens de l'équipage, qui se mirent peu en peine de m'apprendre mon métier. J'étais toujours entre les jambes de chacun, touchant aux cordages auxquels il n'aurait pas fallu toucher, faisant enfin le contraire de ce qu'il fallait, et mettant partout le désordre au lieu de me rendre utile. Les matelots, qui me tenaient pour un idiot accompli, ne cessaient de me tourmenter de toutes les manières imaginables. Voici un exemple des tours qu'ils me jouaient.

« Un jour que plusieurs d'entre eux causaient devant moi : « Si nous placions une table sur le gaillard d'avant? dit l'un.

— Oui, répondit un autre; mais pour cela il faudrait que le second (qui se trouvait être précisément l'homme au visage coloré que j'avais rencontré dans la rue et qui

m'avait conduit au bureau de la marine); il faudrait que
le second voulût bien nous donner la quille du navire.»

« Et se tournant vers moi, ils m'envoyèrent porter leur
requête. Donc, apercevant le second à l'arrière du navire,
je m'adressai à lui de la façon la plus respectueuse :
« Je viens vous demander, monsieur, si vous voulez
avoir la bonté de nous laisser prendre la quille du bâtiment pour faire une table. » Le second tourna vers moi
un regard furieux, et, à mon grand étonnement, rugit
de sa voix la plus formidable : « Quoi! que dites-vous
là? Répétez-le? »

« Je répétai la demande, comme il me l'ordonnait,
mais j'aurais voulu que le pont s'entr'ouvrît pour m'engloutir. J'avais à peine achevé de parler qu'il devint plus
furieux encore, si toutefois quelque chose pouvait augmenter la colère dans laquelle il était du matin au soir.
Il devint si rouge qu'il paraissait tout enflammé. Son
chapeau tomba, et il me sembla que c'était parce que
ses cheveux rouges et crépus se dressaient sur sa tête;
sa voix s'éleva tellement que je ne puis la comparer
qu'au hurlement d'une bête féroce. « Coquin! s'écria-
t-il; fainéant! brute! vociféra-t-il. Vous.... vous.... »
puis il s'arrêta comme suffoqué par les gros mots qui
se pressaient dans son gosier. « Vous venez ici pour
me jouer un tour, vous voulez vous moquer de moi! Je
vous apprendrai! »

« Et saisissant le premier objet à sa portée (je ne
m'arrêtai pas à voir ce que c'était, mais je me retournai
précipitamment, rempli de frayeur), il me le lança avec
une telle violence, que je suis sûr que c'en eût été fait
de moi si je n'avais promptement esquivé le coup en
baissant la tête. Quand j'arrivai sur le gaillard d'avant,
les matelots partirent d'un grand éclat de rire, et, dès
ce moment, on ne m'appela plus que du sobriquet de
Jean la Quille. Il faut que vous sachiez que la quille est

3

une grande pièce de bois fixée sous le navire et qui le
parcourt dans toute sa longueur, ce que j'ignorais alors,
ainsi que vous venez de le voir.

« Une autre fois on m'ordonna d'aller graisser la selle.
Ne me doutant pas que c'était un gros morceau de bois
chevillé au grand mât et qui supporte la grande vergue,
je supposai que c'était encore un tour, et refusai d'y
aller : ce qui me valut une seconde bourrade du furieux
contre-maître. Pouvais-je m'imaginer qu'il y eût dans
le bâtiment quelque chose ressemblant à une selle?

« Un autre jour que j'étais très-fatigué du mal de mer
et que je voulais absolument ne pas rendre le dîner que
je venais de manger, ils me persuadèrent que si je voulais me mettre dans la bouche un morceau de saindoux,
tant que je l'y garderais mon dîner ne bougerait pas. Ils
avaient raison, car lorsque le dîner commença à remonter, naturellement le saindoux le précéda dans la mer.

« Enfin, mon bon sens reprit peu à peu le dessus.
M'apercevant que toutes ces misères me venaient surtout
de ma trop grande simplicité, je commençai à montrer
plus de sagacité. Le croirez-vous, j'avais passé cinq
jours sur le navire sans seulement m'informer du nom
qu'il portait. Quand je le demandai, on me répondit qu'il
s'appelait *le Merle;* je ne pouvais comprendre pourquoi
on lui avait donné ce nom que je trouvais ridicule. Si
on l'eût appelé *le Canard* ou *le Plongeur*, me disais-je,
cela aurait quelque raison d'être, car le navire allait
plongeant, en inclinant sa proue presque constamment.
Mais je découvris que le navire n'en était pas un, à pro-
prement parler; c'était un bâtiment sans caractère bien
précis, tenant le milieu entre la goëlette et le brick, une
sorte de brigantin, avec deux mâts, un grand mât
et un mât de misaine. Sur le premier, il y avait une
voile allant de l'avant à l'arrière, précisément comme
celle du petit yacht *Alice*, et sur le second, il y avait une

voile de misaine et une de petit hunier, une voile de
petit perroquet et une de petit perroquet volant. C'étaient,
bien entendu, des voiles carrées s'étendant sur toute la
largeur du navire et attachées à ce qu'on appelle les
vergues. Le navire était peint en noir à l'extérieur, mais
en dedans du bastingage ou parapet du pont, il était
d'une couleur vert sale.

« Tel était, autant qu'il m'en souvient, le brigantin *le
Merle*, de trois cent quarante-deux tonneaux.

« Quand je sus son nom, je voulus apprendre celui
de toutes ses parties. J'appris donc à distinguer les
drisses, sortes de cordes pour élever et abaisser les vergues, d'avec les *bras* qui servent à les faire tourner pour
orienter les voiles, et d'avec l'*écoute*, corde qui les fixe
à leurs places. J'appris que ce que j'appelais un plancher, les matelots le nommaient un *pont*, et que l'individu que je désignais sous le nom de cuisinier, ils le
nommaient le *maître-coq*; une casserole était un *cuivre*;
une poulie, un *bloc*; un poteau, une *épontille*; s'incliner
se rendait par *donner de la bande*, et monter par *grimper*; marcher droit, conserver son équilibre quand le
vaisseau était secoué par les vagues, cela s'appelait *avoir
le pied marin*. Je découvris que tout ce qui se trouvait
aux deux extrémités du navire était à l'*arrière* et à
l'*avant*; qu'une grosse corde était une *haussière*, et que
les autres étaient des *lignes*, qu'attacher momentanément un objet quelconque c'était l'*amarrer*; que fixer
solidement une chose c'était la *nouer*; qu'on disait de
deux parties voisines l'une de l'autre, qu'elles étaient *à
joindre*. J'appris aussi que le côté droit du navire portait
le nom de *tribord*, et que le côté gauche était désigné
sous celui de *bâbord*, tandis que le levier qui fait mou-
voir le timon qui dirige le navire est appelé *gouvernail*,
et que diriger le bâtiment était *faire jouer la roue*; tourner
le gouvernail du côté d'où vient le vent se dit *mettre la*

barre au vent, et l'incliner contrairement au vent, *mettre la barre dessous.* Je m'aperçus également que le milieu ou la ceinture du navire s'appelle *vibord ;* de plus,
qu'il existe sur un navire des *hublots,* qui sont de petites
ouvertures vitrées par lesquelles la lumière pénètre : des
brions, des *bossoirs,* des *lisses,* des *barres traversières,*
aussi bien que des *taquets,* des *pattes de boulines,* etc., et
beaucoup d'autres choses dont je n'avais de ma vie
soupçonné l'existence. Je pourrais continuer à vous
énumérer beaucoup d'autres choses, mais je fatiguerais
seulement votre attention, sans aucun profit pour vous.
Je veux simplement vous montrer comment John Hardy
commença son instruction maritime.

« Lorsqu'on s'aperçut de mes progrès, on ne tarda
pas à les mettre à profit, et l'on me fit débuter dans
l'emploi de timonier. A mon tour j'eus donc l'honneur
de tenir le gouvernail et de faire jouer la roue, que je
ne quittai qu'après deux heures d'un travail pénible.
Quoique j'eusse les mains remplies d'ampoules et les
jambes horriblement meurtries, ma fatigue ne me fit
pas trouver grâce devant l'impitoyable personnage à la
face empourprée qui, d'ailleurs, ne trouva jamais bien
ce que je fis. Il est vrai que par moments je dirigeais
fort mal le navire. Une fois entre autres, je fis si bien
qu'une lame que j'aurais dû éviter par un habile tour
de la roue, vint se briser droit à l'arrière, inondant le
second des pieds à la tête. Il crut sans doute que je
l'avais fait exprès, car il m'accabla d'injures. J'en fus
quitte heureusement pour cette avalanche de grossièretés.

« Je vous dis tout cela pour que vous sachiez ce qu'est
un navire, comment vivent les matelots, et ce qu'ils ont
à faire. Il vous est facile de voir que leur temps ne se
passe pas d'une manière très-agréable. Je peux vous
donner l'assurance qu'il n'y a pas la moindre poésie

dans leur existence; celle-ci ne se trouve que dans l'i-
magination des faiseurs de livres ou de romances. Quant
à mes relations avec mes compagnons du *Merle*, si elles
devinrent meilleures quand ils se furent aperçus que j'é-
tais bon à quelque chose, surtout à diriger le gouvernail, je n'en continuai pas moins à les considérer
comme un ramassis de gredins; ma conviction était que
s'ils n'étaient pas nés pour être pendus, ils seraient certainement noyés quelque jour. »

— Je ne pense pas que je sois jamais marin, dit
Fred.

— Ni moi non plus, dit William. Mais, capitaine,
continua-t-il, si la vie des marins est si rude, pourquoi
allez-vous si souvent en mer?

— Dame, mon garçon, répliqua le capitaine un peu
embarrassé; d'abord, c'est une question qui demande-
rait plus de temps que nous n'en avons à y consacrer
aujourd'hui. D'ailleurs, vous saurez qu'un voyage sur
mer, comme officier ou comme passager, est aussi différent d'un voyage exécuté en qualité de matelot, qu'il y a
peu de ressemblance entre vous et un sauvage indien.
Mais, peu importe, il faut que je continue mon histoire,
ou, sans cela, elle ne finirait jamais; car c'est à peine
si je l'ai commencée. »

CHAPITRE V.

Dans lequel le **vieux marin**, continuant son histoire, emprunte une citation à la chanson de l'*Ancien matelot*, et raconte l'entrée du *Merle* dans les mers polaires.

> Alors apparurent le brouillard et la neige,
> Dans ces froides régions
> Où des glaçons, plus hauts que des mâts, flottaient,
> Verts comme des émeraudes.

'AI lu ces vers dans un poëme du temps passé, mes enfants, et je vous les récite parce qu'ils peignent parfaitement la région dans laquelle nous venions de nous engager. Nous avancions toujours à grands pas vers le nord, nous attendant à tout moment à rencontrer des bancs de glace et des veaux marins. L'un de nous avait été mis en faction, en vigie, comme disent les gens de mer, en haut du grand mât, afin de pouvoir donner le signal aussitôt qu'il en apercevrait, car vous devez vous rappeler que nous allions à la recherche de

ces animaux, et vous savez que c'est sur la glace qu'on
les trouve. Nous étions au mois d'avril, et le temps était
extrêmement froid.

« Enfin l'homme qui était de guet cria qu'il voyait de

la glace. — « De quel côté ? » demanda le contre-maître,
de sa voix tonnante. — « Du côté de bâbord, » fut la réponse. On changea immédiatement la direction du na-

vire, et nous nous dirigeâmes vers les glaçons. Bientôt
ceux-ci furent visibles du pont. C'était un coup d'œil superbe. La mer, jusqu'au fond de l'horizon, était entièrement couverte de ces bancs de glace, semblables à de
grandes plaines blanchâtres, sur le bord desquelles les
vagues se brisaient en écumant, avec ce même gronde-
ment sourd et monotone qu'elles font entendre lorsqu'elles
viennent mourir sur le rivage.

« Quand cette scène nouvelle et bizarre devint plus
distincte, je m'aperçus que ces amas de glace étaient,
pour la plupart, aplatis; quelques-uns avaient une étendue de plusieurs milles; d'autres n'avaient que quelques
pieds de largeur. Ces champs de glace ne dépassaient
guère la surface de l'eau de plus d'un pied. Çà et là, on
remarquait de grandes percées dans ces lourdes masses
qui, à mesure que nous approchions, prenaient la forme
d'îles plates et blanches de différentes grandeurs. Notre
navire fut immédiatement dirigé à travers cet archipel
gelé, qui bientôt nous entoura de tous côtés. En sorte
qu'une heure après y avoir pénétré, il me parut qu'il y
avait autant de glaçons derrière nous que devant, à notre
droite qu'à notre gauche. C'était un immense désert de glace
dont je n'oublierai jamais l'aspect sinistre et formidable.

« La mer sur laquelle nous filions était d'ailleurs parfaitement douce et tranquille, car ces glaçons constituaient
pour nous autant de remparts contre les lames, mais personne ne faisait attention à cela. Ce qui nous préoccupait, c'était moins notre navigation, si périlleuse qu'elle
fût, que le gibier à la recherche duquel nous étions partis. Or, j'ai oublié de vous dire qu'aussi loin que la vue
pouvait s'étendre on apercevait la glace couverte de
phoques, autrement dits veaux marins.

« Les phoques, vous le savez sans doute, mes enfants,
ne sont pas des poissons, mais des animaux à sang
chaud respirant à la façon des chevaux et des bœufs, et

qui par conséquent ne peuvent se dispenser de demander la vie à l'air que nous respirons. Quand il fait froid, ils restent à la mer, sortant seulement le nez de temps à autre ; car mieux partagés en cela que les animaux terrestres, ils peuvent demeurer assez longtemps sous l'eau sans avoir besoin de respirer. Mais quand il fait chaud, ils quittent leur liquide retraite, et viennent se chauffer au soleil, où ils s'endorment infailliblement. Lorsque l'astre du jour dore de ses bienfaisants rayons la froide mer, on est donc assuré de voir des milliers de phoques endormis sur la glace.

« A mesure que nous avancions ils devenaient plus nombreux. Les uns sommeillaient ; les autres, pris de belle humeur, s'agitaient, se remuaient, se roulaient en tous sens, sans manifester par un signe quelconque qu'ils eussent connaissance du but de notre voyage, et qu'ils comprissent, les malheureux ! que nous étions partis de New-Bedford uniquement dans l'intention de les tuer, de nous emparer de leur graisse et de leurs peaux si douces et si veloutées.

« Nous avions atteint notre champ de travail. Dès que nous eûmes rencontré un endroit convenable, notre bateau fut amené au vent, c'est-à-dire qu'on tourna le gouvernail de manière à faire avancer la proue dans la direction du vent. Les voiles masquées, le navire s'arrêta. Un canot fut mis à la mer, et quelques hommes de l'équipage y entrèrent. J'étais du nombre. Nous nous dirigeâmes vers un large banc de glace, traînant avec nous une longue corde, dont un bout était attaché au navire, et dont les spires se détachaient d'un rouleau à mesure que nous avancions. A notre approche, les phoques prirent l'éveil, tous fort effrayés, et plongèrent instantanément avec bruit ; mais peu d'instants après, ils revinrent à la surface, montrant leurs têtes hors de l'eau, autour de notre esquif, curieux sans doute de voir les êtres

étranges qui venaient les visiter et qu'ils regardaient avec
un étonnement pareil à celui que montrèrent les Indiens
lorsque Colomb et les Espagnols firent pour la première
fois leur apparition sur les rivages du nouveau monde.

« Aussitôt que nous eûmes atteint la glace, nous nous
élançâmes hors de la chaloupe; et après avoir creusé un
trou avec une barre de fer longue et pointue appelée ci-
seau à glace, nous y plaçâmes le bout d'un grand et
lourd crochet nommé ancre à glace; nous attachâmes
alors le bout de la corde que nous tenions à un anneau
placé à l'autre extrémité de cette ancre. Cela fait, nous
donnâmes le signal aux hommes de l'équipage de hâler
à bord : ce qu'ils exécutèrent en tirant sur la corde, de
façon qu'en un clin d'œil le navire fut amené tout près
du lieu où nous nous trouvions. Une autre corde, dont
un bout était attaché à la poupe, fut ensuite fixée par
l'autre bout à une seconde ancre à glace, de façon à acco-
ter le flanc du navire contre les glaçons; ce qui se fit
merveilleusement, en sorte que notre demeure flottante
se trouva bientôt aussi bien abritée que si elle se fût encore trouvée dans la rade de New-Bedford.

« Ces préparatifs terminés, nous commençâmes la
chasse.

« Il est inutile de vous raconter, mes enfants, comment, les phoques une fois pris et tués, on opère pour
préserver leurs peaux, pour les dépecer, pour séparer leur
chair de leur graisse et mettre celle-ci en barils : cela
ne vous intéresserait pas. Je vous dirai seulement que,
pour ce dernier travail, on choisit quelques-uns de nous;
les autres eurent pour mission de tuer les phoques et de
les rapporter. Ce furent naturellement les plus vigoureux matelots de l'équipage que l'on désigna pour cette
opération, et je dois ajouter que j'eus l'honneur d'être du
nombre, jouissant à bord d'une grande réputation d'agilité. Ce choix me fit un vif plaisir, car c'était échanger

le pont du *Merle* contre quelque chose de solide et de
ferme; c'était n'avoir plus à souffrir, au moins pendant
quelques heures, du tangage et du roulis qui, si habitué
que j'y fusse, ne m'en était pas moins toujours très-désagréable.

« Chacun de nous était armé d'une petite massue pour
assommer les phoques, et d'une corde pour les traîner
jusqu'au navire. Ainsi équipés, nous nous dispersâmes
dans toutes les directions, car il était nécessaire de se diriger isolément sur les troupeaux épars de ces animaux,
afin de les approcher sans leur donner l'éveil; lorsqu'on
les avait surpris, on fondait sur eux et on les frappait
assez habilement pour leur donner la mort d'un seul
coup. Vous comprendrez que pour leur couper la retraite
nous étions obligés de nous glisser silencieusement entre
eux et la mer.

« Je dois avouer que mon début dans cet emploi nouveau ne fut pas des plus brillants; il ne fut pas seulement ridicule; il faillit me coûter la vie. Voici comment.
Je m'étais élancé vers un grand troupeau de veaux marins qui se trouvaient à une petite distance du bord de
l'eau, et avant qu'ils eussent pu se jeter à la mer, j'étais
parvenu à en arrêter environ une douzaine. Jusque-là
tout alla bien; mais comme dit le poëte Burns :

« Les projets les mieux concertés des souris et des
hommes tournent souvent très-mal et ne laissent, à la
place de la joie qu'ils promettaient, que misère et chagrin.»

«Ainsi fut-il des miens. Au moment où ils me virent
approcher, les veaux s'élancèrent naturellement dans
l'eau aussi vite qu'ils purent. J'arrivai assez à temps
pour en frapper un sur le nez et le tuer; enchanté de ce
résultat, je m'apprêtais à en frapper un autre, lorsqu'un
enorme phoque, qui paraissait, tant il était gros, être le
père de toute la bande, trop effrayé pour savoir où il allait, se précipita la tête entre mes jambes, et, me ren-

versant sur son dos, me poussa du même coup à la mer.
Inutile d'ajouter que je m'enfonçai immédiatement; et
l'eau était terriblement froide, je vous l'assure.

« Dès que je fus revenu à la surface, mon premier soin

Chasse aux phoques.

fut de m'arracher à ce bain improvisé. Par un vigoureux
effort, j'allais regagner la glace, lorsqu'un autre phoque,
non moins effrayé que le premier et tout aussi mal élevé,
vint se jeter à l'eau comme un étourdi, juste à l'endroit
où je me débattais, en me heurtant avec son museau au
beau milieu de la poitrine.

« Du coup je replongeai, persuadé cette fois que je tou-
chais au terme de mon existence. Toutefois, je parvins
encore à sortir ma tête de l'eau et à la maintenir à la surface. Mais, hélas! quel ne fut pas mon effroi lorsque

je m'aperçus que j'étais à vingt pieds au moins du bord
de la glace!

« Pour comble de malheur, mes vêtements étaient devenus très-lourds, j'avais très-froid, et je souffrais vivement du coup que le phoque m'avait donné ; tout cela,
vous le comprendrez, paralysait mes efforts. Cette aventure eût donc été la dernière de John Hardy, si l'un de
mes compagnons, me voyant embarqué sur le dos du
veau marin, ne fût accouru à mon secours. Il me jeta
la corde dont il se servait pour traîner les phoques. J'é-
tais devenu si faible que j'eus beaucoup de peine à en
saisir et retenir le bout. J'y parvins néanmoins : ce qui
permit à mon sauveur de me sortir de l'eau absolument
comme il l'eût fait pour un gros poisson.

« Je me trouvais alors dans la plus déplorable situation.
Non-seulement j'avais peine à me tenir sur mes jambes,
tant j'étais engourdi par le froid, mais encore l'eau que
j'avais avalée m'empêchait d'articuler un mot. Je m'en
débarrassai enfin et retrouvai ma respiration : ce qui me
permit de me traîner jusqu'au bâtiment, où je fus reçu
d'une manière qui fut loin d'être cordiale. Au lieu de me
témoigner de la pitié, les matelots ne firent que rire de
ce qu'ils regardaient comme « une bonne farce. » —
« Quel dommage qu'il n'ait pas été attrapé par les re-
quins ! » s'écria le contre-maître.

« En l'entendant exprimer ce regret, je compris qu'il
serait superflu d'espérer le moindre sentiment de com-
misération de cet homme à la figure rouge et boursouflée.
Tout ce que je lui demandai fut la permission de descendre dans l'entre-pont.

« Vous pouvez y aller, me répondit-il, mais pour cinq
minutes seulement. Si, après ce temps-là, vous n'êtes pas
remonté, j'irai vous réchauffer les côtes avec un bout de
corde, moi ! »

« Cette menace eut pour effet de me dégourdir assez

promptement; et, quoique je tremblasse comme si j'allais mourir, je me hâtai de remonter sur le pont après avoir changé de vêtements. Dès qu'il m'aperçut, le contre-maître me cria de nouveau de me dépêcher ; et, saisissant le bout de corde dont il m'avait parlé, il me le montra en me lançant des regards si féroces que je compris que l'action suivrait de près la menace, si je refusais de lui obéir. Je regagnai rapidement la glace, où je repris ma chasse : ce qui ne tarda pas à me réchauffer. Devenu plus prudent, je ne rencontrai plus de mésaventures et retournai bientôt au navire, traînant après moi trois superbes veaux marins.

« Ce résultat parut enchanter le second, qui crut même devoir me complimenter à sa manière, c'est-à-dire en me montrant à mes compagnons et en disant : « Eh ! regardez donc celui-là ! »

« Au bout de plusieurs jours, nous avions fait ce que les pêcheurs de phoques appellent une bonne capture. Néanmoins, plus de la moitié de nos barils étaient encore vides, et nous nous disposions à les remplir en transportant ailleurs le théâtre de nos opérations, lorsqu'un violent orage éclata.

« Craignant d'être pris dans les glaces, nous nous hâtâmes de rentrer dans le navire et de nous éloigner le plus vivement possible, en nous frayant un chemin dans la direction du midi, ce que nous exécutâmes sans accident. Mais d'autres navires qui étaient arrivés pendant que nous pêchions, et qui s'étaient approchés de nous, n'eurent pas le même bonheur. Deux d'entre eux, atteints par les glaçons, furent écrasés tout comme s'ils n'eussent été que de simples coquilles de noix. Quant à leurs équipages, ils sautèrent sur des bancs et furent assez heureux pour regagner d'autres bâtiments.

« La tempête dura, à quelques interruptions près, pendant treize jours. Les moments de calme étaient de si

Il y avait plusieurs navires dans nos eaux. (Page 52.)

courte durée qu'il nous était impossible de reprendre notre pêche; c'est vainement qu'à diverses reprises nous essayâmes de nous rapprocher des glaces, toujours il fallut nous retirer presque immédiatement, ce qui retarda singulièrement la fin de notre campagne.

« Quand le mauvais temps cessa enfin, la saison de la pêche était quasi terminée, de sorte que nous n'avions d'autre choix, si nous voulions remporter une pleine cargaison d'huile, que d'aller à la recherche des baleines. Dans ce but, il était nécessaire de nous avancer encore plus vers le nord et parmi des glaçons autrement formidables que ceux que nous avions déjà rencontrés. La direction du navire fut donc changée, et nous voguâmes droit vers le nord, évitant les glaces autant que possible, ce qui ne nous empêcha pas d'en trouver une assez grande quantité. Cependant, comme elles n'étaient pas assez épaisses pour faire obstacle à notre route et que les vents étaient favorables, nous halâmes une bonne quantité de latitude.

— Je vous prie de m'excuser, capitaine, interrompit William, mais qu'est-ce que cela veut dire, *haler de la latitude ?*

— C'est aller plus en avant vers le nord, répondit le capitaine. La latitude, c'est la distance comprise entre l'équateur et le nord, et entre l'équateur et le sud. Lors donc qu'un marin avance dans l'une ou l'autre de ces deux directions, il appelle cela « haler, » ou si vous aimez mieux, « tirer, amener à lui, la latitude. » S'il se dirige vers l'est ou l'ouest, il dira alors « qu'il hale de la longitude. »

— Je vous remercie, dit poliment William.

— Est-ce assez clair? demanda le capitaine.

— Oui, comme de la boue, dit William en riant.

— Clair comme de la boue? Eh! reprit le capitaine en riant à son tour; peut-être pas aussi clair que la soupe

4

aux pois qu'on nous donnait à bord du *Merle*. Elle était
tellement limpide que si l'Océan en avait été composé,
vous auriez pu y voir jusqu'au fond. Un des vieux matelots prétendait que ce n'était pas de la soupe du tout.
« Si cela s'appelle de la soupe, grognait-il, alors j'ai fait
quarante mille lieues dans de la soupe. » C'était le nombre de lieues qu'il supposait avoir parcourues dans ses
nombreux voyages.

« Mais continuons notre histoire. Malgré la mauvaise
qualité de notre potage, les jours se succédaient, et nous
allions toujours de plus en plus vers le nord, nous enfon-
çant davantage dans les glaces. Elles étaient si épaisses
et si nombreuses parfois qu'elles nous barraient complétement le passage; nous étions alors obligés d'attendre
plusieurs jours avant de revoir le chemin libre. Enfin, à
force de gagner de l'avant, nous atteignîmes un point
qui, suivant moi, devait être fort voisin du pôle arctique.
Oh, quel monde étrange que celui dans lequel nous en
trions, mes enfants ! Et d'abord le soleil ne disparaissait
jamais de l'horizon. Il n'y avait donc pas de nuit; il faisait jour, grand jour tout le temps. Et c'était très-heureux pour nous; avec la moindre obscurité il nous eût
été impossible de poursuivre notre voyage. Si favorisés
que nous fussions par cette incessante clarté, il nous fallait agir avec une extrême prudence au milieu des glaçons
qui nous circonvenaient de toutes parts. Souvent ils nous
entouraient comme les murs d'une prison. Alors nous
avions recours à nos brise-glace, à nos longues scies;
nous coupions et taillions les glaçons, que nous poussions
ensuite devant nous. D'autres fois nous taillions la glace
de façon à y faire un bassin, dans lequel notre navire se
mettait à l'abri des blocs immenses dont la mer était
semée et qui, à tout moment, nous menaçaient du sort
des deux bâtiments dont je vous ai parlé.

« Lorsque nous formâmes le projet d'aller à la recherche

Les glaçons devenaient plus nombreux, plus grands et plus effrayants. (Page 53.)

des baleines, il y avait plusieurs navires dans nos eaux ;
j'en comptai une fois neuf, tous à portée de nous. Le
mauvais temps nous avait séparés. Étaient-ils partis en
avant ou restés en arrière, c'est ce que nous ignorions.
Nous, nous avancions toujours, mais vers quel endroit ?
je n'en savais rien. Ce dont je suis convaincu, c'est que
chaque jour nous courions des risques terribles, les
glaçons devenant plus nombreux, plus grands et plus
effrayants que la veille. Enfin il arriva un moment où ne
pouvant plus les éviter, car les champs de glace qui nous
environnaient nous auraient empêchés de faire aucun détour, nous dûmes voguer au milieu de ces redoutables
écueils.

« Quelques-uns étaient très-élevés, leur hauteur dépassait plusieurs fois celle de notre mâture, et ils étaient si
froids qu'ils glaçaient l'air que nous respirions. Je fris-
sonnais quand nous passions près d'eux ; un secret pressentiment m'avertissait qu'ils devaient nous être funes-
tes. Persuadé que nous marchions à une destruction certaine, je croyais lire un avertissement écrit, pour ainsi
dire, sur les glaçons mêmes. Sur l'un d'eux, à notre gauche, on voyait une figure blanche, agenouillée et très-
nettement découpée. L'une des mains de cette forme
étrange et spectrale s'appuyait sur la glace ; l'autre était
levée vers le ciel, dans la direction du midi, d'où nous
venions. Il me sembla que cette apparition se remuait,
et, fort ému, je la montrai à l'un de mes compagnons.

« Habitant du plancher des vaches, niais que vous
êtes, me répondit-il, ne savez-vous donc pas que le soleil
en faisant fondre la glace lui fait prendre toutes les formes
imaginables. Regardez là-haut, ne voyez-vous pas une
tête d'homme ? »

« Je levai les yeux, et je vis en effet la face d'un homme taillée très-distinctement au sommet d'un glaçon
sous lequel nous allions passer.

« Cette explication ne me rassura pas ; et j'étais d'autant plus terrifié que l'air, déjà rempli de bruits sourds,
de grondements causés par des chutes d'avalanches ou
par celles de blocs détachés des glaçons et qui tombaient
dans la mer, était à chaque instant ébranlé par de mysté-
rieuses et puissantes détonations. Ajoutez à cela un brouillard intense, et vous comprendrez qu'il put devenir bientôt évident pour moi que tout espoir était perdu pour
nous.

« C'est en vain que j'essayais de repousser les sombres
idées qui m'assaillaient ; plus je faisais d'efforts pour sou-
lager mon âme du pénible poids dont elle était accablée
et plus il devenait lourd et insupportable. Autour de nous
le brouillard s'épaississait, nous enveloppant comme un
linceul. Il neigeait, et l'air était devenu si obscur que par
moments on cessait d'apercevoir les glaçons qui nous entouraient ; mais toujours on entendait les infernales détonations. Et nous allions cherchant notre chemin, inquiets comme un voyageur qui se serait fourvoyé dans
une forêt qu'il ne connaît point, à l'approche d'une nuit
qui ne finira jamais !

« Persuadé, comme je vous l'ai dit, que nous marchions
à une mort certaine, tout mon courage m'avait abandonné. En resongeant à la figure que j'avais aperçue, il
me semblait qu'elle avait été mise sur notre passage
comme un avertissement ; et vous verrez bientôt, mes
enfants, que ce pressentiment n'était point menteur.

« Jamais je n'avais vu un brouillard semblable à celui
qui nous enveloppait. Il devint si noir que c'est à peine si
nous pouvions diriger le bâtiment de façon qu'il ne heur-
tât pas les blocs dont notre chemin était semé. Tout d'un
coup le vent refusa ; un calme plat se fit, et un courant
s'empara du navire. Pour l'empêcher de nous porter sur
les glaces, nous dûmes mettre les chaloupes à la mer, et
remorquer à force de rames notre maison flottante, cha-

que fois qu'elle nous paraissait s'engager dans des endroits dangereux.

« Nous nous donnions ainsi beaucoup de peine pour obtenir peu de besogne, lorsque le second maître d'équipage qui dirigeait le premier canot, dans lequel j'étais, s'écria : « Glace continue à l'avant ! »

« On nomme ainsi, mes enfants, une ceinture de glace attachée solidement à la terre, et qui n'a pas encore été dissoute par la chaleur de l'été. Cette nouvelle nous causa une grande joie, car elle annonçait que la terre devait être proche, et nous supposâmes tous qu'on nous ordonnerait d'attacher une amarre à la glace afin de nous y maintenir jusqu'à ce que le brouillard fût dissipé, et le vent revenu. Nous nous trompions. Au lieu de nous donner cet ordre, le second nous commanda de nous éloigner. Il nous fit amener le navire dans un bon mouillage; après quoi il nous envoya tous très-imprudemment, à ce qu'il nous parut, déjeuner à bord.

« Nous avions à peine achevé ce repas et nous allions monter sur le pont pour entrer de nouveau dans les chaloupes, quand il s'éleva un grand cri : « Nous sommes serrés par les glaces ! — Vite aux canots ! » Tel fut l'ordre que j'entendis au milieu d'un énorme brouhaha. Quand j'arrivai sur le pont pour l'exécuter, j'aperçus devant nous un énorme glaçon dont le sommet était perdu dans l'épaisseur des nuages, tandis qu'un de ses côtés faisant saillie était suspendu au-dessus de nous.

« Ce spectacle nous terrifia, car il nous parut que ce bloc était prêt à choir; le fait est qu'à chaque instant des fragments s'en détachaient avec un bruyant retentissement, et tombaient dans la mer.

« Nous regagnâmes rapidement les chaloupes. Celle dans laquelle je me trouvais était un peu en avant des deux autres. Au moment où nous nous éloignions, le

patron du *Merle* vint sur le pont et nous ordonna de faire
ce qui nous aurait sauvés, si le second l'eût ordonné une
heure avant : « Coulez votre amarre jusqu'à la glace continue, » nous cria-t-il. Chacun sentant l'imminence du
danger, tira aussi fort qu'il put pour regagner la ceinture de glace. Malheureusement, pendant que nous dé-
jeunions, nous nous en étions éloignés par suite de la
dérive du bâtiment; enfin nous l'atteignîmes. Nous dé-
barquâmes, nous creusâmes un trou et nous plantâmes
l'ancre à glace. Le navire était hors de notre vue, enveloppé dans le brouillard, mais nous pouvions saisir les
bruits qui en venaient. C'est ainsi que nous entendîmes
le capitaine nous crier : « Dépêchez-vous, ou nous sommes perdus. »

« La corde fut attachée à l'ancre en un moment.

« — Halez à bord! halez à bord! cria le second maître d'équipage.

« — Dépêchez-vous, ou nous sommes perdus! s'écria
de nouveau le capitaine.

« — Halez à bord, halez à bord! reprit le second
maître d'une voix retentissante. Mais personne ne répondit.

« — Ils ne nous entendent pas plus qu'ils ne nous
voient, dit-il.

« Et se tournant vers moi :

« — Hardy, me dit-il, veillez à ce que l'ancre ne bouge
pas. Et vous, mes amis, sautez dans le canot, et appro-
chons-nous du navire afin de nous faire entendre

« Le canot glissa rapidement à travers le brouillard,
et je restai près de l'ancre. Combien j'étais seul! vous
allez l'apprendre.

« Aussi rapide que l'éclair, aussi prompt que l'espace
de temps qui s'écoule d'une seconde à l'autre, un son que
je n'oublierai jamais vint frapper mes oreilles. C'é-
tait comme si un volcan eût fait irruption, ou qu'un

Coulez votre amarre jusqu'à la glace continue. (Page 56.)

tremblement de terre eût englouti une ville entière. Un
choc terrible, comme une explosion soudaine, remplit
l'air. J'entrevis à travers l'épaisseur du brouillard les
mâts du navire qui vacillaient; puis je ne vis plus rien;
le navire, la montagne de glace et la chaloupe qui venait de s'éloigner, tout avait disparu dans l'abîme !

« Il y eut alors un immense bouillonnement. Les grosses lames mises en mouvement par la chute du glaçon,
et dont les cimes, blanches d'écume, étaient effrayantes
à voir, s'élancèrent furieuses des ténèbres. Comprenant
le danger de ma situation, je m'enfuis le plus rapidement que je pus. Il était temps; car les vagues brisèrent
en mille fragments la glace que je venais de quitter, et
de nombreuses crevasses s'ouvrirent derrière moi.

« Je ne courus pas longtemps avant de trouver un endroit où je fusse en sûreté. En l'atteignant, je tombai à
genoux, et ma première pensée fut de remercier Dieu;
mais la seconde me fit entrevoir toute l'horreur de mon
abandon. Ma vie était sauve; « mais pourquoi n'ai-je pas
péri avec mes compagnons, m'écriai-je, si je dois mourir
de froid et de faim? »

« Abandonné sur un radeau de glace, au milieu de l'O-
céan arctique, sans nourriture et sans abri, enveloppé
par un impénétrable et sinistre brouillard, et sans autre
avenir qu'une lente agonie, sans autre espérance qu'une
mort inévitable, c'est ainsi, mes enfants, que je me retrouvai quand le navire qui m'avait apporté fut brisé,
et que mes compagnons furent engloutis avec ses débris ! »

Ici le capitaine s'arrêta comme pour reprendre haleine,
car il avait parlé très-vite et s'était animé peu à peu au
souvenir de cette scène terrible. Les yeux des enfants
étaient fixés sur lui avec la plus grande attention. Ils
étaient si profondément intéressés par les récits du naufrage qu'il s'écoula quelque temps avant que personne
prît la parole.

« Oui ! s'écria enfin William, c'était là vraiment être *perdu dans les glaces*, capitaine Hardy. Je ne pensais pas que ce fût si effrayant.

— Ni moi, dit Fred, doutant évidemment que le capitaine Hardy fût bien le même enfant naufragé dont il racontait l'histoire; mais Alice ne disait pas un mot, perdue qu'elle était dans l'étonnement des choses qu'elle entendait.

— Je n'aurais pas cru que ce fût vous, capitaine Hardy, continua William, si vous ne nous aviez raconté cette histoire vous-même; car il m'est impossible de voir comment vous avez pu vous tirer de là. C'est bien pis que d'avoir été dans la mer sur le dos d'un veau marin. »

Le capitaine sourit à ces réflexions des enfants.

« C'était un assez mauvais pas, sans aucun doute, dit-il; mais, avec l'aide de la Providence, je m'en tirai néanmoins ainsi que vous verrez : autrement serais-je ici pour vous raconter cet événement?... Comment je parvins à me sauver et ce qui advint du reste de l'équipage, vous le saurez demain; car il est maintenant trop tard pour que je vous l'apprenne. La nuit approche et vos parents vous attendent; ainsi, au revoir, mes chers enfants. Seulement, demain, venez un peu plus tôt: s'il y a du vent, nous ferons une promenade en bateau. »

Les enfants prirent congé du vieux marin, le cœur plein d'une reconnaissance qu'ils ne pouvaient se lasser d'exprimer, et très-étonnés de ce que le capitaine ait survécu au désastre dont il venait de leur esquisser le sombre tableau.

CHAPITRE VI.

Le vieux marin va à la rencontre des enfants, à qui il raconte comment le jeune homme perdu dans les glaces sauva un de ses camarades, et leur donne des détails qui, s'ils étaient placés en tête de ce chapitre, lui feraient perdre une partie de son intérêt.

ETTE fois, le capitaine Hardy ne fut pas pris à l'improviste. Il était à sa porte avant l'heure convenue, cherchant du regard ses jeunes amis; et comme ceux-ci tardaient beaucoup, il alla au-devant d'eux. Du haut de la colline, il les aperçut aussitôt qui descendaient l'un des sentiers qui traversent la propriété de M. Earnest.

Quand ils virent à leur tour le capitaine, ils se demandèrent pour quel motif il avait fait tout ce chemin.

« Qu'y a-t-il donc? s'écria William. Regardez, il agite son chapeau! »

Et toute la petite troupe

partit en courant dans la direction du vieux marin.

Dès qu'ils furent à portée de sa voix :

« Venez, mes braves enfants, leur dit-il ; vous êtes en retard aujourd'hui. Dépêchez-vous, ou nous perdrons une bonne occasion.

— Quelle bonne occasion ? demanda William quand ils furent tout près de lui.

— Le vent ! le vent ! Quoi, ne voyez-vous pas que le vent est excellent ? Je craignais de perdre notre promenade en bateau, et voilà pourquoi je suis venu pour vous faire hâter le pas.

— Hourrah ! hourrah ! » crièrent à la fois les deux garçons ; et, sans plus tarder, le capitaine entraîna rapidement la petite bande à travers les bois dans la direction de l'eau.

Le vieux marin avait déjà rendu, le matin, une visite à la baie et au yacht, et avait tout préparé pour le voyage.

« Attention, maintenant, et soyons alertes, dit-il en les aidant à monter à bord : ce qui fut rapidement exécuté. Il y sauta ensuite lui-même, poussa le yacht au large, et, aidé d'un garçon à l'aspect original et comique, que l'on appelait *Bras de Misaine*, il tendit les voiles ; et la légère embarcation flotta bientôt sur l'eau, emportant la plus joyeuse compagnie qui se fût jamais embarquée pour une partie de plaisir. « Charmant ! » était le seul mot qui semblât exprimer toute la joie des deux garçons, car ils le répétèrent au moins cinquante fois ; tandis que la petite Alice montrait son contentement en courant d'un bout à l'autre du bateau, s'arrêtant de temps à autre pour s'appuyer sur le parapet, contempler les petites vagues et prêter l'oreille à leur clapotement, et aussi pour tremper le bout de ses doigts dans l'eau, ce qui lui faisait pousser de petits cris de joie quand l'écume arrivait jusqu'à elle.

Ils vinrent enfin s'asseoir à l'arrière du yacht, devant la cabine qui a été décrite précédemment. Quant au capitaine, aussi joyeux qu'eux, il avait saisi le gouvernail d'une main ferme, et en marin expérimenté conduisait le léger bâtiment dans la direction où il lui plaisait d'aller, non sans lancer par-ci par-là quelque plaisanterie, tout en jouissant, dans toute la plénitude de son excellent cœur, du contentement de ses jeunes hôtes. Et il n'était pas pressé d'y mettre fin, car il traversa le port dans toute sa largeur; il annonça alors qu'il allait virer de bord.

« Que veut dire virer de bord? demanda William.

— C'est manœuvrer pour mettre à l'autre bord, répondit le capitaine.

— Comment fait-on? qu'est-ce que cela veut dire? demanda William aussi peu avancé qu'auparavant.

— Je vais vous le montrer, dit le capitaine. Mais, comme je suis à la fois le capitaine et le timonier, vous ne trouverez pas mauvais que je me donne des ordres à moi-même, n'est-ce pas? Donc, regardez-moi.

— Lof tout! cria-t-il. Et, se tournant vers ses petits amis : Vous voyez, ajouta-t-il, je baisse le gouvernail autant que cela m'est possible, — là, — regardez, à présent, comment cela fait tourner le bateau et l'amène sous le vent; — vous voyez que les voiles commencent à s'agiter, — le vent nous souffle maintenant en plein dans la figure; nous avons presque entièrement tourné; — gare à vos têtes, le bout-dehors va passer de l'autre côté; — là. — Remarquez-vous combien notre direction est changée! — cette maison là-bas sur le rivage, qui était devant nous, est derrière à présent. Voilà le bout-dehors parti, — pan! La voile se gonfle, regardez-la s'enfler, — le foc remue encore un peu, — mais dans une seconde il sera aussi gonflé que l'autre; — le gouvernail est revenu à sa place primitive, tout droit, — et c'est pourquoi l'*Alice* qui lui obéit file si gentiment

vers l'Ermitage du Marin. Que dites-vous de la manœuvre?

— Magnifique! superbe? s'écria William; je voudrais
pouvoir en faire autant.

— Je vous l'apprendrai; cela est facile à retenir, répondit le capitaine; mais faites attention, ou vous tom-
beriez par-dessus le bord; gagnons dans le vent et re-
dressons le bateau, qui penche un peu trop. »

Tout en instruisant ses jeunes amis, le capitaine, continua à louvoyer à travers le port pendant plus d'une
heure, jouissant de cette promenade autant que les enfants eux-mêmes.

Quand ceux-ci commencèrent à se tenir tranquilles
(l'attrait de la nouveauté ayant un peu diminué), le capitaine poussa vers un endroit peu profond et amena
une fois encore la proue de son bateau sous le vent;
mais cette fois il manœuvra de façon à arrêter le yacht;
les voiles glissèrent, et le capitaine ordonna à Bras de
Misaine de laisser tomber l'ancre, ce qu'il fit promptement; alors le capitaine l'aida à étendre une tente rayée
de rouge et de blanc au-dessus de l'endroit où ils étaient
assis. Lorsque ce travail fut terminé :

« Ce lieu n'est-il pas ravissant pour raconter une histoire? dit-il.

— Ravissant! splendide! magnifique! répondirent les
enfants.

— Mieux que le Nid de corbeaux, n'est-ce pas? Vous
vous rappelez qu'hier, au moment où nous nous inter-
rompîmes, j'étais en pleine mer, seul sur un *ice-raft*
(radeau de glace). Sans être absolument dans une situation aussi périlleuse, Dieu merci! nous sommes encore sur l'Océan; c'est là où je me plais. L'air y est
excellent pour stimuler l'esprit et délier la langue. La
terre, voyez-vous, n'est bonne que lorsque les éléments
sont en repos; mais quand le vent souffle, surtout quand il

souffle très-fort, on est mieux sur mer. A terre, j'ai toujours peur que les arbres ne tombent sur moi, que les maisons ne s'écroulent sur ma tête, ou qu'il n'arrive quelque autre accident; tandis qu'ici on n'a rien à redouter de ce genre. D'ailleurs, en mer, on est toujours chez soi; qu'il pleuve ou que le soleil brille, on n'a jamais besoin de chercher un abri, puisqu'on ne quitte pas sa maison.

— Seulement, il ne faut pas être dans le gaillard d'avant, insinua le malin William, qui se rappelait la frayeur du capitaine quand il se trouva pour la première fois sur *le Merle*.

— Ne parlons pas de cela mon garçon, répliqua le capitaine. Je n'étais alors qu'un gamin. La mer et moi nous avons fait plus ample connaissance depuis. Mais continuons, ou nous n'avancerons pas plus dans cette histoire que le *Vaisseau Fantôme* sur le chemin du port. J'étais donc sur un radeau de glace au milieu de l'Océan arctique, perdu dans un désert et tout à fait seul. Mes compagnons étaient tous noyés ou tués par la chute des blocs de glace, du moins autant que je le pouvais savoir. La perspective qui s'offrait à moi était loin d'être agréable. Comme je vous l'ai dit, la seule pensée qui occupât mon esprit était que je mourrais bientôt de faim ou de froid. J'étais très-impressionné de ce qui était arrivé; je pouvais à peine me figurer qu'un pareil désastre eût pu fondre si soudainement sur moi. Pétrifié par la terreur, je restai immobile à regarder dans le brouillard et à prêter l'oreille aux sons terribles qui en sortaient. Après quelque temps passé ainsi, je retrouvai un peu de sang-froid; je pus jeter un regard plus calme sur ma situation et réfléchir aux moyens d'en tirer le meilleur parti possible.

« La mer s'étant apaisée, je reconnus que je pouvais m'approcher de l'endroit où le navire avait péri, en sautant d'un bloc de glace à l'autre en enjambant les

5

crevasses. Ces blocs étaient tous en mouvement, roulant
sur les lames, et plus j'allais, plus aussi ce mouvement
devenait inquiétant. Je compris qu'il me fallait procéder
avec prudence; et quand je sautais d'un bloc à l'autre,
je regardais avec soin où j'allais, car si le pied m'eût
manqué, je serais tombé dans la mer, et je me serais
infailliblement noyé ou fracassé les membres sur la
glace mouvante. Si le champ de glace eût été brisé d'un
seul coup, la mer fût redevenue tranquille beaucoup plus
tôt; mais il était évident, d'après les bruits qui arrivaient jusqu'à moi, qu'une partie considérable du glaçon n'était pas encore détachée. Chaque nouvelle vague
en arrachait quelques nouveaux fragments avec une dé-
tonation semblable à une décharge d'artillerie. Quant au
vaisseau, je ne pouvais en rien découvrir, non plus que
des chaloupes; mais j'entrevoyais très-distinctement de
gros morceaux de glace flottante lorsque le brouillard
se dissipait un peu. En cherchant ainsi à percer l'obscurité, je crus pendant un instant voir un homme sur
l'une d'elles. Mais cette apparition fut si rapide, le
brouillard la fit disparaître si brusquement, que je me
demandai si mes yeux avaient bien vu ou si mon imagination n'était pas le jouet d'un rêve.

« Je tentai de percer de nouveau l'obscurité; ce fut
vainement. Mon attention fut d'ailleurs bientôt détournée
par une masse noire qui avait été poussée non loin de
l'endroit où je me trouvais lorsque le canot m'avait
quitté. C'était un débris du bâtiment naufragé, un fragment de l'un des mâts : la hune de misaine. Chaque
vague le rapprochait de moi; plus loin, d'autres morceaux de la charpente du navire, mêlés à des voiles et
des cordages, formaient une masse confuse qui flottait
au gré des flots.

« En examinant attentivement ces débris, l'homme
que j'avais cru voir un moment auparavant m'apparut

de nouveau. Était-ce encore un rêve? Non, c'était bien
un homme embarrassé dans cet amas d'objets confus,
et essayant de s'en débarrasser. Je n'avais donc pas survécu seul au désastre! Sans songer au danger que j'allais courir moi-même, je m'élançai pour le secourir,
car à voir la façon dont il luttait, il était certain qu'il
ne pouvait se sauver tout seul.

« Vous vous rappelez que j'étais alors sur un glaçon
détaché par les vagues de la masse principale. Devant
moi, la glace était également brisée en nombreux fragments; mais étant plus au large, les morceaux se mou-
vaient davantage, de sorte qu'il y avait beaucoup plus
de difficulté à sauter de l'un à l'autre. Sans m'arrêter
pour réfléchir au danger, je franchis avec agilité tous
les obstacles, jusqu'à ce que je fusse parvenu sur le
glaçon qui soutenait le bout du mât ainsi que les autres
débris qui y étaient attachés. J'arrivai juste à temps,
car tous ces objets commençaient à s'enfoncer dans la
mer.

« Je ne m'étais point trompé : ce que j'avais pris pour
un homme en était bien un, ou, comme je le découvris
bientôt, le petit mousse attaché au service du capitaine,
garçon à la figure délicate et pâle, et âgé seulement de
quatorze ans. Je reconnus aussitôt que les efforts que
je lui avais vu faire avaient pour but de se dégager
des agrès dans lesquels il se trouvait pris. Quand j'ap-
prochai, ses forces l'avaient abandonné; il était immobile et commençait à s'enfoncer. Plus rapide que la pensée, je grimpai dans les débris qui le tenaient captif, et
vis qu'il avait une de ses jambes prises par un cordage.
Parmi ces mêmes épaves était un autre homme, affreusement meurtri, mais mort celui ci. Il n'y avait pas d-
temps à perdre, car au moment où je faisais cette découverte, une lame couvrit cette espèce de radeau et
moi avec. Je tirai le couteau que je portais dans ma

ceinture, à l'exemple de tous les matelots, et je coupai
la corde qui retenait le jeune mousse; puis, saisissant
l'enfant par la taille avec un bras (car il était très-léger
pour son âge), je sautai sur la glace, et me mis à courir
jusqu'à ce que j'eusse atteint un endroit de salut sur la
glace continue. Là, je déposai mon fardeau insensible,
tout dégouttant d'eau de mer. Je crus d'abord qu'il était

Je saisis l'enfant par la taille.

mort, mais je reconnus bientôt qu'il vivait encore, car
il respirait librement, quoique lentement. De ses cheveux mouillés tombaient quelques gouttes de sang; et,
en examinant de plus près, je vis qu'il avait une déchirure à la tête, mais qui ne me parut pas offrir de gra-
vité. Cette blessure était évidemment la cause de son
évanouissement, car sa respiration semblait montrer
qu'il avait maintenu sa tête hors de l'eau; ce n'était donc

pas l'asphyxie qui produisait l'insensibilité à laquelle il
était en proie. Il me sembla que le coup l'avait simplement étourdi; je supposai que le repos et la chaleur le
rendraient à la vie, mais sans en être bien convaincu.
Aussi l'appelai-je de toutes mes forces, comme si ma
voix eût été le plus efficace de tous les remèdes. Ce n'en
était, hélas! que le moins utile. J'entrevis alors toute
l'étendue de mon impuissance. Mon courage m'abandonna, et je me laissai tomber à côté de mon infortuné
compagnon. J'oubliais qu'il me restait une dernière espérance de salut : le ciel. Une prière monta de mon
cœur à mes lèvres. Dieu l'entendit-il? Je ne sais. Mais
à l'heure même où, agenouillé, j'élevais mon âme vers
le firmament, l'épais brouillard qui tout à l'heure le
cachait à mes yeux s'éclaircit, le brillant soleil dispersa
les brumes et la terre m'apparut. De légers nuages couleur d'argent flottaient au-dessus de la mer, et tandis
qu'ils étaient poussés par un vent doux, un rayon de
soleil éclata sur moi et l'enfant à qui j'avais, au moins
momentanément, sauvé la vie.

« Au loin, la confusion régnait encore, mais on sentait que le calme allait renaître. Un notable changement
à vue s'était opéré à l'endroit que je venais de quitter.
Les débris du bâtiment qui avaient servi de refuge à
l'enfant étaient submergés, et les blocs de glace se dis-
persaient dans toutes les directions. Il s'en était donc
fallu de bien peu, comme vous voyez, que je n'aie pu
reprendre pied sur la glace continue, et n'aie été entraîné par les lames avec mon fardeau.

« A mesure que les brumes se dissipaient, la terre, à
peine visible d'abord, se dessinait hardiment sur l'horizon; la mer devenait également visible sur un par-
cours de plusieurs lieues. Elle était couverte de fragments de glace et de nombreux glaçons, dont quelques-
uns avaient leurs sommets enveloppés de brouillard, ce

qui leur donnait l'apparence de petites montagnes blanches couronnées de nuages. La terre ne me paraissait
pas être éloignée de plus de quelques milles, et il était
évident que la glace qui me portait y était attachée. Si
j'avais réfléchi, j'aurais dû le penser dès l'instant où j'y
avais été jeté, car le simple nom de glace continue l'indiquait suffisamment.

« Le retour de la lumière et du beau temps firent renaître le calme dans mon esprit, et lui rendit toute son
invention. Ma première pensée fut de gagner la terre
ferme avec mon petit compagnon ; la seconde, de chercher s'il n'y aurait pas encore quelque autre de mes camarades à secourir, et enfin si je ne trouverais pas le
moyen d'arracher à la mer quelques fragments du vaisseau naufragé.

« Ces dernières suppositions ne subsistèrent pas longtemps dans mon esprit, car bien que la mer fût couverte de débris, j'étais dans l'impossibilité de les atteindre. Quant à mes malheureux camarades, on n'en voyait
plus un seul ; l'avalanche avait tout enfoncé dans les pro-
fondeurs de l'Océan. Du navire, des chaloupes et des
hommes, il ne restait plus que moi et ce pauvre petit
inanimé.

« Il faut vous dire, mes enfants, que quoique nous
fussions dans les régions arctiques et parmi les glaces,
le temps n'était pas froid, car nous étions au milieu de
l'été. Le brouillard avait nécessairement rendu l'air un
peu humide et frais, mais il ne faisait réellement pas
froid. Sur le Merle, nous n'avions que notre vêtement ordinaire de flanelle, et il était rare que nous missions
d'autre costume. Le matin de cette fatale journée, en remontant sur le pont, après déjeuner, pour un motif dont
je ne me souviens plus, j'avais endossé un lourd paletot
en drap pilote, qui m'avait été fourni par le patron du navire, le prix devant être déduit de mon salaire. J'avais eu

La mer était couverte de nombreux glaçons. (Page 69.)

là sans m'en douter une fort heureuse idée, puisque ce
vêtement me servait maintenant à envelopper mon pauvre petit noyé.

« Comme il n'y avait rien à gagner en restant plus longtemps sur la glace, je pris l'enfant dans mes bras, et me
dirigeai vers la terre. Il vous paraîtra peut-être étrange
de me voir tant de sang-froid, lorsque j'avais tant de
motifs de m'abandonner au plus sombre désespoir. Cette
énergie s'explique. J'avais à cœur de sauver la vie de
mon compagnon et cela m'empêchait de m'appesantir
sur mon propre malheur.

« L'espoir de rencontrer des habitants sur la terre que
je venais d'entrevoir à travers les brouillards, stimulait
aussi mon courage, et me poussait à faire de nouveaux
efforts.

« Quoique l'enfant ne fût pas lourd, j'étais cependant
très-fatigué en le portant; mais il était urgent de me hâter; je recueillis donc toutes mes forces, car lui conserver la vie me semblait maintenant préférable au soin que
sollicitait la mienne propre. Je sentais que s'il venait à
mourir et que je lui survécusse, quand même je trouverais des moyens d'existence, mon sort n'en serait pas
moins terrible, condamné que je serais à la solitude, et
quelle solitude, bon Dieu! la mort lui était mille fois
plus douce.

« En arrivant près de terre, je fis une découverte qui
ne laissa pas que de m'alarmer singulièrement : un espace considérable d'eau, semé il est vrai de fragments de
glace, se trouvait entre moi et le rivage; après avoir hé-
sité devant ce nouvel obstacle, je crus voir qu'à l'aide
d'un détour assez grand, je parviendrais à un endroit où
la glace devait être solidement attachée au sol. Je ne
m'étais point trompé, et après avoir fait ce circuit j'atteignis plusieurs blocs qui faisaient une sorte de rempart
au rivage; je les escaladai et parvins enfin sur des ro-

chers, puis sur un banc de gazon où je posai mon fardeau, sous les rayons brûlants du soleil.

« Que devais-je faire alors? l'enfant se trouvait toujours à peu près dans le même état qu'auparavant. Notre trajet avait duré une demi-heure au moins, et pendant tout ce temps, il était resté enveloppé dans ses
habits mouillés, ce qui ne devait pas lui faire grand
bien, et lui aurait fait beaucoup de mal s'il eût été en
pleine possession de sa santé et de ses forces. J'eus peur
que tout cela, aussi bien que le coup qu'il avait reçu, ne
nuisît à son rétablissement et même ne compromît sa
vie déjà si menacée. Par bonheur, le gazon était réchauffé, et l'air, comme je l'ai dit, n'était pas froid. Il
était donc bien préférable d'exposer le corps de l'enfant
à l'air que de le laisser dans ses vêtements trempés. En
conséquence, je me défis de la chemise de flanelle que
je portais sous mon paletot; puis je déshabillai le jeune
homme et lui frottai le corps avec les parties de mes vêtements que les siens n'avaient point mouillés pendant
que je le portais; cela fait, je lui mis ma chemise et mon
caleçon, et arrachant l'herbe qui se trouvait là, je lui en
fis une sorte de couverture, sur laquelle je posai mon
paletot. Enfin, pour hâter le retour de la chaleur, je me
mis à frotter ses pieds et ses mains et même à les battre, car ils étaient très-froids, et le sang y circulait avec
peine.

« La scène qui m'environnait était assez lugubre pour
frapper de terreur un cœur plus aguerri que le mien;
quand je l'eus entièrement considérée, j'acquis la triste
conviction qu'aucun être vivant ne pouvait s'y trouver.
Ma première pensée fut de crier de toutes mes forces
plusieurs fois de suite, mais nulle réponse ne me parvint, excepté l'écho de ma propre voix répercuté dans
une ravine sombre et profonde, située à peu de distance.
Cet écho me fit peur, mais ne produisit aucune impres-

sion sur mon compagnon. La pensée qu'il allait mourir
me revint plus vite que jamais. Sans savoir exactement
ce que je faisais ni pourquoi je le faisais, je courus jusqu'à un monceau de pierres raboteuses qui s'élevait assez haut, et je me mis à crier de nouveau. Cette fois,
l'écho ne fut pas le seul bruit qui me répondit. A mon
grand étonnement, j'entendis un battement d'ailes et des
cris perçants qui venaient d'un point placé à environ
trente pieds au-dessous de moi. Quelque ennemi terrible
m'eût attaqué que je n'aurais pas reculé avec plus de
terreur que je ne le fis en percevant ce tapage insolite.
Je me rassurai bien vite en constatant qu'il était produit
par une quantité d'oiseaux auxquels j'avais fait plus de
peur qu'ils ne m'en avaient causé à moi-même. Ces oiseaux étaient de couleur sombre et très-gros. J'en avais
vu souvent quand j'étais encore à bord, et les matelots
m'avaient dit leur nom; c'étaient des *eiders*. La rapidité
de leur vol et le bruit qu'ils firent en effarouchèrent
d'autres qui prirent également la fuite. Il dut s'en élever ainsi des centaines, et peut-être des milliers, dont
un certain nombre resta à planer au-dessus de ma tête.
Il faut que vous sachiez que lorsque l'eider va chercher
sa nourriture, qui consiste en poissons qu'il attrape
dans la mer, il arrache de sa poitrine de petites plumes
appelées édredons, et en enveloppe ses œufs avec
grand soin. Je trouvai donc dans chaque nid une bonne
poignée de ce duvet que je m'empressai de recueillir,
afin d'en couvrir le jeune mousse. J'en ramassai d'a-
bord une brassée, et retournant en toute hâte près
de lui, je la substituai à l'herbe dont je l'avais enveloppé, et me dépêchai d'en aller chercher d'autre. En
peu de temps j'en eus ramassé un si grand tas que je dus
cesser d'en couvrir mon compagnon, de crainte de l'é-
touffer.

« De froid comme un cadavre qu'il était, mon petit

mousse commença à se réchauffer peu à peu. Sa respiration devint plus rapide et plus libre, et ses paupières
commencèrent à s'agiter ; cependant elles ne s'ouvrirent pas entièrement tout de suite, et encore ce mouvement fut-il très-rapide. Tout joyeux, je l'appelai par son
nom, je lui frottai les tempes, je lui frappai dans les
mains, mais il ne donna pas d'autre signe de vie ; toutefois il se réchauffait de plus en plus, et cela soutenait
mon espoir.

« Pendant que je me livrais à ces soins, une triste pensée traversa mon esprit comme un éclair, et me rappela
à ma malheureuse situation. « Si je parviens à sauver
cet enfant, me disais-je, comment allons-nous faire pour
vivre ? » Et, supputant le pour et le contre, j'allai m'asseoir sur un rocher qui dominait la mer, et me mis à
faire le bilan de ma malheureuse situation.

« 1° J'avais fait naufrage, ce qui constituait une ca-
tastrophe suffisamment déplorable.

« 2° J'avais perdu tous mes compagnons, excepté un
faible enfant hors d'état de m'aider et de s'aider lui-
même.

« 3° J'étais perdu sur une terre déserte, je ne savais
où, mais très-près du pôle ; la grande quantité de glace
qui couvrait la mer comme une nappe blanche devant
moi ne me l'apprenait que trop éloquemment.

« 4° J'avais froid, et je n'avais ni feu ni moyen d'en
faire. Je manquais également de vêtements.

« 5° J'avais faim, et je n'avais aucune nourriture, et
je ne voyais pas la possibilité de m'en procurer.

« 6° Je n'avais rien à boire et ne pouvais rien découvrir pour étancher ma soif.

« 7° Je n'avais aucun abri contre la rigueur du climat.

« 8° J'étais sans armes pour me défendre contre les
attaques des bêtes sauvages, si celles-ci venaient m'assaillir.

Canards eiders.

« Pour faire contre-poids à ces maux, j'avais quatre
choses, savoir :

« 1° La vie.

« 2° Les vêtements qui étaient sur moi.

« 3° Un couteau.

« 4° L'aide de la Providence.

« C'était tout! et c'était peu. De plus, il me semblait
que je n'eusse rien à attendre. En songeant à tout cela,
je me couvris le visage de mes mains, je poussai un gé-
missement, et de grosses larmes commencèrent à monter
à mes yeux.

— Oh! c'était terrible! s'écria William.

— Je ne vois pas non plus ce que vous auriez pu faire,
capitaine Hardy, dit à son tour Fred.

— Le pauvre garçon! s'écria Alice. J'espère qu'il n'est
pas mort. N'est-ce pas qu'il ne mourut pas, capitaine
Hardy? dit l'enfant dont l'imagination avait suivi le nar-
rateur sur son rocher, regardait avec lui la mer glacée
et calculait les chances qu'il avait de revoir jamais la
maison qu'il avait si follement quittée.

— Je vous répondrai là-dessus une autre fois, dit le
capitaine. En tout cas, inutile d'ajouter que je ne suis
pas mort. Quant au jeune mousse, actuellement je ne
veux pas vous en dire davantage. Regardez là-bas ce
nuage qui sort de la mer et qui nous annonce une bourrasque. Avec votre permission, nous regagnerons donc
la maison, tandis qu'il en est temps encore. Ainsi, partons. Levez l'ancre!

— Oui, oui, monsieur, répondit William en s'élançant
(chose fort inutile) pour aider Bras de Misaine à qui s'a-
dressait l'ordre.

— Holà! s'écria le capitaine, vous êtes déjà devenu
matelot. »

Pendant que Bras de Misaine et William levaient l'ancre, le capitaine pliait la tente; les voiles furent hissées,

le yacht fut dégagé de son attache, et, à l'aide du gouvernail, amené au vent; et comme une bonne brise s'é-
leva, la petite troupe atteignit rapidement la baie.

Quand le yacht fut à son mouillage :

« Apprêtez-vous à jeter l'ancre, » dit le capitaine. A quoi
William répondit : « Oui, oui, monsieur. » — «Laissez
aller, » reprit le capitaine. William répondit encore : « Oui,
oui, » et exécuta l'ordre qui lui était donné. Enfin, lorsque le capitaine eut amarré son yacht et plié les voiles,
ils sautèrent successivement sur le rivage, et prirent en
hâte le sentier qui conduisait à l'Ermitage du marin,
car déjà de larges gouttes de pluie commençaient à tomber sur les feuilles, et l'on entendait le vent mugir à travers les arbres de la forêt.

CHAPITRE VII.

Dans lequel le lecteur verra, avec William, Fred et Alice, comment une existence fut arrachée à la mort, et comment une autre commença.

E capitaine et ses petits amis avaient à peine atteint la maisonnette, que l'orage se produisit dans toute sa violence.

« Voici un véritable ouragan, s'écria le capitaine, comme ils s'arrêtaient sur le seuil en regardant les arbres ployer sous l'effort du vent, et les nuages chassés rapidement au-dessus de leurs têtes. Il est très-heureux que nous ayons levé l'ancre au bon moment, sans quoi il est probable que nous aurions été forcés de passer la nuit sur l'eau.

— Comment aurions-nous pu rester en mer par une telle tempête, capitaine? dit Fred.

6

— Nous l'aurions pu, répliqua le capitaine, et y être très-bien encore. Oui, certainement, la petite *Alice* aurait très-bien résisté à un coup de vent. Nous nous serions abrités dans la cabine, où nous aurions été aussi peu mouillés qu'ici.

— Et souper, donc? insinua William, qui n'oubliait pas le côté positif de l'existence.

— Halte-là, mon garçon, répondit le capitaine. Pensez-vous qu'un vieux marin s'embarque jamais sans biscuit?

— Cela n'aurait pas été ravissant de souper dans la cabine, s'écria William; à moins cependant que vous n'ayez continué votre récit, capitaine.

— C'est peut-être ce que j'aurais fait, répondit le vieux marin.

— Alors je regrette que nous n'y soyons pas restés, reprit William.

— Bien, dit le capitaine. Mais Alice, qu'en pense-t-elle?

— Je préfère entendre l'histoire là où nous sommes, » répondit-elle.

Et comme les éclairs se succédaient, et que le tonnerre grondait de plus en plus fort, la petite fille se rapprocha du vieux marin.

« Décidément, il vaut mieux que nous soyons revenus, répliqua ce dernier. Et, ajouta-t-il en souriant, puisque le bruit de l'orage vous effraye, je vais poursuivre notre récit.

— Allez, allez, capitaine, s'écrièrent à la fois les deux garçons.

— Mais où en étais-je, lorsque nous nous sommes enfuis si bravement? répliqua le capitaine. Voyons? Et il posa son doigt sur son nez, paraissant réfléchir.

— Vous veniez de commencer à pleurer, dit William.

. — C'est cela, et vous en auriez fait autant, mon garçon, si vous n'aviez eu sous votre ceinture qu'un estomac vide et un couteau, répondit le capitaine.

— Bien sûr, dit William, j'aurais pleuré toutes les
larmes de mon cœur. Mais, capitaine, pardon, le couteau
était-il dans l'estomac vide ou dans la ceinture?

— Ah! petit fripon! vous ne m'y prendrez plus, dit
le capitaine en riant. Et vous, Fred, qu'auriez-vous fait?

— Je crois que je serais mort de désespoir, dit vivement Fred.

— Cela est pire que de pleurer, dit le capitaine. Mais
qu'en pense Alice; qu'aurait-elle fait?

— Je ne sais pas, dit-elle doucement; mais je pense
que j'aurais d'abord fait tous mes efforts pour ranimer le
pauvre garçon et le faire parler.

— C'est précisément ce que je fis, ma charmante petite fille. Et ce n'était pas facile, je vous le certifie, car
il était encore aussi immobile qu'auparavant. J'essayai
de le rappeler à la vie par tous les moyens possibles,
mais inutilement. Je lui parlai, je l'appelai, je criai
même, mais il ne me répondit pas un seul mot.

— Comment s'appelait-il, capitaine? Ne voulez-vous
pas nous dire son nom? demanda Fred.

— J'aurais dû vous le dire déjà; il se nommait Richard Dean. Les matelots l'appelaient toujours le Curé[1].
C'était un garçon vif, intelligent, et aimé de tous. J'avais
le cœur brisé de le voir dans un tel état. Cependant je
ne tardai pas à m'apercevoir qu'il se réchauffait peu à
peu sous la bienfaisante influence du duvet dont il était
couvert, et cela me rendit bien heureux; mais ma joie
fut plus vive encore lorsque je le vis donner quelques
signes de vie. Ses yeux s'ouvrirent tout grands et ses

---

1. *Dean*, doyen, titre de dignité ecclésiastique qui équivaut à celui
de curé, en France.

lèvres remuèrent. Toutefois, je ne pus immédiatement comprendre ce qu'il voulait dire. A force d'attention, je parvins à distinguer ce qu'il murmurait : « Ma mère ! ma mère ! » disait-il. Enfin, ouvrant les yeux, il me regarda d'un air étonné, détourna la tête, puis me regardant de nouveau :

« — Hardy, dit-il à voix basse, est-ce vous ?

« — Oui, répondis-je ; et je suis content que vous me reconnaissiez. »

« Et vous pouvez croire que je l'étais.

« Cette éclaircie fut de courte durée. Le pauvre enfant retomba dans une sorte de délire, absorbé par des visions qui paraissaient l'effrayer. « Là, criait-il, elle va tomber sur moi ! La glace ! la glace m'écrase ! »

« Et il essaya de s'élancer hors de sa couche.

« — Il n'y a rien du tout, dis-je en le recouchant doucement. Voyons, regardez-moi. » Il se calma un peu, et dirigeant ses regards de mon côté :

« — Oui, c'est Hardy, dit-il ; je sais ; mais que nous est-il arrivé ? Rien ? »

Sans me laisser le temps de répondre, il ferma les yeux et poursuivit :

« — Oh ! j'ai fait un rêve horrible ! Je rêvais qu'un énorme glaçon tombait sur le bâtiment. Le voyant venir, je me sauvai. Au moment où il tombait, le navire s'engouffra dans la mer et moi avec.... Nous nous enfoncions toujours, toujours ; puis je remontai, en m'accrochant à quelques pièces du navire naufragé.... Il y avait un autre homme avec moi.... Les vagues nous entraînaient vers la terre.... Je me maintins sur l'eau, jusqu'au moment ou j'aperçus quelqu'un qui se dirigeait de mon côté. Quand il fut sur le point de m'atteindre, je sentis que je m'enfonçais de nouveau.... C'était un rêve affreux !... Ne m'appelez-vous pas, Hardy ?

« Est-il quatre heures? Êtes-vous venu pour me réveiller? »

« Et il ouvrit les yeux tout grands :

« — Non, non, je ne suis pas venu vous appeler; il n'est pas quatre heures, répondis-je, sachant à peine ce que je disais. Dormez, continuez à dormir, Richard.

« — Ah! tant mieux, Hardy, car j'ai bien sommeil... Je rêvais.... je rêvais que j'étais attaché à quelque chose qui me faisait mal lorsque j'essayais de m'en débarrasser. C'était un songe affreux! affreux! affreux! »

« Et la voix de mon petit compagnon s'éteignit insensiblement; bientôt je n'entendis plus rien. Dormez, dormez, pauvre garçon, murmurai-je; et je priai de tout mon cœur. J'avais si peur que sa raison ne l'abandonnât!

« Que pouvais-je faire? que devais-je faire? Telles furent les pensées qui se présentèrent à mon esprit au sujet du pauvre Dean. Réflexions faites, je conclus que le mieux était de le laisser reposer à son aise. Il s'était entièrement réchauffé, ce qui me permit d'espérer qu'à son réveil il se trouverait tout à fait mieux. Cela me fit oublier pendant un moment la déplorable situation dans laquelle nous nous trouvions tous les deux. Mais il n'était pas possible de chasser bien longtemps de mon esprit les tristes préoccupations que me donnait notre abandon. En quelques heures, j'avais vieilli de plusieurs années, et pour la première fois de ma vie je rentrai sérieusement en moi-même. Quoique fort compromis, l'avenir ne me parut pas désespéré. Primo, me disais-je, tant qu'il y a vie, il y a espoir; secundo, tant que je n'aurai pas exploré cette terre, je peux supposer qu'elle est habitée; tertio, si elle est habitée, nous avons quelque chance de ne pas périr; car les sauvages les plus barbares ne pourraient refuser la nourriture et le vêtement à deux pauvres abandonnés comme nous.

« Ayant ainsi ruminé, je décidai :

« 1° Que j'irais immédiatement à la recherche de ces habitants, et que, lorsque je les aurais trouvés, je leur demanderais de venir m'aider à soigner mon compagnon;

« 2° Que je dînerais en chemin d'œufs crus dont il se trouvait un grand nombre dans les environs;

« 3° Que je chercherais aussi de l'eau sur ma route, car j'étais dévoré par la soif;

« 4° Que pour le reste, je mettrais ma confiance en Dieu.

« Ces décisions prises, je partis sur-le-champ, et en quelques minutes j'eus mangé une douzaine d'œufs crus, et cela sans aucun dégoût. Pour comble de bonheur, à quelques pas de ce restaurant improvisé, je découvris une multitude de petites sources, dont l'eau claire et limpide provenant de la fonte des neiges accumulées sur le sommet des montagnes, était des plus appétissantes. Réconforté de la sorte, je grimpai sur une hauteur pour voir ce que je pourrais découvrir. Dès le premier coup d'œil, j'acquis la certitude que nous étions dans une île. Sur le rivage, d'épais blocs de glace étaient amoncelés; mais à l'endroit où avait eu lieu le naufrage, c'est-à-dire en pleine mer, il ne se trouvait que quelques glaçons isolés et flottants. En regardant avec attention, je crus voir un bateau renversé, mais à une si grande distance qu'il m'eût été impossible de l'affirmer. Il était évident, en tout cas, que personne n'avait échappé au naufrage, excepté Dean et moi.

« Après avoir appelé de toutes mes forces, et à diverses reprises, sans résultat, je retournai sur mes pas, sautant lestement de rocher en rocher, non sans effrayer sur mon passage les oiseaux, qui s'envolaient en si grande quantité que je ne pouvais en voir le dernier.

« Tout en marchant, je m'aperçus que je tournais rapi-

a découvrit une multitude de sources.

dement à gauche, ce qui me donna à penser que j'étais
non-seulement dans une île, mais dans une très-petite
île. Je n'avais pas mis plus de deux heures à en faire le
tour, quoique j'eusse gravi des côtes très difficiles et
encombrées de pierres, m'arrêtant fréquemment pour
élever la voix dans l'espoir d'être entendu de quelque
être humain. Vain espoir! Mon appel resta sans réponse,
et ce fut vainement aussi que mes yeux cherchèrent une
trace, un signe qui pût me révéler la présence ou le
passage des hommes; je ne vis rien qui pût m'indiquer
qu'à un moment quelconque l'île eût été habitée et même
visitée par d'autres que par Dean et par moi!

« Cet insuccès me découragea, sans m'abattre, toutefois, autant que vous pourriez le supposer. Peut-être était-
ce parce que, ayant mangé, je n'avais plus faim; car,
laissez-moi vous le dire, mes enfants, quand l'estomac
est vide, le cœur n'est pas bien vaillant.

« En outre, j'avais fait des découvertes qui semblaient
annoncer quelque chose de bon, quoique je ne pusse
exactement dire quoi. Plus j'avançais, plus les oiseaux étaient nombreux. A quelques endroits, leurs nids
étaient si près les uns des autres que je pouvais à peine
faire un pas sans marcher sur leurs œufs. Je vis aussi
des renards dont quelques-uns étaient blancs et d'autres
d'un gris sombre. Quand j'approchais, ils escaladaient au
plus vite les rochers qui m'entouraient et allaient se per-
cher aussi haut qu'ils pouvaient, assurément fort étonnés
de me voir. J'étais pour eux un intrus auquel ils avaient
l'air de dire : Que viens-tu faire ici? Ils ne se doutaient
pas combien j'eusse été heureux d'être autre part, n'importe où, — même dans la ferme d'où je m'étais enfui,—
et de leur laisser pleine et entière possession de leur île
maudite. En les examinant, je remarquai qu'ils paraissaient beaucoup plus satisfaits de leur sort que je ne
l'étais du mien; ils étaient gros et gras, ce qui s'expli-

quait par l'abondance des œufs dont ils faisaient leur
nourriture. Ils étaient évidemment la terreur des oiseaux.
J'en vis un qui était venu à bout de s'emparer d'un canard presque aussi gros que lui et dont il tenait le cou
dans sa gueule. Il avait rejeté le corps du volatile sur son
dos et, bondissant de rocher en rocher, il disparut bientôt dans le trou qui lui servait de demeure.

« Je vis aussi, du côté est de l'île, étendus au soleil,
sur la glace solide, des phoques qui paraissaient dormir.
Déjà du côté ouest, vers la pleine mer, j'avais aperçu
de grandes quantités de morses, avec leurs longues défenses et leurs vilaines têtes, s'ébattre dans l'eau. Près
d'eux, un non moins grand nombre de narvals ou li-
cornes de mer prenaient également leurs ébats. Le narval, il faut que je vous l'apprenne, mes enfants, est
une espèce de petite baleine, marquée de taches gris
fer, ressemblant beaucoup aux veaux marins, avec
cette différence qu'il est plus grand et qu'il est pourvu
d'une longue dent ou corne qui, comme celle de l'es-
padon, est plantée sur son nez, et mesure presque la
longueur de la moitié de son corps, qui a environ vingt
pieds.

« Comme toutes les autres baleines il faut que le narval vienne à la surface de l'eau pour respirer, ce qui s'o-
père à l'aide d'une ouverture située au-dessus de la tête,
toujours comme chez les baleines qui, vous le savez, font
jaillir de l'eau à une certaine hauteur chaque fois qu'elles
respirent. L'eau qu'elles lancent ainsi ressemble tout à
fait à un petit jet d'eau et se voit de plusieurs milles.
Les pêcheurs disent alors que les baleines *soufflent*.

« Indépendamment du narval, je vis une autre espèce
de baleine, encore plus petite, que l'on nomme baleine
blanche, quoiqu'elle ne soit que d'un blanc jaunâtre. Ces
cétacés n'ont pas de cornes comme le narval; ils rasent
la surface de l'eau en grand nombre et en troupes serrées.

Quand ils viennent à la surface, ils respirent si rapidement qu'ils produisent un bruit semblable à un sifflement
aigu.

« En raison de la quantité de ces animaux, phoques,
morses, narvals et baleines blanches, je ne fus pas surpris, quand je descendis sur le rivage, d'y trouver une
multitude d'ossements appartenant à ces différentes espèces, que les vagues y avaient apportés. Parmi ces dé-
pouilles, je trouvai même une carcasse entière de narval,

et à côté, le cadavre d'un phoque. Autour de ces débris
étaient rassemblés plusieurs renards qui s'enfuirent à
mon approche. Ils avaient déjà entamé le narval, et deux
d'entre eux étaient occupés à dévorer le phoque.

« Je pensai que si je pouvais me procurer quelques
peaux de ces jolies bêtes, elles seraient très-propres à envelopper les mains et les pieds de Richard; en conséquence

je leur jetai des pierres de toutes mes forces; mais les
rusés animaux paraient le coup fort habilement en esca-
ladant les rochers avec une promptitude extraordinaire
et en poussant de petits cris par lesquels ils semblaient
se moquer de moi, ce qui m'exaspéra tellement que je
jurai de m'en venger en les attrapant d'une manière ou
d'une autre.

« Vous devez vous rappeler, mes enfants, que pendant
ce temps-là le pauvre Dean était tout seul; j'avais hâte
de retourner près de lui. Mais avant de vous parler de
mon retour, il est nécessaire que je vous fasse une des-
cription plus détaillée de l'île sur laquelle j'avais été jeté.

« Et d'abord il ne s'y trouvait pas un arbre; à peine
y voyait-on quelques traces de végétation. Au sud, où
nous abordâmes après le naufrage, une partie du rivage
était couverte d'une herbe épaisse; hors de cette oasis ce
n'étaient que rochers élevés et pierres de toutes grosseurs
sur lesquelles il était très pénible de marcher. Dans quelques endroits cependant, où les torrents de neige fondue
s'étaient étendus, des touffes de mousse avaient poussé
faisant une sorte de marais. Là je découvris quelques
fleurs entièrement épanouies, et parmi elles des boutons
d'or et des pissenlits semblables à ceux de nos prairies,
quoique plus petits. Au reste, j'avais l'esprit trop préoccupé à ce moment-là pour les examiner avec attention.
Parmi les objets qui m'entouraient je ne voyais réellement bien que la solitude où le sort m'avait jeté sans
abri, sans feu, sans vêtements suffisants, et sans aucune
chance d'en sortir jamais. Tout en philosophant de la
sorte, mon attention se trouva attirée par une espèce
d'avorton d'arbre croissant au milieu de la mousse, et
que je sus plus tard être le saule nain. Son tronc, s'il
est permis de désigner ainsi sa tige, n'était pas plus
gros que mon petit doigt; et ses branches, qui rasaient
la terre, n'avaient pas plus d'un pied de long.

« Je découvris aussi, au milieu des rochers, une plante grimpante, à la tige très-mince et aux feuilles sèches et épaisses, qui portait une petite fleur violette. Ce fut tout ce qui me parut offrir quelque ressource dans le cas où nous pourrions nous procurer du feu. Dans l'espoir de l'employer un jour à cet usage, je la nommai tout de suite « la plante à feu. » Depuis, un savant docteur de Boston m'a appris que son véritable nom est *Andromeda*. C'est une bruyère semblable à celle d'Écosse, seulement elle est beaucoup moins haute; de même que le saule nain est plus petit, comme je vous l'ai dit, que le grand saule qui pousse à ma porte et que vous voyez d'ici. Quoique je n'eusse découvert aucun habitant dans l'île, je terminai mon voyage moins tristement que je ne l'avais commencé. Pour contre-balancer mon désespoir, j'avais l'inquiétude que me causait l'état dans lequel se trouvait mon petit compagnon; cela me sauva. Sans l'obligation où je me trouvais de m'employer à sa conservation j'aurais certainement succombé moi-même sous le poids écrasant de mon malheur.

« Quand je revins près de Richard je trouvai le pauvre garçon dormant encore profondément d'un sommeil qui ressemblait à la mort. Mon premier mouvement fut de l'éveiller; mais voyant qu'il était tout à fait réchauffé, je réfléchis que le plus sage était de ne pas le déranger. Son visage s'était légèrement coloré; je crus voir dans cette rougeur un symptôme de fièvre, et me mis à trembler en songeant que sa raison pouvait l'avoir abandonné; aussi ne fut-ce pas sans un certain effroi que j'attendis son réveil. Lorsqu'on redoute une grande calamité, on essaye de la retarder le plus longtemps possible. Je le laissai donc dormir, me contentant de le veiller et d'observer sa respiration qui était assez pénible. A la fin, sentant le froid me gagner (car pendant ce temps-là le soleil avait tourné derrière l'île, nous laissant dans l'ombre projetée

par les grands rochers), je m'occupai de faire une nouvelle provision de duvet, afin de pouvoir, quand je serais
hors d'inquiétude au sujet de Richard, m'envelopper de
cette chaude couverture et m'endormir à mon tour; quoique très-inquiet et très-surexcité, le sommeil commençait
à me gagner. Je ramassai en outre une quantité d'œufs
dont je mangeai quelques-uns; et me servant de coquilles en guise de tasses, je les remplis et les déposai
avec soin dans l'herbe, supposant que lorsque Dean ou-
vrirait les yeux, il aurait aussi soif que faim.

« Ceci fait, je retombai dans mes réflexions, et me
préoccupai de nouveau du moyen de nous procurer du
feu. J'avais découvert, ou du moins je croyais avoir découvert quelque chose qui me paraissait capable de nous
servir de combustible; mais comment obtenir ce qui
devait l'enflammer? Il est vrai qu'avec mon couteau
comme briquet et un caillou je pouvais faire jaillir une
étincelle sans difficulté; mais après? qu'avais-je pour
recevoir cette étincelle? pour en prolonger la durée? pour
faire naître une flamme enfin? Je savais que dans certai-
nes contrées on allume du feu en frottant l'un contre l'autre deux morceaux de bois sec; mais ici le principal, le
bois manquait totalement. Je savais que dans d'autres
pays on laisse tomber une étincelle sur de l'amadou,
que celui-ci brûle jusqu'à extinction, qu'il suffit alors de
le placer au milieu d'une substance inflammable, et de
souffler dessus pour produire immédiatement une
flamme; mais où aurais-je trouvé de l'amadou? J'avais
aussi entendu dire qu'on fait du feu à l'aide d'un morceau
de verre qui, étant exposé au soleil, en concentre les
rayons, lesquels mettent le feu soit à du bois, soit à d'autres combustibles; mais je n'avais pas de verre. Il est à
peine nécessaire de vous dire que je ne possédais pas
d'allumettes chimiques; elles étaient d'ailleurs inconnues
à l'époque de mon naufrage.

« La nuit s'écoula au milieu de ces réflexions. Je dis
la nuit, mais vous devez vous rappeler qu'en réalité il n'y
en avait point, car le soleil se montrait constamment à
l'horizon ; seulement lorsqu'il se trouvait du côté du midi,
la lumière tombait directement sur nous, et lorsqu'il se
trouvait du côté opposé, c'est-à-dire au nord, nous étions
dans l'ombre projetée par des rochers escarpés qui s'élevaient dans cette direction ; voilà l'unique différence qu'il
y avait pour nous entre le jour et la nuit. Pour comprendre ce phénomène inconnu dans nos contrées, il faut savoir que, dans les régions arctiques, le soleil ne cesse de
circuler autour de l'horizon pendant toute la durée de
l'été, qu'il ne monte jamais dans le ciel, comme dans
notre pays, et qu'en conséquence sa chaleur n'est pas
extrêmement forte, quoique l'air soit assez chauffé pour
être agréable. Aussi étais-je fort satisfait quand l'ombre
des rochers avait disparu, et que nous avions encore une
fois le soleil en face.

« L'exercice m'avait fouetté le sang, mais je ressentais
toujours beaucoup de fatigue ; toutefois je ne voulais pas
dormir, tant l'état du pauvre Dean me préoccupait. Pour
me tenir éveillé, je marchais, je me remuais, sans perdre
de vue mon petit malade. Enfin, il commença à s'agiter
un peu ; en m'approchant, je vis qu'il avait les yeux
grands ouverts. Il se leva à moitié, et s'appuyant sur son
coude, il me regarda avec tant de calme et d'intelligence
que je sentis s'évanouir immédiatement les craintes que
j'avais conçues pour sa raison. Tout joyeux, et sans penser le moins du monde à ce que je faisais, je tombai à
genoux près de sa couche, et le serrant dans mes bras,
je m'écriai : « O Dean ! Dean ! » sans trouver autre chose
à lui dire. Vous ne sauriez vous imaginer, mes enfants,
combien j'étais heureux.

« — Hardy, me dit-il enfin d'une voix faible, où sommes nous ? Qu'est-ce qu'il y a ? Que nous est-il arrivé ?

« Voyant qu'il serait inutile de vouloir le tromper, je lui racontai tous les détails du naufrage, comment je l'avais transporté dans l'île, et ce qui était arrivé depuis. Ce récit ne le troubla pas trop. Lorsque j'eus terminé :

« — Oh ! s'écria-t-il, je croyais que c'était un rêve. Je me souviens de tout maintenant, d'avoir ressenti un choc terrible, de m'être trouvé dans l'eau, accroché à je ne sais quelle partie du navire, d'avoir vu quelqu'un s'approcher de moi, d'avoir été saisi par un homme qui se noyait, puis d'avoir été retenu par des cordages, d'avoir essayé de m'en débarrasser; après cela, j'ai dû m'évanouir, car je ne me rappelle plus rien.

« — Richard, lui dis-je, ne cherchez pas à rassembler vos souvenirs, pour le moment cela vous fatiguerait; dites-moi seulement comment vous vous trouvez.

« — Non, répondit-il, cela ne me fatigue pas, et j'ai besoin de recueillir mes idées. La lumière commence à se faire dans mon esprit, la mémoire me revient graduellement. Je vois tous mes camarades consternés. Ce fut l'affaire d'un instant. J'entendis le craquement; je vis la masse énorme se précipiter droit sur le bâtiment, juste à l'endroit où se trouvait la cuisine. Le pauvre cuisinier ! il a dû être la première victime. Les autres essayèrent de se sauver en sautant par-dessus le bord. Je voulus en faire autant, mais je fus à peine arrivé au bastingage que je me trouvai dans l'eau, sans savoir comment. Lorsque je revins à la surface, il y avait un homme au-dessous de moi, et j'étais pris dans des cordages. Je fus soulevé hors de l'eau par quelques débris du bâtiment. L'homme, dont je vous ai parlé, essaya de remonter aussi, mais ses pieds étaient embarrassés dans les agrès, il se noya. J'en vis un autre qui voulait également se cramponner à un fragment de la coque; il allait le saisir, lorsqu'un bloc se détacha du glaçon, et tombant sur lui le fit sombrer immédiatement.

« — Richard! Richard! lui dis-je, arrêtez-vous. Vous avez la fièvre; restez tranquille, nous causerons de tout cela plus tard. »

« Le pauvre garçon retomba sur sa couche complétement épuisé; il avait la peau brûlante, et les joues fortement colorées.

« — Oh! ma tête, ma tête! s'écriait-il, comme elle me fait mal! suis-je blessé? » et il porta la main à sa tête, à l'endroit où il avait été frappé.

« — Oh! je m'en souviens maintenant, dit-il, je me rappelle parfaitement qu'une grosse vague se dirigeait de mon côté, charriant un énorme fragment de bois. J'essayai d'éviter le coup, mais après, je ne sais pas ce qui s'est passé. J'ai dû être atteint. Je ne suis pas grièvement blessé, n'est-ce pas?

« — Non, Richard, répondis-je, pas sérieusement, une petite meurtrissure, voilà tout.

« — N'auriez-vous pas de l'eau, Hardy? me demanda-t-il, j'ai une soif terrible! »

« Vous savez que j'en avais préparé dans les coquilles d'œufs. Je lui donnai à boire. Mes tasses le firent sourire, et il me demanda où j'avais trouvé de pareille vaisselle.

« — Merci mille fois, dit-il, je me sens mieux à présent. »

« Puis, au bout d'un instant, il ajouta:

« — Je voudrais me lever pour voir où nous sommes. Mais je me sens très-faible; voulez-vous me soutenir un peu? »

« Je me refusai à lui donner cette satisfaction en lui faisant remarquer que pour le moment il était de la plus grande nécessité qu'il restât tranquille.

« — Alors, soulevez-moi seulement un peu pour que je puisse voir autour de moi. »

« Je me rendis à son désir. Il regarda d'abord, avec

7

étonnement, les masses d'édredon que j'avais amoncelées
autour de lui; il jeta ensuite un coup d'œil sur la mer
couverte de glace, mais il ne dit pas un mot. Il se re-
coucha, et au bout d'un instant il dit avec calme :

« — Je comprends tout à présent. C'est dur, n'est-ce
pas? J'aurai bientôt regagné mes forces, et je cesserai de
vous être à charge. Croiriez-vous que c'est seulement à
présent que j'ai conscience de ma situation; il me semblait que je rêvais encore. Mais fions-nous à la Providence, Hardy, et agissons pour le mieux. »

« Débarrassé de mes inquiétudes au sujet de mon camarade, et voyant qu'il n'était plus nécessaire de le veiller constamment, je songeai à prendre un peu de repos à
mon tour. Il me demanda, de sa petite voix douce et
calme, si je ne me sentais pas très-fatigué; je l'étais en
effet, et je m'enroulai aussitôt dans le monceau d'édredon à ses côtés, où je ne tardai pas à être envahi par le
plus profond sommeil. »

Le capitaine, trouvant qu'il était allé assez loin pour
cette fois, s'arrêta brusquement. Les enfants l'avaient
écouté avec une telle attention qu'ils ne pensaient plus à
l'orage. Pour sa part la petite Alice était si absorbée par
l'intérêt que lui inspirait l'enfant naufragé, le pauvre
Dean, que ses craintes au sujet du tonnerre et des éclairs
s'étaient tout à fait évanouies. Il se trouva d'ailleurs que
l'orage avait cessé avec le récit du capitaine; déjà le soleil s'était frayé un chemin à travers les nuages déchi-
rés, et

Un arc-en-ciel, comme un pont splendide,
A travers les sombres nuages,
Gracieusement courbé, s'élevait fièrement,
Imposant et beau.
Il avait embrassé les cieux;
C'était l'anneau nuptial
Qui unit le ciel à la terre,
Rayonnant à travers les humides perles de l'orage.

Les petits oiseaux étaient sortis de leurs cachettes; ils entonnaient gaiement leur

Adieu à la pluie, à la jolie pluie!

et la bande joyeuse que l'Ermitage du marin avait abritée, suivant leur exemple, se mit à courir gaiement par les champs, le vieillard portant Alice dans ses bras pour l'empêcher de mouiller ses jolis petits pieds.

CHAPITRE VIII.

Dans lequel l'Ermitage ou marin et le marin lui-même sont l'objet
d'une attention particulière.

ᴇ lendemain étant un di-
manche, les petits amis du
capitaine ne vinrent pas le
voir, et comme il fit de l'orage
le jour suivant, ils durent
encore remettre leur visite.
Le surlendemain leurs préparatifs de promenade furent
vite faits. Quant au vieillard,
peu lui importait l'heure de
leur arrivée, pourvu qu'ils
ne l'oubliassent pas. Pendant
ces derniers jours, il s'était
tellement accoutumé à eux,
il les avait pris en telle amitié, qu'il se sentait isolé et
comme perdu quand il pas-
sait un jour sans les voir. Il
avait craint d'abord que les

enfants ne fussent indiscrets s'il les avait engagés à venir à l'heure qui leur plairait au lieu de leur en fixer
une ; mais les connaissant mieux, il vit qu'ils étaient si
bien élevés qu'ils ne le troubleraient jamais en venant
trop tôt. Lors de leur dernière visite il leur avait dit en
les quittant :

« Venez le matin si vous voulez, vous jouerez toute
la journée dans le jardin, et si j'ai quelque chose à faire,
ne vous en préoccupez pas, personne ne vous gênera. »

C'était la vérité. Excepté le vieillard et son domestique,
Bras de Misaine, il ne se trouvait nul être vivant dans la
maison, sauf cependant deux beaux chiens de Terre-
Neuve que le capitaine avait ramenés à son dernier voyage
et qu'il appelait Bâbord et Tribord. Il avait aussi une collection de magnifiques poules et des canards qu'il avait
rapportés des contrées lointaines.

« Et maintenant, dit-il, quand vous aurez vu tout
cela, y compris Bras de Misaine et moi, vous connaîtrez
toute ma famille ; c'est la seule que j'aie, à moins que je
n'y comprenne les gentils petits oiseaux qui voltigent et
chantent dans les arbres. »

Bras de Misaine faisait tout l'ouvrage dans la maison,
à l'exception de ce que le capitaine se réservait. Il faisait
la cuisine, il mettait la table, en un mot, il soignait le
ménage du capitaine. Quant à la maison elle-même, elle
demandait peu de soin. Nous avons déjà vu qu'elle était
très-petite et n'avait qu'un rez-de-chaussée.

Ce rez-de-chaussée était composé de cinq chambres.
En entrant par la porte de devant, dont le porche était
couvert de chèvrefeuille, on pénétrait dans la plus
grande chambre ; c'était celle où le capitaine prenait ses
repas et où il se tenait le plus souvent. Pour rien au
monde il ne l'eût désignée sous un autre nom que celui
de *gaillard d'arrière*. Deux portes s'ouvrent du côté
droit, deux du côté gauche ; en face de nous, nous

voyons deux fenêtres donnant sur le jardin du capitaine, où des fruits et des légumes croissent en abondance.

La première porte à droite ouvre sur la petite chambre
où couche Bras de Misaine, et à laquelle le capitaine
donne le nom de *gaillard d'avant*. L'autre porte donne
accès à la cuisine, que le capitaine n'appelle jamais autrement que sa *galley*, qui est le terme dont se servent
les marins pour désigner la cuisine d'un navire. La première porte à gauche est fermée; mais la seconde conduit à la *cabine* du capitaine; celle-ci est attenante à une
chambre plus vaste et qui porte le titre pompeux, mais
peu justifié, de *state-room* ou chambre du conseil. Elle
ne renferme pas de lit; on y voit seulement une espèce
de couchette, étroite comme celles qui sont dans les navires.

Aux murailles sont pendus toutes sortes de costumes
bizarres, que le capitaine dit avoir portés dans les différents pays qu'il a parcourus.

Quelque étrange que soit cette chambre, elle ne l'est
certes pas autant que celle du capitaine. Examinons-la.
Au milieu se dresse une vieille table. Dans une ancienne
bibliothèque sont renfermés quelques livres non moins
anciens. On ne voit aucun tapis, mais le parquet est couvert de peaux de différents animaux parmi lesquels un
tigre du Bengale, un ours des mers polaires, un ocelot
de l'Amérique du Sud, un loup des montagnes Rocheu-
ses, et un renard de Sibérie.

Dans une grande armoire vitrée, adossée au mur, il y
a une quantité d'oiseaux empaillés. Sur cette armoire un
aigle énorme à la tête blanche étend ses larges ailes, ce
qui paraît beaucoup surprendre un pélican qui se trouve
placé derrière le roi des airs et qui semble, lui, n'avoir
pas d'ailes du tout, tant celles dont il est pourvu sont petites. A droite est un gros albatros, et à gauche un grand

flamant rouge; aux pieds de l'aigle est modestement posé un hibou blanc comme la neige, qui se tient droit et vous regarde fixement avec ses grands yeux de verre. Ces oiseaux ne sont pas les seuls qui ornent la cabine du capitaine; il y en a d'autres encore, de gros et de petits, des oiseaux au plumage brillant et d'autres au plumage terne, perchés sur des branches et placés partout où il y a place pour eux : tous paraissant pleins de vie et prêts à s'envoler.

Des armes de toutes sortes pendent le long des murs de cette singulière chambre, en compagnie de beaucoup d'autres objets que le capitaine a recueillis dans ses voyages. Voici un cimeterre turc, un fusil mauresque, un stylet italien, un sabre japonais, une hache gauloise, des piques, des lances, des épées de diverses formes, et si nombreuses qu'on ne saurait les décrire toutes. Dans un coin, sur une étagère, on voit le modèle d'un vaisseau; sur une autre, une jonque chinoise; sur une troisième, une vieille horloge hollandaise; sur une quatrième, une idole de pierre des Incas; enfin au-dessus de la porte s'étale une figure enlevée à la proue d'un petit bâtiment, probablement d'une goëlette.

Quand les enfants descendirent en courant, le capitaine était dans sa cabine, inventoriant tous ces trésors, les époussetant et les plaçant de la manière la plus avantageuse. Il y avait réellement tant de *bric-à-brac*, comme il appelait les objets posés ou pendus de tous les côtés, qu'on aurait pu prendre sa cabine pour un magasin de curiosités. Quant à une chambre ou à un salon, elle ne leur avait jamais ressemblé.

Lorsque le capitaine entendit venir les enfants :

« Aujourd'hui je leur ferai une surprise, » dit-il; et se montrant à la fenêtre il les appela.

Un rire frais et clair lui répondit; un moment après les enfants étaient près de lui.

« Oh ! quel charmant endroit ! s'écria William ; quelle
collection de jolies choses vous avez là. Pourquoi ne nous
les avez-vous pas encore montrées, capitaine Hardy ?

— Il y a temps pour tout, mon garçon ; je ne puis
vous montrer tout à la fois, répondit le vieillard.

— Mais où avez-vous trouvé tout cela, capitaine
Hardy ?

— Je l'ai ramassé un peu partout, et je pourrais raconter une histoire à propos de chacun de ces objets.

— Oh ! n'est-ce pas superbe ? Vous nous les direz, ces
histoires, n'est-ce pas ? demanda William.

— Nous laisserons donc de côté celle de Dean et de
votre serviteur dans l'île du Pôle Nord ? »

A ces mots, William parut un peu embarrassé, car il
craignait que le capitaine ne fût mécontent de ce qu'il
venait de dire.

« Oh ! non, capitaine, reprit-il, j'entends que vous
nous raconterez tout cela quand vous serez sorti de la
triste situation où vous étiez.

— Peut-être, mon garçon, peut-être ; nous verrons
cela ; une bonne règle à suivre, quand on raconte des
histoires ou en toute autre matière, est de ne faire qu'une
chose à la fois. Et maintenant, vous pouvez regarder tout
ce qui est ici. Quand vous aurez tout vu, et que j'aurai
fini de les ranger, nous continuerons l'histoire. »

Les enfants, enchantés de tout ce qu'ils voyaient, passèrent une heure dans cette contemplation, faisant de
leur mieux pour aider le capitaine à mettre tout en ordre.
Ils se groupèrent ensuite dans un coin, et le capitaine
assis sur un vieux pliant, qui avait évidemment beaucoup
voyagé, se prépara à tenir sa promesse.

Mais comme ce qu'il raconta mérite réellement un chapitre à part, nous tournerons la page avant de reprendre
notre récit au point où nous l'avons laissé.

CHAPITRE IX.

Qui contient un retour à la vie, une découverte
et un désappointement.

r maintenant, dit le capitaine, que faisait le jeune homme quand nous avons interrompu notre récit l'autre jour, après l'orage?

— Il allait s'endormir, répondit William, dont la mémoire n'était jamais en défaut.

— C'est cela; je m'endormis en effet et mon sommeil fut profond; vous le croirez facilement si vous vous rappelez tout ce que j'avais enduré depuis ma dernière nuit sur le bateau. Nous avions fait naufrage, j'avais sauvé Dean et l'avais transporté dans l'île; j'avais fait le tour de celle-ci et, enfin, j'avais l'esprit sens

dessus dessous en pensant à mon inquiétante situation
et au sort incertain de mon camarade.

« Il s'était écoulé plus de vingt-quatre heures depuis
le naufrage, et si je vous dis que je dormis douze heures
entières, sans m'éveiller une seule fois, vous le comprendrez sans peine.

« Lorsque je rouvris les yeux, nous étions une fois
encore à l'ombre des grands rochers; c'est-à-dire que le
soleil était retourné vers le nord. Dean était tout à fait
réveillé.

« Il m'apprit qu'il se sentait mieux, quoique la tête
lui fît encore mal; il avait en outre très-grand'soif et
très-grand'faim.

« Je fus immédiatement sur pied, aidant mon petit
compagnon à se lever. Il eut d'abord comme une espèce
d'éblouissement; mais après s'être assis pendant quelques instants sur un rocher, il revint à lui complète-
ment. Je lui apportai de l'eau dans une coquille; puis je
lui donnai un œuf cru, qu'il avala comme si c'eût été la
chose la plus ragoûtante du monde. « Quelle chance, s'é-
« cria-t-il, qu'il y ait tant d'œufs par ici! » Il se mit à
rire; cette gaieté me fit plaisir et m'étonna aussi, car je
ne voyais rien autour de nous qui ne fût fort triste. « Re-
« gardez, me dit-il, comme nous sommes arrangés!
« Quelle jolie figure nous faisons ainsi, couverts de plu-
« mes! J'ai entendu parler de pauvres diables, martyri-
« sés par de méchantes gens qui les recouvraient d'une
« couche de goudron, et ensuite les roulaient dans des
« plumes, mais je crois que nous avons l'air bien plus
« drôle encore! »

« Nous étions, en effet, couverts des pieds à la tête de
l'édredon qui nous avait servi de couche, et en nous regardant, j'oubliai à mon tour mes propres soucis et me
mis à rire avec lui.

« Nous nous débarrassâmes de cet ornement superflu,

Les oiseaux se sauvaient à notre approche.

et bientôt nous fûmes à peu près aussi nets qu'une paire d'oies que l'on vient de plumer.

« Les habits de Dean étant redevenus secs, il s'en revêtit et me rendit les miens.

« Nous nous dirigeâmes ensuite vers le ruisseau le plus proche et nous nous lavâmes la figure et les mains, que nous essuyâmes dans un vieux foulard que j'avais eu la chance de trouver au fond de ma poche. En marchant, je fus obligé de soutenir un peu mon compagnon, car il était encore très-faible; nonobstant, il était très-gai, et quand il vit pour la première fois les canards qui s'élevaient dans les airs : « Oh! combien ils doivent nous « trouver bêtes d'être venus nous fourrer dans un en- « droit pareil, » me dit-il.

« Après avoir mangé quelques œufs, je racontai à Dean, dans tous leurs détails, notre naufrage et notre délivrance; je lui fis part de ce que j'avais découvert dans l'île, et enfin du peu d'espoir que nous avions d'en sortir. A ma très-grande surprise, il n'en parut pas le moins du monde abattu. Il avait plus de résignation que moi, plus de confiance dans la protection du ciel. « Si « c'est la volonté de Dieu que nous vivions ici, me dit- « il, il nous donnera des moyens d'existence ; sinon, « nous mourrons. Ma pauvre mère ! si je pouvais seule- « ment lui envoyer de mes nouvelles, tout me serait in- « différent. » Cette réflexion parut l'attrister, et il me sembla même voir briller une larme dans son œil ; mais il reprit aussitôt le dessus et, voyant passer une grande troupe de canards, il s'écria gaiement : « Dans tous les « cas, ce ne sont pas les vivres qui nous manqueront, et « nous ferions peut-être bien de nous en approvisionner « en attendant l'arrivée du navire qui doit nous emme- « ner. »

« Il avait tant d'espoir dans l'avenir, tant de confiance dans le présent, tant de bonne humeur, qu'il finit par

me communiquer les sentiments qui l'animaient; aussi
bientôt nous ne parlâmes plus que de notre prochaine
délivrance et de tout ce qui s'ensuivrait. Comme j'insis-
tais sur le bonheur que j'avais eu de l'arracher au naufrage: «Je devrais vous savoir un gré infini de m'avoir
« tiré de la mer, me dit-il en souriant; mais puisque les
« angoisses de la mort étaient déjà terminées pour moi,
« c'est vous seul qui profiterez de cette action qui paraît
« tant vous réjouir. J'essayerai cependant de montrer ma
« reconnaissance en vous aidant de mon mieux. Vous
« voyez, je suis à moitié guéri; je sens revenir mes for-
« ces et, si la tête ne me faisait encore très-mal, je me
« porterais aussi bien que vous. »

« J'avais été tellement préoccupé, j'avais pensé à tant
d'autres choses, que j'avais négligé et presque oublié sa
blessure; je l'examinai minutieusement, et je constatai
qu'elle consistait en une simple déchirure de la peau.
L'ayant soigneusement lavée, je l'enveloppai dans mon
foulard, et nous nous remîmes à faire des plans.

« La première chose à laquelle nous pensâmes fut de
faire du feu; ce qui nous parut ensuite le plus important
était de trouver un abri. Quant à notre alimentation,
nous avions de quoi y satisfaire, puisque le ruisseau se
trouvait près de nous et que nous n'avions qu'à ramasser des œufs. Craignant que, si nous attendions trop
longtemps, ceux-ci cessassent d'être mangeables, c'est-
à-dire ne renfermassent de petits canards, comme il y en
avait déjà dans quelques-uns, nous en fîmes une abondante provision. Nous prîmes aussi une autre résolution
non moins sage. Nous convînmes de ne jamais dormir
tous deux au même moment et de ne jamais quitter, tous
deux à la fois, le côté de l'île où nous avions abordé,
afin qu'il y ait toujours l'un de nous en vigie. Nous nous
disions avec raison que notre navire étant venu dans ces
parages, d'autres y viendraient probablement aussi.

« Mais ce feu dont nous avions besoin pour nous
chauffer et pour cuire nos aliments, comment l'obtenir?
Là était la grande question, la seule idée qui occupât
notre esprit; nous pensions au feu quand nous fîmes notre provision d'œufs; nous pensions au feu, quand, à
la fin du jour, nous nous assîmes sur les rochers pour
nous reposer; nous rêvâmes du feu quand nous nous endormîmes de nouveau. Ce ne fut pas cette fois sous le duvet où nous avions dormi d'abord, mais sur l'herbe
verte du coteau, aux chauds rayons du soleil, car nous
avions changé la nuit en jour, et nous étions décidés à
dormir quand le soleil, venant du sud, nous donnerait
sa chaleur, et à faire tous les travaux que nous aurions
à exécuter quand nous serions dans l'ombre.

« Nos forces réparées par le sommeil et notre faim
apaisée à l'aide de notre provision d'œufs plus ou moins
frais, nous résolûmes de pénétrer plus avant dans l'île;
Dean, encore trop faible et qui souffrait d'ailleurs de sa
blessure, resta en vigie. Il pouvait toutefois aller et venir sur un espace de quelques centaines de mètres, sans
perdre de vue la seule partie de la mer qui fût assez dé-
gagée des glaces pour qu'un vaisseau pût approcher de
l'île. Il arriva ainsi au bout d'un certain temps à l'endroit où j'avais vu les restes du phoque et du narval gisant sur la plage, lors de ma première excursion. En lui
en parlant, j'avais vu qu'il voulait essayer d'attraper un
renard; mais sa tentative ne fut pas plus heureuse que
la mienne.

« Quant à moi, je fis une assez bonne journée. J'avais
d'abord cherché une grotte, mais je ne rencontrai rien de
semblable; seulement, à l'entrée de la petite vallée où
j'avais laissé Richard, au pied d'une pente très-escarpée
se trouvaient plusieurs gros fragments de rocs entassés
les uns sur les autres, évidemment détachés des pics
qui les dominaient. Deux de ces gros quartiers de rochers

étaient placés de manière à laisser un espace entre eux.
Cet intervalle avait à peu près dix à douze pieds ; les
blocs qui le formaient s'élevaient à une hauteur d'environ dix pieds, se joignant dans le haut et formant ainsi
un toit semblable à celui d'une maison.

« Je grimpai dans cette sorte d'antre, et j'acquis la
conviction que si nous arrivions à en clore toutes les is-
sues, nous nous y trouverions complétement à l'abri du
mauvais temps, sinon du froid, puisque nous n'avions
pas encore trouvé le moyen de nous chauffer.

« A mon retour je racontai ma découverte à Richard ;
je lui fis part également de l'énorme quantité d'oiseaux
que j'avais rencontrés. Ces oiseaux étaient très-petits, et
leurs nids, placés dans les rochers qui se trouvaient de
l'autre côté de l'île, m'avaient paru fort nombreux. J'a-
vais cru reconnaître en eux l'espèce que les matelots
nomment « little auks. » — « Et moi, regardez ce que
« j'ai pris, » s'écria Dean, d'un air de triomphe, en me
montrant un gros canard, qu'il avait jusque-là malicieu-
sement caché à mes regards.

« Il me raconta comment il avait attrapé cet animal,
et vraiment il s'y était pris d'une manière très-ingénieuse.
Il choisit un nid dont la position était favorable à ses
desseins et l'entoura de pierres, faisant une muraille solide d'un côté ; puis il mit de l'autre une pierre mince et
étroite, sur laquelle il posa une autre pierre très-lourde.
Il prit ensuite un bout de ficelle que, par bonheur, il
avait retrouvé dans sa poche, et en attacha une extrémité à la petite pierre ; puis, tenant l'autre bout de la ficelle, il se cacha derrière un rocher à quelque distance
du nid. Quand la cane revint à son gîte, il tira la ficelle,
ce qui ébranla la petite pierre, laquelle, en se déplaçant,
fit à son tour tomber la grosse sur l'oiseau. — Oh ! si vous
« aviez entendu son ramage. » dit-il, oubliant toute pitié
pour ne penser qu'à la joie d'avoir attrapé une si belle

pièce. Mais je lui tordis le cou aussitôt; maintenant, ajouta-t-il en riant, il ne reste plus qu'à la faire cuire. Dans votre excursion, auriez-vous, par hasard, découvert le moyen de faire du feu ? »

« Je fus forcé d'avouer que, sur ce point, j'étais aussi ignorant que la veille.

« — Eh bien ! continua-t-il, j'ai une idée, moi.

« — Laquelle ? dis-je.

« — Vous vous souvenez de m'avoir dit qu'on obtenait du feu au moyen du verre. Pourquoi ne remplacerions-nous pas le verre par de la glace ? N'est-elle pas aussi transparente que le verre?

« — C'est insensé, dis-je. Mais, en supposant que vous y parveniez, que ferez-vous brûler ?

« — D'abord, répondit-il, les poches de mon paletot sont faites de coton, et si nous pouvons y mettre le feu,

8

ne pourrions-nous pas faire flamber la plante à feu,
comme vous l'appelez ? »

« Cette idée ne me sembla pas valoir grand'chose ; mais
comme elle était la seule que nous eussions, il était bon
de la mettre en pratique. Nous descendîmes sur le bord
de la mer, et trouvant un morceau de glace de la grosseur de deux poings, nous nous mîmes à le tailler pour
lui donner une forme convenable ; nous le polîmes à
l'aide d'une pierre, et le frottâmes avec nos mains pour
le rendre uni à la surface et le faire ressembler le plus
possible à une lentille.

« Nous l'exposâmes alors aux rayons du soleil, l'un
remplaçant l'autre quand il avait trop froid aux mains ;
mais nous n'obtînmes aucun résultat. Nous essayâmes
à plusieurs reprises et avec beaucoup de patience, jusqu'à ce que la glace fût fondue, ce qui mit fin à notre
expérience.

« Notre désappointement fut d'autant plus profond que
notre espérance avait été grande. Dean était plus particulièrement affecté de cet insuccès, car dès le commencement il avait eu pleine confiance dans la réussite. Nous
ne voulions avouer ni l'un ni l'autre combien nous étions
découragés, aussi parlions-nous fort peu, et fîmes-nous
presque en silence notre repas d'œufs crus. Rassasiés de
la sorte et nous sentant très-las, par suite des fatigues et
des inquiétudes de la journée, nous passâmes les douze
heures qui suivirent, dormant et veillant tour à tour,
pendant que le soleil brillait avec le plus d'éclat.

« Quoique nous n'eussions guère l'espoir de mieux
réussir le lendemain, nous étions néanmoins résolus à
lutter courageusement contre les difficultés que nous aurions à rencontrer, et à nous soutenir mutuellement dans
les épreuves que nous aurions à subir. Dieu seul savait
si nous devions vivre ou mourir ; nous nous recomman-
dâmes de nouveau à sa divine protection, répétant en-

semble la prière que la pieuse et tendre mère de Dean lui avait apprise, car il avait été élevé dans la crainte du Seigneur, et de bonne heure on lui avait enseigné à se confier en sa bonté infinie.

« Maintenant, mes enfants, dit en terminant le capitaine, j'ai quelque chose à faire dans mon jardin; il nous faut interrompre notre récit. Demain, quand vous viendrez, je vous dirai ce que nous tentâmes encore pour allumer du feu, et ce que nous fîmes pour assurer notre sécurité et notre bien-être. »

La petite troupe prit congé du capitaine et alla jouer sous les arbres avec Bâbord et Tribord, ou causer avec Bras de Misaine qu'ils considéraient comme l'être le plus original qu'ils eussent jamais vu; après quoi ils reprirent le chemin de leur demeure; William impatient d'écrire ce qu'il avait entendu, tandis que le récit du capitaine était encore tout frais dans sa mémoire; et tous désireux de dire et de redire à leurs parents ce que le bon vieillard leur avait raconté, et combien aussi ils l'aimaient.

CHAPITRE X.

Qui montre que l'on peut tout faire avec l'aide
de Dieu et la persévérance.

Quand les enfants se retrouvèrent le lendemain dans l'Ermitage du marin, on décida à
l'unanimité qu'on retournerait
dans la cabine du capitaine où,
paraît-il, beaucoup de choses
restaient encore à examiner. Ce
qui y attirait surtout Alice,
c'étaient les oiseaux, parmi lesquels le hibou aux yeux fixes,
et le pélican aux petites ailes.
Fred était plus curieux des jon-
ques chinoises et du petit navire, tandis que William ne
rêvait qu'au fusil mauresque,
au cimeterre turc, au sabre
japonais et à toutes les autres
armes offensives et défensives.

Le vieillard, toujours dis-

posé à satisfaire ses petits amis, le fût bien plus encore
lorsqu'il les vit s'intéresser aussi vivement à ses « bric-
à-brac, » car chacune de ces curiosités se rattachait d'une
façon ou de l'autre à quelque période de sa vie aventu-
reuse, et il n'était jamais plus heureux que lorsqu'on
admirait ce qu'il admirait tant lui-même, et qu'on lui
fournissait l'occasion d'en parler.

« Ah ! dit-il, quand les enfants eurent exprimé leur
désir, je suis content que la retraite solitaire du vieillard ait tant de charmes pour vous ; vous y descendrez
et vous la visiterez toutes les fois que vous voudrez ; seulement il ne faut pas trop déranger les choses. Courez-y
maintenant, et faites comme si vous étiez chez vous. Je
vous rejoindrai tout à l'heure. »

Les enfants partirent sans rien dire de plus, et furent
bientôt plongés dans l'examen des trésors du vieillard,
pendant que celui-ci retournait dans son jardin pour
finir de sarcler ses choux. Ce travail terminé, il rejoignit
les enfants ; et après une longue conversation qu'il n'est
pas nécessaire de reproduire ici, la petite troupe devint
tranquille et sérieuse, et le capitaine, entouré de ses
petits amis, près de la fenêtre ouverte, reprit son récit.

« Je vous disais donc hier que nous nous étions endormis de nouveau, Dean et moi, après nous être donné
beaucoup de peine, mais qu'il nous avait été impossible
d'obtenir une étincelle.

« Dès que Richard ouvrit les yeux :

« — En vérité, s'écria-t-il, c'est trop fort. Je rêvais
que j'avais fait du feu.

« — Avec quoi ? demandai-je.

« — Avec des allumettes, donc. Je rêvais que j'en
avais un gros paquet dans ma poche.

« — Allons, dis-je, je vous plains de vous être réveillé lorsque vous faisiez un rêve si agréable ; car vous

ne trouverez pas d'allumettes ici, ni aucun feu, et je
pense que nous n'en aurons jamais.

« — Oh! ne dites pas cela, Hardy, reprit Richard
tristement. Je ne crois pas que nous puissions dire que
nous n'en aurons jamais. Pensez-vous réellement que
nous devions désespérer?

« — Je ne puis le dire, répliquai-je; mais que pouvons-nous faire?

« — Essayer encore, » répondit Richard.

« Nous fûmes bientôt sur pied, déterminés tous deux à
faire quelque chose, mais ne sachant quoi exactement.

« Nous partîmes pour explorer la grotte dont je vous
ai parlé hier. Dean en fut enchanté; et ne voyant rien
de mieux à faire, nous nous mîmes immédiatement à
l'ouvrage pour élever un mur devant l'ouverture de la
caverne. Bientôt nous eûmes une fondation solide; mais
en poursuivant notre tâche, nous nous aperçûmes que
notre mur ne nous servirait pas à grand'chose, n'ayant
aucun moyen de remplir les interstices des pierres qui
le composaient.

« Cela nous donna à réfléchir. Il y avait au-dessous
de nous, dans la vallée, une grande quantité de mousse,
ou plutôt de tourbe; mais quand nous essayâmes de
l'arracher avec nos mains, nous vîmes que nous n'en
pourrions rien faire, et nous sentîmes le besoin d'un instrument capable de la déraciner. Je me souvins alors
des ossements que j'avais vus sur le rivage; j'en parlai
à Richard, et il fut décidé que nous nous en servirions.
En lui communiquant mon idée, je pensais surtout à la
longue corne du narval, et me disais que si nous pouvions la retirer de la tête de l'animal nous aurions tout
ce qu'il nous fallait.

« Lorsque nous descendîmes près des ossements de
l'animal, nous vîmes que notre tâche serait plus difficile
que nous ne l'avions supposé, car la corne que nous

convoitions était si solidement emboîtée dans le crâne
de son propriétaire, que ce devait être un rude travail
que de l'en arracher.

« Nous eûmes d'abord à couper et à enlever la chair
de la face jusqu'à ce que la tête fût découverte ; de lourdes pierres que nous laissâmes ensuite tomber sur la
partie du crâne dans laquelle la corne était emboîtée
nous permirent enfin de l'extraire. Nous nous en servî-
mes sur-le-champ pour déraciner la mousse dont je vous
ai parlé et que nous transportâmes près de la grotte. Im-
prégnée d'eau, et pour ainsi dire à l'état de pâte, cette
mousse nous tint lieu du mortier qu'emploient les maçons pour joindre et fixer les pierres ; en sorte que nous
eûmes bientôt un mur solide et parfaitement homo-
gène.

« Nous construisîmes également une petite cheminée,
non sans nous demander à quoi elle nous servirait, puisque nous n'avions pas de feu à mettre dedans. Il est vrai
que le jour où nous aurions trouvé le moyen de faire du
feu, il nous aurait fallu démolir notre mur pour bâtir
une cheminée : ce qui adoucit un peu le regret de nous
être donné tant de peine inutilement, pour le moment
du moins.

« Comme tout travail mérite salaire, nous nous arrêtâmes pour manger quelques œufs et dormir un peu.
J'avoue que cette nourriture, si précieuse qu'elle fût,
commençait à me dégoûter. Il fallait néanmoins nous en
contenter, puisque nous n'avions pas autre chose à nous
offrir en dehors du canard que Dean avait attrapé, mais
qui ne nous invitait guère à le manger dans l'état primitif où il était, c'est-à-dire tout cru.

« Richard avait retrouvé des forces ; cependant il était
encore assez faible, et je ne lui aurais pas permis de
travailler, s'il n'avait insisté pour me prêter son aide.
Aussi, profitant de son sommeil, j'avançai tellement no-

tre besogne, qu'il ne pouvait croire à son réveil que
j'eusse fait tant de choses, tout seul et en si peu de
temps.

« — Savez-vous à quoi je pensais ? dit-il, quand nous
nous reposâmes de nouveau.

« — Qu'est-ce que c'est ? lui demandai-je, je suis convaincu qu'il ne peut sortir de votre sage esprit que quelque chose de très-raisonnable, mon cher ami.

« — Merci, fit-il ; quoique perdus dans les glaces du
pôle, cela ne nous empêche pas de nous faire des compliments, à ce qu'il paraît. Je pensais donc que nous devrions conserver toute la graisse du narval qui est là-
bas, car bientôt nous aurons besoin de l'huile qu'elle
contient.

« — Pour quoi faire ? dis-je.

« — Pour brûler, répondit-il.

« — Quelle folie ! repris-je. Comment la brûlerez-
vous ?

« — Voilà précisément ce qu'il nous reste à trouver.
Mais soyez tranquille ; nous parviendrons à faire du feu
d'une manière ou d'une autre, j'en suis sûr !

« — Je serais curieux de savoir comment ? dis-je. Peut-
être avez-vous encore quelque bonne idée à ce sujet.

« — Certainement.

« — Eh bien ! voyons, dis-je à mon tour.

« — Vous allez me rire au nez ; mais je voudrais
essayer de nouveau de la lentille !

« — Cela ne servira à rien, répondis-je.

« — Je n'en sais rien, reprit Dean ; car, si vous vous en
souvenez, nous avions obtenu beaucoup de chaleur l'autre
fois avec notre lentille, tellement que j'ai eu la main
presque brûlée. Je crois que l'obstacle venait de ce que
ma poche ayant été trempée d'eau de mer ne pouvait
brûler ; j'espère avoir trouvé quelque chose de mieux.

« — Qu'est-ce que cela peut être ? dis-je.

« — Eh bien ! c'est du coton que j'ai trouvé voltigeant parmi les pierres.

« — Du coton! m'écriai-je, très-surpris; il ne pousse pas de coton ici.

« — C'est vrai; mais ce que j'ai vu y ressemble, répondit-il, et je suis sûr que cela brûlera. Je vais en ramasser un peu pour essayer. »

« Il s'éloigna en courant, et revint bientôt avec une poignée d'une substance qui, en effet, avait beaucoup de rapport avec le coton, mais qui était plus fine. Je la reconnus pour l'avoir vue aux environs des saules nains. Une fois entre autres, en cuillant la fleur d'un de ces arbustes, je la trouvai toute couverte de cette substance cotonneuse et légère que j'enlevai en soufflant dessus. Mais il ne m'était jamais venu dans l'esprit qu'elle pût nous être de quelque utilité.

« — Qu'allez-vous faire de ceci? dis-je à Richard, quand il me l'eut montrée.

« — Eh bien! dit-il, je vais faire une seconde lentille avec de la glace, puis j'y mettrai le feu! »

« Il me parut que cela était plus aisé à dire qu'à faire; cependant l'idée commençait à prendre consistance dans mon esprit. Il me serait impossible de dire comment la chose se fit, mais toujours est-il que, soit machinalement, soit avec intention, je tirai mon couteau et le petit caillou que j'avais trouvé et serré précieusement la veille, je battis l'une avec l'autre, les tenant immédiatement au-dessus du petit morceau de coton apporté par Dean, et que nous avions posé sur l'herbe. Chaque nouveau coup faisait jaillir une pluie d'étincelles, tant la lame était acérée et tant la pierre était dure. Enfin le résultat récompensa notre persistance. Tout à coup, Richard jetant un cri et élevant les mains en l'air, comme si un coup de fusil l'eût frappé au cœur:

« — Une étincelle! une étincelle! s'écria-t-il.

« Le morceau de coton avait pris feu, en effet, et il s'en dégageait le plus mince et le plus délicat petit filet de fumée qu'on pût voir.

« Sans perdre un instant, aussi rapide que le milan qui fond sur sa proie, aussi prompt que l'éclair, plus vif que la pensée même, je jetai mon caillou et mon couteau, et je saisis le morceau de coton qui commençait à s'embraser. Mon compagnon me passa l'étoffe provenant de sa poche, et que nous avions essayé d'allumer la veille au moyen de la lentille. Je la mis en contact avec le feu que j'avais obtenu, puis je soufflai si fort, que ce souffle fit envoler le petit morceau de coton embrasé. C'en était fait de notre feu ! Mais le charme était rompu. Nous étions parvenu à allumer du feu ; nous pouvions en obtenir encore, aussi nos cœurs bondissaient de joie.

« — Bravo ! bravo ! s'écria Richard, tout va bien maintenant ! »

« Toutefois nous étions loin d'en avoir fini avec nos ennuis. Nous n'éprouvâmes pas de difficulté à produire une nouvelle étincelle qui se communiqua à un autre morceau de cette singulière espèce d'amadou, que le hasard nous avait fourni ; malheureusement le moindre souffle le faisait s'envoler, et il nous fallut essayer de toutes les parties de nos vêtements qui étaient en coton, les effilant brin à brin pour les rapprocher de notre amadou dès que l'étincelle y était tombée. Toujours, hélas ! ce fut sans succès. Une fois seulement nous obtînmes une petite lueur, mais elle ne dura qu'un instant. Nous ne fûmes pas plus heureux avec les feuilles sèches de l'andromeda, avec de l'herbe desséchée, en un mot avec tout ce qui se trouvait à notre portée.

« Enfin, à bout de patience, les doigts fatigués et meurtris, las d'esprit et de corps, nous nous endormîmes de nouveau, à la fois triomphants et désappointés, espérant

que le lendemain verrait nos efforts couronnés de succès.

« Le jour suivant, nous résolûmes d'agir avec persévérance, fermement persuadés qu'au point où nous en
étions, nous finirions par réussir. Je ne sais lequel, de
Dean ou de moi, eut le premier la pensée que la mousse
que nous avions enlevée à l'aide de la corne du narval
en bâtissant la hutte, et dont une partie avait séché,
pourrait brûler. Toujours est-il que nous y songeâmes.
Nous détachâmes quelques fibres de cette mousse, et
nous les posâmes légèrement sur notre amadou. Nous
fîmes de nouveau jaillir une étincelle, et après avoir
soufflé pendant un instant, nous vîmes une flamme
brillante s'élever, pour s'éteindre aussitôt!

« — Je la tiens, maintenant, s'écria Richard, nous
sommes sûrs de notre affaire cette fois-ci! » et sans
ajouter un mot, il s'élança vers le rivage.

« Un moment après, je le vis revenir rapportant une
poignée de la graisse du narval, dont nous exprimâmes
quelques gouttes dans lesquelles nous trempâmes plusieurs brins de mousse.

« Nous plaçâmes ensuite un morceau de coton sur
quelques parcelles de cette mousse, et nous fîmes encore
briller une étincelle; une flamme s'éleva; Richard y jeta
ses filaments de mousse imprégnés d'huile, et aussitôt
nous eûmes une flamme bien claire cette fois.

« — Bravo! bravo! pouvions-nous nous écrier alors,
puisque nous avions réussi. Dieu soit loué, nous avions
enfin du feu! »

« Nous ajoutâmes d'autre mousse à la première, sur
laquelle nous répandîmes quelques gouttes d'huile. Nous
remîmes encore de la mousse et de l'huile, jusqu'à ce
que nous ayons obtenu une belle et bonne flamme.

« Nous posâmes alors cette mousse embrasée sur une
pierre plate, et nous continuâmes à y mettre tour à

tour de l'huile et de la mousse, non plus comme tout
à l'heure, avec prudence et circonspection, mais abondamment et sans crainte, de sorte que, en moins d'une
demi-heure, nous eûmes un foyer large et brillant, dans
lequel nous jetâmes des feuilles et des tiges d'andro-
méda, de l'herbe sèche et du bois de palmiers nains, ce
qui ne tarda pas à produire un feu ardent qui pétillait,
qui ronflait, qui flamboyait de la belle façon. Il aurait
fallu nous voir alors danser, sauter et gambader en criant
et en chantant autour de ce brasier : des enfants auxquels
on vient de donner un nouveau jouet n'eussent pas été
plus heureux que nous.

« Il s'agissait maintenant de faire servir le feu à quelque chose. Des deux côtés du brasier nous plaçâmes de
grosses pierres carrées, sur lesquelles nous en posâmes
une autre plate et mince; puis nous plumâmes notre canard, et en ayant coupé les chairs en petits morceaux,
nous les mîmes cuire sur la pierre plate, au-dessus du
feu; afin de préserver la viande de la fumée et des cendres, une autre pierre mince et légère fut placée par-
dessus; et nous n'eûmes plus qu'à surveiller et attendre
notre repas qui se préparait. Pour raviver la flamme et
l'activer, nous y jetâmes quelques poignées de graisse,
et, en peu de temps, le canard fut cuit à point.

« C'était le premier aliment cuit que nous goûtions
depuis nombre de jours longs et pénibles. Aussi quel
festin de rois c'était pour nous! Sans nous contenter du
canard, nous fîmes cuire des œufs sur la pierre brûlante,
et nous mangeâmes jusqu'à ce que nous n'en puissions
plus.

« Tout cela avait pris plusieurs heures, pendant lesquelles nous avions été si excités que nous nous trouvions complétement hors d'état de travailler quand notre
repas fut terminé; nous nous couchâmes sur l'herbe pour
causer, nous reposer et dormir. Nous avions maintenant,

pour que l'un de nous se tînt éveillé pendant que l'autre dormait, un motif autre que celui de guetter l'arrivée d'un navire : ne nous fallait-il pas conserver ce feu qui nous avait coûté tant de peine? Cela était heureusement facile, puisque nous n'avions qu'à y ajouter de temps en temps quelques branches de l'andromeda.

« Avant de prendre du repos, il fut convenu que notre occupation la plus importante désormais consistant à attraper des canards, celui qui veillerait pourrait facilement s'occuper de cette besogne, tout en entretenant le feu, et en guettant l'arrivée d'un navire. Comme c'est moi qui me trouvais être de quart, je me mis à l'ouvrage dès que Dean fut endormi. Je m'occupai avant tout de fabriquer des instruments propres à la chasse que j'avais en vue. Et d'abord il me fallait des cordes ; le peu de savoir que j'avais acquis sur *le Merle*, à l'endroit des veaux marins, me fut ici d'une grande utilité. Comme ces animaux ont la peau épaisse et solide, je pensai que celle-ci me fournirait aisément mon affaire. Vous vous rappelez, mes enfants, le phoque dont je vous ai parlé l'autre jour, et dont le cadavre gisait sur le bord de la mer, où il avait été rejeté par les flots? J'ai oublié d'ajouter que nous en avions trouvé d'autres, plusieurs autres même, mais la plupart étaient ou à moitié décomposés ou aux trois quarts dévorés par les renards. Je descendis vers le rivage, et m'approchant du premier phoque que j'avais découvert, je tirai mon couteau, et je lui fis une incision autour du cou, près des oreilles. Il était extrêmement gros et lourd, de sorte que j'eus beaucoup de peine à le soulever et à le retourner. J'y parvins cependant, et je continuai à couper autour du corps, jusqu'à ce que j'eusse obtenu un long cordon, ou plutôt une corde très-forte et très-souple. Elle avait au moins cent pieds de longueur. Lorsque j'eus fini de la tailler, je la divisai en trois parties égales. Ceci fait, je me dirigeai vers cette partie de l'île où les canards m'avaient paru se trouver en plus grande quantité. A mon arrivée, ils s'envolèrent comme d'habitude. Je profitai de leur absence pour fabriquer quatre piéges sur le même modèle que celui de Dean. A trois d'entre eux, j'attachai mes trois cordes; au quatrième, je nouai le bout de ficelle dont mon petit camarade s'était déjà servi; puis je me cachai derrière les rochers pour attendre le retour des oiseaux.

« Je n'eus pas longtemps à attendre: au bout de quelques secondes, deux de ces canards revinrent, et sans paraître faire la moindre attention aux piéges que je leur avais tendus, s'abattirent rapidement sur leurs nids, craignant peut-être que leurs œufs ne se fussent refroidis. Je les laissai s'installer, attendant les autres qui ne pouvaient pas être fort loin. Bientôt, en effet, tous les oiseaux qui avaient leurs nids près de là furent de retour. Dès que tout fut redevenu tranquille, je tirai rapidement l'un après l'autre mes cordons, et trois canards furent pris. Quant au quatrième, le bruit fait par les trois autres l'avait effarouché; la lourde pierre effleura seulement sa queue; il s'envola en battant les ailes, et en poussant des cris de manière à épouvanter et à faire prendre la fuite à tous les oiseaux qui se trouvaient dans les environs.

« Je ne fus pas long, comme vous pouvez l'imaginer, à m'emparer du gibier, que je portai tout de suite auprès du feu. Dean dormait toujours, enveloppé dans mon paletot, sous les rayons du soleil. En se réveillant et en voyant ce que j'avais fait, il rit beaucoup, en m'accusant de lui avoir volé son brevet d'invention; mais lorsqu'il s'aperçut de la corde dont je m'étais servi, il cessa de rire pour s'écrier avec un geste d'étonnement et d'admiration : « Qui est-ce qui aurait jamais pensé à cela? pas « moi, bien certainement ! »

« Je me couchai à mon tour, pendant que Dean veillait.

En rouvrant les yeux, je vis qu'à mon exemple il avait mis le temps à profit : sept canards étaient devenus ses victimes. Nous avions dès lors assez de provisions pour nous reposer au moins pendant quelques jours. Cela nous réjouit fort, car nous étions tout prêts et fort bien disposés à nous régaler immédiatement avec l'un d'eux, — cuit à point, cela s'entend.

« Comme vous le voyez, mes enfants, quoique nous fussions depuis fort peu de temps dans l'île, nous ne l'avions pas trop mal employé, puisque nous avons réussi à pourvoir à nos premiers besoins. Cela nous donna du courage. J'ai oublié de vous dire que le petit Richard avait regagné rapidement ses forces depuis les dernières quarante-huit heures, et qu'il se portait très-bien, si ce n'est qu'il se plaignait encore un peu de sa pauvre tête blessée.

« Nous étions sûrs maintenant que, quoi qu'il pût advenir, nous ne manquerions pas de nourriture, car outre les œufs, nous pouvions avoir autant de canards que nous en voudrions. Il n'y avait qu'une chose qui nous donnât véritablement de l'inquiétude, c'était notre manque de vêtements de rechange dans le cas où le temps deviendrait mauvais. Mais ayant réussi si bien jusque-là, nous avions de l'espoir pour l'avenir. J'ai oublié de vous dire que le ciel nous avait favorisés. La température avait toujours été très-douce. Il n'y avait pas eu de vent, et pas un nuage n'avait obscurci le ciel. Nous espérions toujours la visite d'un navire avant l'arrivée de l'hiver. Aussi résolûmes-nous de veiller constamment comme nous l'avions déjà fait d'ailleurs. Nous pensions que la fumée de notre feu nous aiderait dans cette tâche en attirant l'attention de l'équipage de ce navire, s'il venait à passer. »

Ici le vieillard s'arrêta et annonça à ses auditeurs qu'il allait « mettre en panne, » autrement dit qu'il allait cesser son récit, car la journée tirait à sa fin.

« Demain, ajouta-t-il, lorsque vous reviendrez, je vous dirai comment nous arrangeâmes la grotte, et tout ce que nous fîmes pour rendre notre séjour dans l'île plus supportable. En attendant, réfléchissez à tout ce que je viens de vous raconter, et vous me direz si vous pensez que John Hardy et Richard Dean fussent des garçons dont on pût envier le sort.

— Je vous répondrai tout de suite, dit William.

— Et quelle est votre réponse? demanda le capitaine gaiement.

— C'est que, répliqua l'enfant, tout le monde doit envier leur courage et leur hardiesse, mais que personne n'enviera leur sort.

— Chacun son goût, repartit le vieillard. Pour ma part, je préférerais aussi l'Ermitage du marin à la grotte, » ajouta-t-il en souriant.

Il conduisit les enfants à la verte pelouse qui s'étendait devant sa demeure bien-aimée; là, il prit congé de ses petits amis, leur recommandant à plusieurs reprises de ne pas oublier leur visite du lendemain, afin d'apprendre de quelle manière lui et son compagnon se firent un abri contre les tempêtes de l'Océan glacial arctique.

CHAPITRE XI.

Dans lequel il est prouvé aux enfants, ainsi qu'au lecteur, que dans quelque situation où l'on se trouve, il ne faut jamais désespérer de la Providence.

 ous avons suivi jusqu'ici le vieillard dans le récit de ses étonnantes aventures dans l'île déserte de l'Océan arctique, et nous avons vu chaque jour ses jeunes auditeurs venir l'entendre et retourner chez eux. Nous avons vu la joie des enfants quand ils écoutaient l'histoire, et combien ils étaient enchantés d'en connaître les moindres détails; la facilité avec laquelle ils en retenaient pour ainsi dire chaque mot; et comment William prenait note de ce qu'on avait raconté, sans se douter que ce qu'il écrivait ainsi ferait un jour l'objet d'un livre

9

et donnerait à d'autres enfants que Fred, Alice et lui,
l'occasion de faire connaissance avec le bon vieux capitaine et le brave Richard Dean.

Nous avons vu également comment le capitaine,
après avoir montré quelque réserve avec ses nouveaux
amis, avait désormais banni toute contrainte capable de
refroidir leurs rapports. Les enfants descendaient maintenant chaque fois que bon leur semblait — et cela leur
semblait toujours bon; jamais ils n'étaient si heureux
que lorsqu'ils gambadaient sur le gazon du capitaine,
ou qu'ils prenaient le frais sous les arbres du capitaine,
ou qu'ils regardaient « les belles affaires » du capitaine,
ou qu'ils jouaient avec le mousse du capitaine, Bras de
Misaine, ou bien encore avec Bâbord et Tribord, les plus
gros chiens qui aient jamais porté ces noms excentri-
ques.

Le capitaine leur disait : « Faites comme si vous étiez
chez vous, mes chers amis, tout à fait comme chez
vous. » Pendant que les enfants profitaient du conseil, le
vieux marin s'occupait de son jardin ou travaillait à
quelque autre objet jusqu'à ce qu'il fût prêt à raconter
son histoire; alors ils couraient tous vers le yacht, ou
vers le nid de corbeaux; ou bien l'on se dirigeait vers
la cabine, le gaillard d'avant ou quelque autre endroit
agréable et commode; et, comme le capitaine leur racontait chaque fois des choses plus extraordinaires, du
moins à ce qu'il leur semblait, ils étaient très-surpris
de ce qu'une seule tête contînt tant de choses.

Cette modification dans les habitudes du capitaine in-
flua sur le récit de William. Jusqu'alors celui-ci avait
écrit presque sous la dictée du vieillard, inscrivant chaque
fait à sa place et à la date du jour où il lui avait été raconté. A la suite du changement qui s'était opéré dans
les rapports de l'excellent homme avec son petit auditoire, les jours et les dates cessèrent d'être mentionnés

dans le journal du jeune chroniqueur, qui en vint à écrire simplement de temps en temps et sans préciser à quelle époque les évenements s'étaient passés, ce que leur vieil ami leur racontait. Quelquefois il écrivait au crayon, d'autres fois à l'encre, et, comme l'indique le manuscrit même, c'était le plus souvent à de longs intervalles, mais toujours avec fidélité; car l'esprit de William, semblable au cœur du *Comte vénitien*, « recevait les impressions comme la cire et les conservait comme le marbre. »

Ce que nous venons de dire explique comment William, n'écrivant plus au jour le jour, renonça à raconter ses visites au capitaine et les promenades qu'ils firent plusieurs fois sur mer, soit dans la campagne environnante, et s'en tint au récit pur et simple du vieux marin. Reprenons-le donc avec notre petit auteur au point où il l'a laissé.

« Or, dit le capitaine, quand nous eûmes fait tout ce que je vous ai dit précédemment, après avoir dormi, et nous être bien reposés, nous poursuivîmes notre travail avec confiance et courage. Tandis que nous étions à l'œuvre, réfléchissant à nos projets, mon compagnon s'arrêta soudain et me dit :

« — Hardy, savez-vous quel jour nous sommes ?

« — Non, répondis-je, sur ma parole, je n'en sais rien, et je n'ai pas encore pensé à cela. »

« Dean parut tout à coup fort triste, et n'en pouvant deviner la raison, je lui demandai de quelle utilité il nous était de savoir le jour.

« — Mais cela nous est très-nécessaire, dit-il.

« — Pourquoi ?

« — Eh bien, dit-il, comment saurons-nous quand ce sera dimanche ? »

« Je n'y avais pas pensé jusque-là ; mais Richard avait été élevé autrement que moi ; et de bonne heure on l'avait habitué à voir dans le dimanche un jour de repos absolu.

Il était fermement persuadé que s'il ne travaillait point
ce jour-là, quand même son travail l'eût empêché de
mourir de froid ou de faim, il accomplirait une œuvre
méritoire et qu'il irait droit au ciel. Pour lui être agréable bien plus que pour ma propre satisfaction, je l'avoue,
je fis tous mes efforts afin de le renseigner à cet égard,
mais sans y parvenir.

— Oublier le dimanche ! c'est étonnant, dit William.
Vous nous direz comment cela se fit, n'est-ce pas, capitaine?

— Certainement, répondit celui-ci. Mais avant il est
bon que je sache si vous vous souvenez de ce que je
vous ai dit l'autre jour, à propos du soleil dans les régions polaires.

— Je m'en souviens parfaitement, dit William : le
soleil marche toujours comme cela; et il fit tourner son
chapeau en cercle autour de sa tête.

— Parfait, reprit le capitaine; il décrit chaque jour
un cercle et ne se couche jamais avant l'arrivée de l'hiver; il disparaît alors, et une obscurité continuelle suc-
cède à un jour sans fin.

— Comment ! exclama William, pendant toute la durée
de l'hiver?

— Oui, reprit le vieillard, il fait nuit tout le temps !

— Est-elle bien sombre cette nuit-là ? demanda
Fred.

— Oui, très-sombre. Il fait nuit le matin, le soir, à
midi, à minuit, et cela pendant tout l'hiver, pendant des
mois et des mois !

— C'est horrible ! s'écria Fred.

— Il est horrible, en effet, de passer tout l'hiver ainsi,
sans autre lumière que celle de la lune et des étoiles :
de vivre des jours entiers, des semaines, des mois sans
voir une seule fois venir le soleil, le bienfaisant soleil,
qui vivifie tout dans la nature, qui nous rend joyeux et

contents, qui fait épanouir les petites fleurs sur la terre,
et dans nos cœurs l'hymne de la reconnaissance envers
le créateur du monde pour tous les bienfaits dont il nous
comble. Voilà ce qu'on ne peut jamais voir tant que
dure l'hiver dans les régions arctiques..... Mais attendons
pour nous occuper de l'hiver que nous en ayons fini avec
l'été.

« Je vous ai dit le chagrin de Richard. Ne retrouvant
pas le dimanche, l'idée me vint de le supposer, c'est-à-
dire d'établir un dimanche de convention.

— Oh! s'écria William, bâtir des châteaux en Es-
pagne, cela se conçoit encore, mais faire des dimanches!
cela ne s'est jamais vu.

— Nous fûmes bien forcés de recourir à ce procédé
peu commun, je le reconnais, de faire un calendrier; et à
notre place vous auriez agi de même, mon petit scepti-
que, puisque le temps n'avait plus pour nous de divisions. De plus, il nous était impossible de nous rappeler exactement le jour du mois où le naufrage avait eu
lieu. Nous nous doutions bien que l'événement avait dû
se produire un mardi, à la fin de juin, mais c'était là
tout ce que notre mémoire nous fournissait. Nous nous
en tînmes à cette date, et après avoir compté le nombre
de fois que nous avions dormi depuis le jour où j'avais
exploré l'île, et par conséquent celui des fois où le soleil
avait disparu derrière les rochers, nous obtînmes un à peu
près qui nous permit de fixer le dimanche au jour même
où nous étions. A force de chercher, nous crûmes même
pouvoir affirmer que ce jour-là était le 2 juillet. Pour ne
point l'oublier, nous l'inscrivîmes à notre façon sur les
seules tablettes que nous eussions, c'est-à-dire sur un
rocher. Au sommet de ce roc, qui était plat, je posai une
petite pierre blanche, que nous appelâmes « caillou du
dimanche; puis, sur une même ligne, à côté de cette
première pierre nous en plaçâmes six autres, auxquelles

nous donnâmes les noms des autres jours de la semaine.
Lorsque nous fûmes arrivés au dimanche, je poussai
mon premier caillou hors de la ligne, pour indiquer
qu'un jour s'était passé; le lendemain, je fis de même
avec le caillou de lundi et ainsi de suite. Quand à la fin
de la semaine toutes les pierres se trouvèrent de nouveau
placées sur la même ligne, nous recommençâmes. Une
combinaison analogue nous permit également de tenir
compte des semaines et même des mois. Nous possédions donc un véritable almanach, un peu volumineux
sans doute, mais suffisamment exact.

« Je vous ai dit que nous avions inscrit la date de
notre naufrage. Toujours à l'aide de petites pierres nous
y ajoutâmes ces mots :

JOHN HARDY ET RICHARD DEAN,
PERDUS DANS LES GLACES DU PÔLE NORD,
MARDI, 27 JUIN 1824.

« Ceci fait, nous voulûmes consacrer le reste de la journée au repos; en conséquence, nous allâmes nous asseoir sur l'herbe et nous nous mîmes à causer de nos
petites affaires. Toutes réflexions faites, celles-ci, ainsi
que vous avez dû le remarquer, mes enfants, n'allaient
pas trop mal.

« Nous entrions à peine dans l'été de la Saint-Jean, et
comme, suivant nos prévisions, la chaleur irait en augmentant au lieu de diminuer, nous étions rassurés sur
le présent; nous pouvions vivre sans inquiétude pendant les deux mois de beau temps qui étaient devant
nous. Au bout de ce temps, il était évident que l'une de
ces deux choses arriverait : ou il surviendrait quelque navire qui nous délivrerait, ou il n'en viendrait pas, et
alors nous serions atteints par la longue nuit qui enve-
lopperait la terre dès que le soleil aurait disparu de

l'horizon, et à laquelle, d'ailleurs, nous serions préparés ; sinon, il pourrait bien arriver une troisième chose, c'est-à-dire que nous mourrions tous deux, événement qui ne nous paraissait point impossible. Pour retarder ce suprême moment, nous nous engageâmes solennellement, à nous soutenir l'un l'autre à travers toutes les épreuves que nous pourrions avoir à subir, à nous entr'aider, quelle que fût la lutte que nous eussions à soutenir, nous confiant à la Providence pour le reste.

« Ainsi résignés à notre sort, nous nous mîmes à réfléchir froidement à ce que nous avions à faire. Il était certain que si nous nous bornions à guetter l'arrivée d'un navire et que cet espoir vînt à être déçu, nous serions mal disposés à supporter les rigueurs et les périls que l'hiver nous préparait. Il était donc nécessaire de nous tenir prêts à les braver ; aussi après avoir réfléchi et délibéré un moment nous convînmes :

« 1° De construire un abri pour nous garantir du froid et des tempêtes. (Et en ceci nous avions déjà obtenu un résultat assez satisfaisant.)

« 2° De faire provision d'autant de vivres qu'il nous serait possible d'en trouver, tandis qu'il en était temps.

« 3° D'amasser du combustible, lequel consistait, comme on l'a déjà vu, en andromeda, en mousse et en graisse. Pour ce dernier élément de chauffage, nous devions en trouver une assez bonne quantité sur les cadavres du narval et du veau marin ; toutefois, nous pensâmes que ceux-ci n'étant pas suffisants à nous entretenir de graisse pendant six mois, il nous faudrait nous emparer de quelque animal de même espèce. Par quel moyen ? C'est ce qui nous restait à déterminer.

4° « Il nous était de toute nécessité de nous procurer des vêtements chauds, faute desquels nous gèlerions certainement ; et en ceci nous n'étions guère plus instruits qu'en ce qui concernait la capture des phoques, mais nous ne désespérions pas de trouver une solution à ce problème difficile.

«5° Nous tâcherions d'une manière ou d'une autre de nous fabriquer une lampe, car il nous fallait voir clair dans notre espèce de grotte.

« Ce dernier projet nous rendit rêveurs ; car il offrait des difficultés qui nous parurent plus grandes encore que ne l'avait été celle de faire du feu pour la première fois. Nous nous faisions fort d'attraper quelques veaux marins et d'augmenter ainsi notre provision d'huile. Nous supposions que nous pourrions nous confectionner des vêtements avec des peaux de renards, mais nous n'avions ni l'un ni l'autre la moindre idée de la manière de faire une lampe.

« La perspective de ne point réussir dans cette dernière entreprise avait de quoi épouvanter des esprits plus robustes que les nôtres ; heureusement nous savions par expérience qu'il était inutile de se lamenter ; aussi, nous prîmes bravement notre parti, fermement résolus à lutter du mieux que nous pourrions contre l'adversité.

— Triste perspective pour vous, en effet, dit Fred, et je ne puis comprendre comment vous avez pu vivre au milieu de tant de tourments et d'obstacles. »

Quant à la petite Alice, elle déclara que son opinion était que le pauvre Dean avait dû certainement succomber à la tâche.

« Oui, c'était fort triste, mes chers amis, poursuivit le capitaine ; mais comme il ne faut jamais lire la dernière page d'un livre avant d'avoir lu celle qui la précède, nous continuerons notre histoire ; vous verrez alors ce que devint mon compagnon et ce qui m'arriva à moi-même.

« Le lendemain, c'est-à-dire le lundi, nous nous re-

mîmes à la besogne que nous nous étions assignée : un
jour bâtissant le mur qui devait fermer notre grotte,
le lendemain attrapant des canards et ramassant des
œufs, ou disposant sur les rochers des provisions de
mousse pour la faire sécher, ou bien encore enlevant la
peau et la graisse du narval et du veau marin.

« Au fur et à mesure que nous nous en rendions possesseurs, nous serrions soigneusement toutes ces choses
dans une espèce de grotte semblable à celle que nous
nous réservions pour l'hiver. Lorsqu'elle fut pleine, nous
cherchâmes un autre endroit où nous pussions emma-
gasiner la graisse que nous avions retirée du narval et
du phoque, et celle que nous devions nous procurer plus
tard.

« Cela nous embarrassait quelque peu, car la quantité
que nous en possédions déjà était énorme; elle eût pu
remplir cinq grands barils, et comme le soleil était très-
chaud, nous craignions, non-seulement qu'elle ne se gâ-
tât, mais encore qu'elle ne fondît. Heureusement il se
trouvait sur le flanc de la montagne, et assez prêt de notre
hutte, un petit glacier occupant une étroite ravine, et
qui gisait au pied d'un grand amas de glaces dominant
la vallée. En creusant un peu d'un côté, en élevant un
peu de l'autre nous obtînmes bientôt une cave assez
grande pour contenir notre provision de graisse, et même
le double.

Après y avoir déposé notre trésor, nous en construisîmes une autre, de la même manière, destinée, celle-ci, à
recevoir notre provision de nourriture, c'est-à-dire une
fort jolie collection de canards et d'œufs, que nous ne
fûmes pas longs à ramasser, je vous prie de le croire.

— Des magasins de neige et de glace, mais je n'ai
jamais vu cela, dit Fred. Excusez-moi si je vous inter-
romps, capitaine; mais je voudrais bien savoir à quoi
cela ressemblait, ce glacier, et ce que c'était.

— Un glacier, répondit le capitaine, n'est autre chose qu'un ruisseau de glace provenant des neiges fondues et

Nous obtînmes bientôt une case assez grande pour contenir nos provisions.

que le froid a gelées. En se liquéfiant, cette neige coule des sommets des montagnes dans les vallons et des vallons jusqu'à la mer; on nomme glaçons les fragments souvent énormes qui s'en détachent. Les glaciers sont quelquefois assez petits, surtout dans des îles telles que la nôtre. Celui dont je vous ai parlé gisait dans une vallée étroite, abritée des deux côtés par des rochers escarpés et où la lumière ne pénétrait guère, aussi y faisait-il constamment froid. Nous avions donc eu une idée d'autant plus heureuse en la choisissant comme dépôt, qu'elle

était très-voisine de notre hutte, à portée de notre vue ;
elle n'offrait qu'un embarras, c'était de nous contraindre
à franchir quelques rochers abrupts pour nous y rendre.
Plus tard, nous fîmes disparaître cet obstacle en remplissant les interstices de ces rochers avec de petites
pierres, ce qui nous donna une route, sinon très-unie,
au moins plus commode.

« Jusqu'alors nous avions jeté la peau de nos canards
avec leurs plumes ; mais en réfléchissant nous pensâmes
qu'à un moment donné nous serions peut-être très-heureux de les trouver pour remplacer nos vêtements usés ;
car le résultat de la chasse aux renards nous paraissait
fort aléatoire. Au lieu d'agir avec les peaux des canards
que nous emmagasinions, ainsi que nous l'avions fait
auparavant, nous les conservâmes, nous réservant de
nous faire des bottes avec celles des phoques dont nous
pourrions nous emparer. Il ne nous manquait plus que
de quoi les coudre ; et j'ai oublié de vous dire, mes enfants, que nous possédions déjà la moitié de ce qu'il
nous fallait pour faire des tailleurs accomplis. Dean avait
retrouvé sa *paumelle* au fond de sa poche. Nous nom-
mons ainsi, nous autres marins, une lanière de cuir dont
se servent les matelots pour coudre les voiles, et qui
aide à pousser l'aiguille. Nous avions aussi cette aiguille ;
mais de fil, point.

« Comme nous avions appris à ne point désespérer de
la Providence, nous lui remîmes le soin de nous aider
dans cette circonstance, et nous laissâmes de côté la
question du fil pour nous consacrer exclusivement à l'ar-
rangement de notre cabane, ou plutôt de notre terrier,
car elle ressemblait bien plus à la demeure d'un animal
qu'à celle de deux chrétiens.

Déjà le mur de devant dépassait nos têtes. Nous avions
mis quinze jours à l'élever, ce qui n'est guère si l'on songe
que nous n'avions ni échelle ni échafaudage, et que nous

fûmes obligés de construire des marches pour atteindre
notre ouvrage quand il commença à dépasser la hauteur
de nos bras.

« Nous perçâmes une fenêtre au-dessus de la porte.
N'espérant pas trouver du verre pour la fermer, nous la
laissâmes ouverte. Elle avait un pied de hauteur sur un
pied de largeur; petite et carrée, nous pensions qu'il
nous serait plus facile de la combler lorsque nous n'en
aurions plus besoin. Devant la porte, nous pendîmes un
morceau de la peau du narval, que nous attachâmes au-
dessus de l'ouverture au moyen de crampons fabriqués
avec des os; nous les enfonçâmes dans les interstices des
pierres, puis nous laissâmes tomber la peau en guise de
rideau.

« Les ossements que j'avais ramassés sur le rivage nous
furent ici d'un grand secours, car étant plus légers que
les pierres, ils servirent à maintenir la mousse à sa
place, de sorte que nous pûmes employer celle-ci beaucoup plus souvent que nous ne l'avions supposé tout
d'abord.

« Notre mur terminé, nous nous sentîmes un grand
poids de moins sur la conscience; car nous avions dès
lors un abri, un lieu où nous pouvions faire du feu et cuire
nos aliments. Nous ne tardâmes pas à en faire l'essai. Il
y avait à peine deux jours que nous avions achevé notre
œuvre qu'un violent orage éclata. En quelques heures
notre île fut couverte de neige, ce qui était assez extraordinaire à l'époque de l'année où nous étions. De plus,
cette tempête ravagea le versant oriental de l'île, brisa
les glaces accumulées de ce côté et les chassa en pleine
mer du côté opposé. Ce fut un spectacle effrayant que
cette lutte des éléments. Il semblait que ce serait à qui
serait le plus furieux de la mer ou du vent. Celui-ci ne
connaissait plus aucun frein; il aurait voulu emporter
l'île qu'il n'aurait pas soufflé avec plus de fureur. La mer

Le pays des baleines.

suivait dignement son exemple; et si elle aussi n'enleva pas l'île, ce ne fut pas faute de l'essayer. Elle se borna heureusement à briser les bancs de glaces qui s'offraient à sa rage et à en disperser les fragments de tous les côtés.

En contemplant cette scène grandiose que rendait plus sauvage encore le bruit que faisaient les glaces en se rompant, je m'étonnai plus que jamais que des hommes osassent s'aventurer dans de fragiles navires sur de telles mers, car les profits qu'ils y trouvent sont loin de compenser les dangers qu'ils y rencontrent.

« Mais il en a toujours été ainsi, et je crois qu'il en sera toujours de même. Partout où il y a un peu d'argent à gagner, les hommes braveront tous les périls pour se le procurer. C'est ce qui a lieu pour la pêche de la baleine et des phoques : si le navire réussit dans son expédition, le bénéfice est grand. La part seule afférente à chaque matelot monte souvent à une somme assez ronde, qui suffit à les récompenser des privations et des maux de toutes sortes qu'ils ont soufferts. Et il faut reconnaître que ces dangers ne sont pas peu redoutables. Indépendamment de ceux qui sont inhérents à toute navigation dans les glaces, il arrive souvent que lorsqu'on s'est approché de la baleine pour la harponner, elle brise la petite embarcation montée par les baleiniers d'un seul coup de son immense queue et jette l'équipage à la mer; d'autre fois, quoique blessée par le harpon qu'elle porte enfoncé dans les chairs, elle entraîne le bateau au moyen de la corde attachée à ce harpon, et si alors la fantaisie lui prend de plonger sous la glace, elle détruit le petit bateau et, du même coup, submerge les matelots qui s'y trouvent.

« Mais c'est trop longtemps *dériver* de notre histoire. retournons donc *au vent*, dit le capitaine, et poursuivons notre route.

« La tempête passée et le temps éclairci, nous nous
remîmes à l'ouvrage. Mais autour de nous tout était
triste et morne. La neige était tombée par flocons et
recouvrait les rochers, puis s'était amoncelée dans les
endroits où le vent l'avait plus particulièrement chassée.
La mer était encore très-agitée, et comme il y avait une
immense quantité de blocs de glaces flottant sur l'eau,
quand les vagues s'élevaient et retombaient elles pro-
duisaient un tapage infernal. Enfin, le soleil nous
rendit de nouveau sa chaleur, et fondit la neige. Réchauffés par l'exercice, nous continuâmes courageusement notre travail d'un cœur si léger que nous étions
nous-mêmes surpris de l'aisance avec laquelle nous
prenions notre singulière existence, et même de notre
gaieté en présence de choses qui ne laissaient pas que
d'être assez inquiétantes.

« Vous voyez, mes enfants, qu'il est toujours facile de
se résigner à son sort avec une volonté ferme et l'amour
de Dieu. Je n'ai pas l'intention de faire notre éloge, à
Richard et à moi; mais je crois que, pour être juste, il
faut reconnaître que nous nous soutînmes vaillamment
là où d'autres eussent peut-être faibli. N'êtes-vous pas
de cet avis, mes enfants ?

— Si, bien certainement, répliqua William. Et si
quelqu'un ose en douter, j'irai comme le comte Robert
me battre, pendant une semaine, avec tous ceux qui se
présenteront pour soutenir le contraire.

— Vous voilà encore vous moquant du vieux marin,
n'est-ce-pas? dit le capitaine, essayant à grand'peine de
garder son sérieux. Aussi je vous punirai, mon garçon,
en interrompant ici l'histoire; je n'en dirai plus un mot
de la sainte journée. »

CHAPITRE XII.

Dans lequel on raconte la métamorphose d'une île déserte en un *Ilot de Bonne-Espérance*, et diverses choses non moins consolantes.

ous avez vu, mes enfants, dit le capitaine, en reprenant son récit au point où il l'avait laissé la veille, vous avez vu comment avec de la patience et du travail nous étions venus à bout de difficultés qui nous avaient d'abord paru insurmontables.

« Nous sachant à l'abri du froid et des intempéries, notre courage augmenta en proportion de la sécurité que nous avions conquise, et nous nous mîmes à travailler aussi régulièrement et aussi assidûment que si notre position n'eût eu rien d'exceptionnel.

« J'eus, vers cette épo-

10

que, avec Dean une conversation dont je crois nécessaire
de vous parler.

« Nous nous étions assis un jour sur les hauteurs qui
dominaient la mer du côté de l'ouest; nous y avions été
attirés par l'apparition de quelques objets lointains, que
nous avions pris pour un bâtiment toutes voiles dehors,
et qui nous paraissait voguer droit vers notre île. Malheureusement ce que nous avions pris pour un vaisseau
n'était autre chose qu'un glaçon flottant parmi les
brouillards. Plusieurs fois déjà nous avions été de la
sorte induits en erreur, car vous saurez que les glaçons
prennent toutes sortes de formes; et il est très-facile à
des imaginations un peu troublées de leur prêter les ap-
parences les plus variées, surtout quand on les observe
de loin.

« Lorsque nous fûmes bien assurés de nous être
trompés, Dean poussa un soupir : « Croyez-vous, Hardy,
me dit-il, qu'aucun navire, sauf le nôtre, se soit jamais
aventuré dans ces parages, ou que jamais il en vienne?

« — Je crains qu'il ne soit jamais le seul, » répondis-je.

« En parlant ainsi, j'exprimais toute ma pensée. Il n'est
pas toujours bon de la dire. Je le reconnus en voyant
l'impression pénible qu'elle fit sur mon compagnon.
Tournant vers moi ses regards où se mêlaient de la tristesse et un peu de colère :

« — Savez-vous qui vous êtes? demanda-t-il.

« — Non, répondis-je étonné. Que voulez-vous dire?

« — Ce que je veux dire? Je veux dire — et il parlait
avec une animation qu'il ne mettait jamais dans ses paroles — je veux dire que vous êtes un fameux *comforter*[1].
Vous ne valez pas mieux que les amis de Job. »

« Ce que c'était qu'un « ami de Job », je n'en savais
absolument rien à cette époque de ma vie. Quant au *com-*

1, *Consolateur*; veut dire également *cache-nez*.

Malheureusement ce que nous avions pris pour un [...]eau n'était autre chose qu'un glaçon flottant parmi les brouillards.

forter, j'avais une vague idée que ce mot servait à désigner une espèce de tricot dont on s'enveloppe le cou en
hiver. Je répondis à tout hasard que je n'étais ni l'un ni
l'autre.

« — Si, vous l'êtes, et vous savez que vous l'êtes, continua-t-il, un vrai consolateur de Job qui toujours gro-
gne, au lieu de songer aux moyens de nous tirer d'embarras!

« — Je voudrais bien savoir, répliquai-je, où je trouverais ce moyen. »

« Je m'imaginais qu'il n'aurait rien à répondre à cela,
mais il devint, au contraire, plus irrité qu'auparavant.

« — Ne pas pouvoir trouver un moyen, s'écria-t-il,
c'est possible, mais il me semble qu'on pourrait en chercher un. » Disant cela, il se leva et s'éloigna brusquement.

« En le regardant, je crus apercevoir de grosses larmes couler sur ses joues. Il me parut aussi qu'en prononçant ces derniers mots, sa voix avait tremblé. Je pensai qu'il allait derrière le rocher pour pleurer à son aise
et me cacher ses larmes.

« Je le laissai d'abord seul; mais au bout d'un moment je me dirigeai de son côté. Il était couché sur
l'herbe, la tête appuyée sur son bras. Sa casquette était
rejetée en arrière, et le vent se jouait dans les boucles
de sa blonde chevelure. Le soleil l'éclairait de ses rayons;
sa figure, si hâlée et brunie qu'elle fût, avait conservé
toute sa douceur. Il s'était endormi en pleurant, car on
voyait sur ses joues la trace des larmes brûlantes qu'il
venait de verser.

« Son sommeil paraissait troublé; il poussait des cris,
tandis que ses membres s'agitaient convulsivement. Des
rêves, peut-être plus pénibles encore que la réalité pourtant si sombre, envahissaient sa pensée, pesaient sur son
cœur, bouleversaient son être entier. Je le réveillai. Il

sauta sur ses pieds, et s'appuya contre le rocher avec un air effaré. « Où suis-je ? Qu'est-ce qu'il y a ? Est-ce vous, « Hardy ? » me dit-il ; puis il se mit à sourire : « Ce n'est « qu'un rêve, » ajouta-t-il.

« — Qu'avez-vous rêvé, Richard ? dites-le-moi, je vous prie !

« — C'était absurde, mais cela m'a beaucoup effrayé. Je croyais voir un vaisseau s'approcher de notre île. Je vous vis vous élancer sur le pont et vous éloigner, et, comme les lames argentées vous emportaient, vous vous êtes retourné pour vous moquer de moi. Seul et délaissé sur le rivage, je vous maudissais, lorsqu'un affreux démon, pour me punir des paroles que je proférais, me saisit par le cou, me traîna sur les vagues et m'attacha à la quille du navire, où je me tordais de désespoir, quand vous m'avez réveillé, « Cours avec lui à ta perte ! me « criait-il. Suis-le dans l'abîme ! » me criait-il. Il me semble encore entendre la voix de ce démon, me transperçant le cerveau avec ces affreuses paroles.

« — Je comprends votre frayeur, et suis content de vous avoir réveillé, lui répondis-je, ne sachant trop que dire.

« — Tout cela, dit le pauvre petit, tout cela vient de ce que je me suis mis en colère contre vous, Hardy. » Et il me pria de lui pardonner, de ne le pas juger avec trop de sévérité ; il promit d'être dorénavant plus reconnaissant ; enfin il m'en dit tant que, pour ne pas trop m'attendrir, je coupai court ses protestations en lui jetant les bras autour du cou. Nous nous embrassâmes en versant des torrents de larmes ; et ainsi finit notre première et dernière brouille.

« — Mais pensez-vous réellement, dit Richard quand il eut retrouvé la parole, pensez-vous réellement que si un navire ne vient pas nous délivrer, nous pourrons vivre dans cette île affreuse, quand l'été sera passé, que tous les oiseaux se seront enfuis et que les ténèbres et le froid nous envelopperont sans cesse ?

« — Assurément, » répondis-je.

« Mais, pour être sincère, je dois dire que j'en doutais au contraire très-fort; je ne parlais ainsi que pour encourager mon camarade; et je commençais à comprendre qu'un consolateur de Job devait être autre chose qu'un objet destiné à servir de cache-nez; je ne me souciais nullement de recevoir une seconde fois cette qualification.

« — Je suis bien content de vous entendre parler ainsi, s'écria-t-il, oh ! bien content ? »

« Il n'avait pas besoin de le dire, car il était aisé de lire sur son visage la satisfaction qu'il éprouvait devant l'espérance pourtant si douteuse que je lui donnais.

« — Savez-vous, Hardy, si cette île a un nom ? ajouta-t-il.

« — Mon savoir ne va pas jusque-là, répondis-je.

« — Eh bien, je vais la baptiser aujourd'hui même, dit-il; elle s'appellera, désormais, le Rocher de Bonne-Espérance, et nous appartiendra en toute propriété. Il y a mieux, je le sais: mais au moins elle a cet avantage que personne ne nous la disputera, ou n'entravera notre moyen de faire fortune, ce dont nous aurions été moins assurés si le sort nous eût placés dans toute autre situation. »

« Cette conversation m'égaya un peu ; il est vrai qu'il était difficile de rester longtemps en proie à des idées sombres devant l'heureux caractère de Richard. Nous nous étendîmes trop longuement sur ce sujet pour que je vous rapporte toute notre conversation, dont la conclusion fut que nous devions nous considérer comme fixés dans l'île, sinon pour le reste de nos jours, du moins pour un temps illimité. Nous en conclûmes qu'il serait superflu de nous en lamenter, notre désespoir ne devant

servir qu'à nous abattre et paralyser nos efforts. Aussi
depuis ce moment devînmes-nous aussi heureux qu'il
nous était permis de l'être, si extraordinaire que cela
puisse paraître.

« Pour compléter notre prise de possession, nous passâmes en revue tout ce qui composait notre propriété,
c'est-à-dire avec l'île, tout ce qu'elle contenait : renards,
eiders, canards, œufs, corps d'animaux morts, ossements, etc., auxquels nous joignîmes les phoques, les
morses, les baleines qui vivaient dans nos eaux, à condition de les prendre. En nous livrant à ces calculs, nous
ne pûmes nous empêcher plusieurs fois de rire, car en
vérité nous avions l'air de deux vieux fermiers inventoriant leurs biens et supputant leurs chances de gain.
Cette conversation eut pour effet d'accroître encore notre
ardeur au travail, car la perspective de rester dans l'île
pour toujours nous imposait la nécessité depenser à l'avenir et à nos besoins plus que nous ne l'avions fait tant
que nous avions conservé l'espoir d'être recueillis par
quelque navire baleinier.

« Nous achevâmes d'abord la hutte qui devait nous
servir d'habitation, y travaillant maintenant, non comme
à un abri passager, mais comme un homme qui, venant
d'acquérir une grande propriété, y bâtit une maison où
il puisse être confortablement pour le reste de ses jours.

« Je vous ai dit que notre cabane avait douze pieds
carrés, et que, après un travail très-pénible, nous avions
réussi à la fermer complétement, et à la rendre solide et
bien close. Tout le long de sa partie supérieure, à l'endroit où les deux rochers se rapprochaient, il y avait une
fente qui nous donna beaucoup de peine; mais enfin nous
étions parvenus à y introduire, avec le gros bout de la
corne du narval, une grande quantité de mousse et à la
boucher ainsi hermétiquement.

« A propos de cette mousse, il faut que vous sachiez,

mes enfants, qu'elle croissait dans notre île, ainsi que
dans toute la région polaire avec une abondance qu'on
ne voit pas dans nos climats, la mousse étant réellement
la végétation dominante des contrées arctiques. Dans la
vallée qui nous avoisinait, il s'en trouvait un lit de plusieurs pieds d'épaisseur. Les fibres en étaient très-lon-
gues; souvent cette longueur n'atteignait pas moins de
quatre pouces, et cela au bout d'une seule année. Dans
un endroit de la vallée nous trouvâmes plusieurs couches
superposées de cette mousse qui était morte.

« Cette découverte nous réjouit plus que nous ne l'a-
vions jamais été depuis que nous avions réussi à faire
du feu; car la mousse morte, desséchée et dure, brûlait
presque comme de la tourbe; nous nous en aperçûmes
lorsque nous l'essayâmes dans notre cheminée. En y ajoutant un peu de la graisse du narval, elle donna une chaleur telle que nous fûmes obligés de laisser notre fenêtre
et notre porte ouvertes jusqu'aux grands froids. Ajoutez
à cela que la quantité de mousse sèche que nous trouvâmes à cet endroit était considérable.

« Ajoutez à cela que cette mousse se trouvait dans la
vallée en quantité si grande, que nous jugeâmes du premier coup d'œil qu'il nous faudrait un siècle avant de
l'épuiser, si toutefois notre cheminée voulait bien nous
le permettre. Jusqu'alors le vent avait soufflé dans une
direction favorable; mais comme de sa nature il est fort
inconstant, un beau matin il changea d'aire, ce qui mé-
contenta notre cheminée au dernier point. Sa mauvaise
humeur se traduisit immédiatement en refusant de laisser passer la fumée, en sorte que celle-ci emplit en un
instant notre demeure, nous forçant à l'abandonner. Cette
mauvaise plaisanterie nous prit au dépourvu, car nous
n'étions ni l'un ni l'autre des maçons bien habiles; et
nous ne pouvions nous imaginer à quoi tenait ce désordre. Enfin, après nous être donné beaucoup de mal,

après avoir démoli, bâti, redémoli et rebâti sans résultat aucun, il nous vint à l'idée que cette cheminée était trop basse, étant juste au niveau du sommet de la hutte. Nous l'élevâmes aussi haut que nous pûmes poser des pierres, c'est-à-dire à environ quatre pieds au-dessus du toit ; dès ce moment elle ne nous causa plus le moindre ennui.

« Ayant si bien réussi à trouver le moyen d'entretenir notre feu, nous installâmes un lit, car les tempêtes commençaient à devenir fréquentes, et en nous assaillant, nous avaient contraints à échanger notre lit de gazon pour le sol abrité de la cabane ; or, le sol, couvert de pierres dures, manquait tout à fait de confortable, et nos os ne s'en montraient nullement satisfaits.

« Pour atteindre notre but, qui était d'avoir deux lits, nous élevâmes un mur, ou plutôt une cloison, arrivant à la hauteur des genoux, et qui traversait notre hutte dans toute sa largeur ; nous divisâmes ensuite la partie ainsi séparée par une cloison de trois pieds de hauteur environ, ce qui nous fournit deux pièces.

« L'une de ces deux divisions était destinée à nous servir de garde-manger ou office ; nous la parâmes avec de grandes pierres plates et unies, dont il y avait des quantités dans notre voisinage. Nous en fîmes autant pour la pièce de devant. Comme elle n'était pas très-grande, nous n'avions pas beaucoup de peine à la tenir propre. Quant à la seconde des deux divisions, qui était destinée à nous servir de lit, nous la remplîmes avec de la mousse, sur laquelle nous posâmes une couche d'herbe desséchée. Si primitif qu'il fût, ce lit était de beaucoup la meilleure couche que nous eussions encore essayée. Il ne lui manquait qu'une chose : des couvertures. Nous avions bien notre paletot, que nous employions à cet usage, mais nous pensâmes que ce léger vêtement ne nous suffirait plus lorsque viendrait l'hiver. Pour les

remplacer, notre provision de peaux de canards, qui s'é-
levait déjà à une centaine, pouvait nous servir ; et dans
cette espérance nous les avions mises sécher au soleil.
Nous avions encore celle d'un grand nombre d'eiders qui,
indépendamment de leurs plumes, possèdent une couche
de si chaud duvet; mais pour tirer parti de tous ces trésors, il fallait du fil pour les coudre ; et c'est ce qui nous
manquait, ainsi que je vous l'ai dit.

« Cependant, comme cela nous était déjà arrivé plusieurs fois depuis le malheureux événement qui nous
avait rejetés sur l'île déserte, la Providence nous vint
en aide ; nous avions à peine commencé à sentir le besoin de fil, qu'il se trouva sur notre chemin. Voici comment :

« En retirant la graisse du narval mort, nous avions
mis à jour les tendons forts et souples, de la queue ; ce
fait, qui en lui-même n'avait rien d'extraordinaire, constituait cependant une découverte des plus importantes ;
et ce fut à Dean qu'en revint l'honneur. Un jour que j'é-
tais employé à l'une de nos nombreuses occupations,
mon attention fut attirée par Richard qui arrivait en courant, et qui criait de toutes ses forces : « Je l'ai trouvé,
« je l'ai trouvé ! »

« Quoique habitué à ses surprises, je n'en étais pas
moins curieux de savoir ce dont il s'agissait. Il me raconta donc que, se trouvant au bord de la mer, il avait
remarqué les tendons du narval qui gisait sur le rivage.
En ayant arraché un machinalement qu'il s'était amusé
à mettre en pièces, il avait cru voir la possibilité d'en
faire du fil ; c'est alors qu'il s'était élancé vers l'endroit
où j'étais pour me communiquer la bonne nouvelle. Nous
retournâmes immédiatement vers le narval, et, enlevant
tous ce que nous pouvions trouver de ces nerfs, devenus
si précieux, nous les étendîmes sur les rochers, afin de
les sécher complétement.

« Au bout de quelques jours, le soleil avait accompli son œuvre et durci une grande quantité de cette substance. Nous trouvâmes qu'en la dévidant, nous pouvions effectivement en tirer des fils aussi fins et aussi forts que de la soie à coudre.

« Nous venions de faire là, on n'en disconviendra pas, une découverte d'un grand intérêt. Il ne nous manquait plus pour rendre complet notre bien-être, assurer notre confort, que des ustensiles de cuisine. Nous fûmes longtemps avant de pouvoir inventer quoi que ce fût dans ce genre. Je trouvai enfin, de l'autre côté de l'île, des pierres d'une contexture assez molle; en les essayant avec mon couteau, je vis qu'elles étaient précisément pareilles à l'espèce que j'avais souvent vue chez moi, et que nous appelions *pierres à laver* en raison de leur composition savonneuse. En poussant mes recherches un peu plus loin, je découvris que notre île en contenait une assez grande quantité; et, comme je savais que dans certains pays on en fabrique des grils, je concluai immédiatement que nous pourrions également nous en servir pour la fabrication de nos marmites. Dans ce but, j'emportai avec moi plusieurs de ces pierres; mais elles restèrent longtemps dans notre hutte avant que j'eusse le temps de façonner les ustensiles dont nous avions besoin.

« Vous voyez, mes enfants, que tout marchait assez bien, puisque, peu à peu, nous étions devenus possesseurs de toutes les choses qui nous étaient non-seulement essentielles, mais agréables; et, en résumé, on peut dire que si notre île était aride et inhospitalière, elle n'en était pas moins susceptible (comme toutes les terres de n'importe quelle région du globe) de fournir des moyens d'existence à l'homme.

« Lorsque nous vîmes ce que nous pourrions faire avec les nerfs du narval, nous nous occupâmes sur-le-champ de nous confectionner des couvertures. Avec mon

Nous creusâmes dans un gros morceau de pierre à laver
une grande et belle marmite. (Page 159.)

couteau, nous taillâmes les peaux d'édredon en carrés
bien réguliers, puis nous les cousîmes solidement ensemble; et de la sorte nous obtînmes de bonnes et chaudes
couvertures qui complétèrent dignement notre coucher
moelleux.

« Nous ne nous arrêtâmes pas en si beau chemin.
Nous confectionnâmes avec nos peaux d'eider de chauds
vêtements et de bons grands bas. Nous nous en fîmes
encore des chapeaux, après en avoir arraché les plumes,
bien entendu. Nous pûmes aussi trouver dans les peaux
des veaux marins de quoi nous fabriquer des mitaines et
de jolies bottes fourrées, ressemblant assez à la chaussure
que portent les Indiens.

« Nous songeâmes alors à nos ustensiles de cuisine.
En nous servant adroitement de mon couteau, nous taillâmes d'abord, ou plutôt nous creusâmes dans un gros
morceau de la pierre à laver une grande et belle marmite qui fonctionna on ne peut mieux. Cela nous permit
de varier un peu notre nourriture, ou, ce qui est plus
exact, la manière de l'accommoder. Jusque-là, nous n'a-
vions pu que rôtir nos canards et nos œufs sur des
pierres plates; à présent, nous pouvions les faire bouil-
lir dans la marmite. Nous goûtâmes vivement cette nouvelle méthode, car nous commencions à être fatigués de
manger toujours la même chose; et cependant vous me
direz qu'il n'y avait pas de quoi se réjouir tant, car après
tout, ce n'étaient que des œufs et des canards, et puis
des canards et des œufs; comme le petit garçon dont
vous avez entendu l'histoire, qui avait du lait et de la
panade à manger, et, pour changer, de la panade et du
lait.

« — Hardy, me dit un jour mon camarade, si nous
attrapions quelques-uns de ces petits oiseaux, que vous
nommez des *auks*.

« — De quelle manière ? lui répondis-je.

« — Je ne sais pas, fit-il.

« — Ni moi non plus, » répondis-je en riant.

« Mais c'était une idée, nous y réfléchîmes. Comme ces petits animaux n'étaient pas du tout sauvages, et qu'ils volaient très-bas, il nous vint à l'esprit de faire un filet et de l'attacher au bout de notre corne de narval, dont nous ne nous étions servis jusqu'ici que pour construire notre hutte. Par un heureux hasard, Dean, qui — je n'ai pas besoin de le dire — était un jeune homme très-intelligent, avait appris, à bord du *Merle*, à faire des filets. Avec des tendons de narval, il en fabriqua en peu de jours un assez grand. Il ne nous restait plus qu'à le monter, et c'est ce qui n'était pas le plus facile. Cependant, comme nos facultés inventives avaient été passablement exercées depuis quelques mois, nous ne fûmes pas bien longtemps avant de trouver que nous pourrions faire un cerceau en attachant ensemble trois côtes de phoque que nous avions ramassées sur le bord de la mer. Ayant donc solidement fixé ce cerceau à la corne du narval, nous nous dirigeâmes vers la côte nord de l'île, où les auks se trouvaient en assez grand nombre.

« Nous étant cachés parmi les rochers, nous attendîmes qu'une troupe de ces oiseaux vînt à passer. Ils volèrent près, très-près de la terre, à une distance d'environ cinq pieds au dessus de nos têtes. Au moment où ils s'y attendaient le moins, j'élevai le filet, et trois d'entre eux se trouvèrent immédiatement dedans. Ils furent tellement étourdis du coup qu'un oiseau seulement put s'échapper avant que j'eusse abaissé le filet, et Dean fut assez alerte pour saisir instantanément les deux autres. Ce premier coup d'essai nous satisfit pleinement, car il avait réussi infiniment mieux que nous n'avions osé l'espérer. Nous continuâmes ainsi, sans nous lasser, pendant plusieurs heures, car cette chasse nous amusait beaucoup; et comme c'était la première fois, depuis que

J'élevai le filet et trois d'entre eux se trouvaient dodanse. (Page 169.)

nous habitions l'île, que l'occasion de nous amuser se présentait, nous conservâmes de cette journée un souvenir qui eut sur notre esprit une influence des plus salutaires; car, dit un vieux dicton :

Toujours travailler, sans jamais jouer,
Finit par attrister.

CHAPITRE XIII.

Les enfants font un petit voyage, et acquièrent la certitude qu'un hiver dans les régions polaires, une aurore boréale et un ancien marin sont des choses très-surprenantes.

NE douce brise se faisait sentir sur le petit village de Rockdale; les grands arbres inclinaient gracieusement leurs têtes comme pour la saluer; leurs feuilles, se balançant en cadence, faisaient entendre un joyeux bruissement et semblaient dire combien elles seraient heureuses de se balancer et de chanter ainsi sans cesse, si le vent voulait toujours leur prêter son concours. Les hautes herbes et les blés brillaient aux rayons du soleil, et ondoyaient mollement comme s'ils voulaient qu'on admirât leurs flots de verdure et d'or, et faire honte aux

vagues tranquilles qui agitaient à peine la surface des
eaux de la baie dans laquelle se reflétait l'azur du ciel.

« Ha, ha! dit en riant notre vieil ami le capitaine,
quand il vit ce beau temps. Ha, ha! voilà une magnifique journée; » et il alla immédiatement appeler son
garçon, Bras de Misaine.

« Bras de Misaine, Bras de Misaine, viens ici! Viens
donner un coup de main; dépêche-toi, animal, et dé-
gourdis un peu tes quilles. »

Une voix nasillarde répondit du fond de la cuisine :

« Voilà, voilà, monsieur; » et le grotesque personnage
à qui appartenait la voix parut bientôt avec son air
hébété.

« Bras de Misaine! s'écria le capitaine.

— Ho, ho! fit Bras de Misaine, ouvrant démesuré-
ment la bouche, et fort surpris de voir le capitaine aussi
sérieux.

— Prépare les amorces, Bras de Misaine! Entends-tu,
mon garçon? Ensuite tu disposeras l'Alice, et tu te
tiendras prêt pour le moment où je descendrai. Nous
allons à la pêche aujourd'hui, entends-tu, mon garçon?
Et nous passerons un bon quart d'heure, entends-tu
cela? Donc, alerte, et file aussi vite que tu pourras. Va-
t'en, va-t'en, te dis-je, car nous allons à la pêche. Va-t'en,
va-t'en, car nous allons sur l'eau, sur l'eau, sur l'eau.
Va-t'en, va-t'en, nous allons sur l'eau, sur l'eau, sur la
mer. »

Sans prononcer un mot, le pauvre diable exécuta l'ordre qui lui était donné, répétant les paroles qu'il venait
d'entendre : « Va-t'en, va-t'en, nous allons à la pêche, à
la pêche, à la pêche; va-t'en, va-t'en, nous allons sur
l'eau, sur l'eau, sur l'eau; va-t'en, va-t'en, nous nous
amuserons, nous nous amuserons, nous nous amuserons,
nous nous amuserons tous; » et ainsi de suite jusqu'à ce
que Bras de Misaine et le refrain fussent si loin dans

les arbres, du côté de l'eau, que le vent en emporta la
suite.

À son tour le capitaine monta rapidement la colline
derrière sa maisonnette, comme si cette dernière eût été
en feu, et que le bon vieillard eût couru chercher du
secours. Arrivé au sommet, il commença à agiter son
chapeau de toile cirée dont les rubans sifflaient et cla-
quaient comme s'ils eussent voulu dire : « Vieillard,
vieillard, arrête-toi un moment pour reprendre haleine!
Arrête-toi, et dis-nous de quoi il s'agit, pour Dieu, dis-
le-nous. »

Mais le vieillard était trop préoccupé pour prêter ainsi
l'oreille aux discours des rubans de son chapeau, il faisait
des signaux à ses petits amis; et chaque cercle décrit par
son bras, chaque secousse de sa longue barbe grise, chaque balancement de son chapeau de toile cirée semblait
dire : « Bravo! bravo! voilà un beau temps! venez, venez,
mes joyeux enfants! Allons, allons, partons sur la belle
mer bleue! »

Enfin les enfants aperçurent le vieux chapeau et les
rubans bleus, et le capitaine lui-même qu'ils ne tardèrent
pas à rejoindre; et en les voyant ainsi s'aborder tous les
quatre, on eût pu comparer l'un à un gros navire de
la Compagnie des Indes, chargé de lingots d'or, et les
autres à de petits bâtiments vifs, légers, tels qu'en
montent ordinairement les pirates pour faire leurs
coups.

« Ouais! » dit le capitaine, qui ne trouvait jamais sa
péroraison bien achevée, s'il ne l'avait pas entrelardée de
quelques exclamations de ce genre : « Ouais, mes chéris! tenez toujours cette route, vent en poupe, et vous
arriverez à bon port. » Et sans plus attendre, il entraîna
ses petits amis jusqu'au rivage, puis à bord du yacht.
Bras de Misaine, la bouche encore béante, riant à se dé-
monter les mâchoires à la perspective « d'une belle jour-

néo », « d'une jolie promenade en bateau » et « d'une bonne pêche », leva l'ancre. Le capitaine étendit les blanches voiles devant la brise, et le coquet petit bateau partit emportant son joyeux équipage. Le temps était si beau, l'embarcation avait l'air si pimpant, les vagues étaient si folles quand elles arrivaient en dansant autour du yacht, le vent était si vif, la petite troupe était si ravie, enfin tout était si gai, qu'il eût été invraisemblable que les petits poissons ne le fussent pas aussi. Ce petit peuple de la mer jouait autour des hameçons, mais sans y toucher; les plus jeunes et les plus enjoués montaient à la surface de l'eau pour regarder l'aimable compagnie que portait le yacht; ils la regardaient et semblaient dire : « Quelles bonnes gens! mais s'ils croient nous attraper, ils se trompent joliment! » Après ils redescendaient pour considérer les jolis hameçons, et pour gambader autour, toujours sans y mordre; ils étaient eux-mêmes trop en train de s'amuser pour cela. Il n'y avait que les poissons d'un âge mûr, des poissons devenus raisonnables qui goûtaient à l'appât. Fatale gourmandise! car ceux-ci on les prenait aussitôt. A peine avaient-ils mordu qu'ils se trouvaient dans le bateau, à leur grand ébahissement, entourés de la joyeuse petite troupe, et étourdis par leurs grands éclats de rire.

De ces poissons sérieux et réfléchis, et qui n'auraient eu garde de s'amuser quelque peu, le capitaine et ses petits amis en attrapèrent autant qu'ils voulurent. Quand ils en eurent pris ainsi une bonne quantité : « Laissons là nos lignes, dit le capitaine, et descendons dans la petite cabine, vous allez y trouver quelque chose qui va vous surprendre fameusement. » Et le capitaine disait la vérité, ils ne s'attendaient nullement à la charmante surprise que leur vieil ami leur avait réservée. Oh! comme ils furent étonnés! Autant certainement que si la reine des fées fût venue les inviter à un banquet de

sa façon, autant que s'ils eussent été changés en fées
eux-mêmes, et qu'ils se fussent trouvés dans une région
dissemblable de celle que nous habitons. Et voici comment. Pendant qu'ils s'occupaient de la pêche, Bras de
Misaine, selon les ordres du capitaine, avait allumé du
feu dans le petit poêle, et au milieu de la cabine il avait
placé une petite table, sur cette petite table se trouvait
la plus blanche des petites nappes, et sur la nappe
étaient posés les plus gentils petits couverts, les petites
assiettes les plus mignonnes, les petites serviettes les
plus fines, et les petites tasses les plus jolies et les plus
délicates qu'on pût voir.

« Maintenant, dit le capitaine qui s'amusait fort de
l'étonnement de ses jeunes amis, à table! à table! car
nous allons avoir un régal splendide, aussi vrai que je
me nomme John Hardy, ou l'Ancien Marin, si cela vous
plaît mieux. »

Et il versa d'un grand broc en terre cuite, du lait
frais et écumant dans les gentilles petites tasses; puis il
prit dans une armoire des petits pains bien blancs et
bien tendres, avec du beurre frais et doré; après cela, il
retira du poêle les savoureux petits poissons tout chauds
et bien frits, et en laissa tomber un sur chaque charmante petite assiette; et, pendant une demi-heure, il y
eut de la besogne pour les merveilleux petits couteaux
et les merveilleuses petites fourchettes, vous pouvez
le croire. Le mignon petit poêle s'attira bien des élo-
ges, mais qui ne furent rien en comparaison de ceux
décernés au capitaine pour son habileté dans l'art
culinaire. William déclara même solennellement que,
pour arriver à une telle perfection, il était absolument nécessaire d'être marin et d'avoir fait le tour du
monde.

Lorsque le repas fut terminé, la table débarrassée et
tout mis en ordre, William proposa la santé du capitaine;

renversant la tête et faisant semblant de boire un grand verre de vin, il s'écria :

« Buvons à la santé du capitaine Hardy, l'ancien marin, etc., etc., le plus brave matelot qui ait jamais cargué une voile, ou qui se soit jamais promené sur le pont d'un navire! Puisse *Davy Jones*[1] l'attendre fort longtemps, et lorsqu'il entrera dans les domaines dudit *Davy*, puisse-t-il devenir amiral!

— Bravo! bravo! répondirent Fred et Alice, tandis que le capitaine riait à se tenir les côtes.

— Et maintenant, dit-il quand on eut fini de rire, que diriez-vous si je vous racontais la suite de l'histoire?...

— Oui, oui, l'histoire! l'histoire! s'écrièrent tous les enfants à la fois.

— Ici même, ou sur le pont?

— Ici, ici, c'est un endroit parfait.

— Va pour la cabine, dit gaiement le capitaine, si toutefois je puis seulement me rappeler à quelle partie de ladite histoire nous en sommes restés l'autre fois, ajouta le vieillard en se grattant le front, comme il faisait toujours lorsqu'il voulait raviver ses souvenirs.

« Ah! s'écria-t-il enfin, je l'ai trouvée, je l'ai, je la vois, comme on voit un phare à travers les brouillards. Vous vous souvenez, mes chers enfants, dans quelle situation prospère nous avons laissé Dean et John Hardy? Ils avaient pour ainsi dire *trouvé le fond;* ils avaient vu le fanal, et ils se dirigeaient vers le port. A force de travail, de patience, de persévérance; en aiguisant sans cesse leur esprit, ils étaient parvenus à se mettre en possession de tout ce qui était nécessaire à la conservation de leur existence, et de plus ils avaient rassemblé une foule d'objets qui allaient rendre cette existence plus confortable ou du moins plus supportable. Ils avaient

---

1. C'est le nom que les marins anglais donnent au diable.

une hutte pour s'abriter, des vêtements pour se couvrir,
du feu pour se chauffer et pour faire cuire leurs aliments.

« Mais l'hiver approchait, vite, très-vite même, et
nous savions à peu près à quoi nous en tenir à son sujet. L'herbe, la mousse, les fleurs étaient déjà ou mortes
ou bien près de mourir; la glace commençait à se former sur les étangs et sur la mer; de petits flocons de
neige tombaient de temps en temps; le vent devenait
plus fort et plus froid, et chaque jour plus obscur que
le précédent. Nous sentions que l'hiver tant redouté arrivait à grands pas, et que l'ombre d'une longue nuit
allait nous envelopper de ses sombres ailes. Les oiseaux
avaient couvé leurs œufs; ils avaient quitté leurs nids, et
ils s'envolaient vers le sud, vers cette région pour laquelle nous aurions bien voulu partir aussi, ou tout au
moins tant désiré envoyer de nos nouvelles. Encore si
nous avions seulement pu les transmettre aux êtres bien-
aimés par ces messagers aériens! Oh! que cela nous
attristait, que cela nous brisait le cœur de voir ces for-
tunés oiseaux déployer leurs ailes pour s'enfuir, de les
voir s'éloigner, disparaître dans le lointain, nous laissant
seuls dans l'île, seuls, seuls, bien seuls, abandonnés
sur un rocher désert au milieu de l'Océan glacial! Seuls
dans le froid et dans les ténèbres! Seuls, seuls, complétement seuls!

« Les oiseaux commencèrent à nous quitter vers le milieu du mois d'août, autant qu'il nous fut possible de cal-
culer l'époque; mais il s'écoula encore plus d'un mois
avant qu'ils eussent tous délaissé l'île. Pendant cet intervalle, nous en prîmes un grand nombre, deux cent
soixante-six en tout; déjà nous avions ramassé une
énorme quantité de leurs œufs. Nous mîmes soigneusement le tout à l'abri dans nos magasins de glace et de
rochers.

« Assurés de ne point manquer de nourriture, nous
étions moins certains d'avoir assez de graisse pour alimenter notre feu; nous désirions aussi posséder des vêtements plus chauds que ceux que nous avaient fournis
les peaux de canards. Pour remplacer ces derniers, nous
essayâmes de prendre des renards, dont il y avait deux
espèces dans l'île : les uns d'un gris bleuâtre, les autres
tout à fait blancs. Nous y réussîmes, mais non du premier coup. Jusqu'à ce que les canards fussent partis, les
rusés animaux dédaignèrent les proies que nous leur
mettions dans les piéges. Il est vrai que ceux-ci étaient
assez grossiers. Pour les fabriquer, j'avais mis à profit
le peu que j'avais appris durant ma vie paresseuse à la
ferme. A cette époque, j'étais toujours disposé à m'es-
quiver chaque fois que j'avais quelque chose à faire, et
j'allais dans la forêt tendre des piéges aux lapins. Quoique je n'eusse plus les matériaux nécessaires, c'est-à-
dire du bois, je réussis à en faire d'à peu près semblables
en pierre, et il se trouva qu'ils servirent à merveille,
mais seulement quand les renards n'eurent plus ni canards ni œufs à manger; ils vinrent alors dans nos piéges, où nous les attirâmes en y plaçant de la chair de
narval. Les peaux de ces animaux étaient épaisses et
chaudes; et lorsque le froid devint plus vif, nous en possédions une grande quantité, dont nous nous fîmes des
vêtements dans nos moments de loisir.

« Quand le froid augmenta, les petits ruisseaux, qui
jusque-là nous avaient donné de l'eau, gelèrent tous ; et
nous ne pûmes dès lors compter que sur la neige nou-
vellement tombée. La nécessité de la faire fondre avant
de la boire nous démontra une fois de plus de quelle
importance était pour nous la découverte de la pierre à
laver, puisque, sans le pot et la marmite que nous en tirâmes, nous aurions été obligés de nous passer non-
seulement de nourriture bouillie, mais encore d'eau à

boire. Quant au combustible, un cadavre de morse et un
autre de petite baleine blanche ayant été rejetés sur le
rivage pendant une bourrasque et amenés assez avant
dans les terres, nous étions délivrés de toute inquiétude
à son sujet. Ne croyez pas toutefois qu'il nous fût facile
d'y prendre notre provision ; quoique nous eussions un
bon couteau, la chair de ces animaux, qui avait gelé,
était extrêmement dure.

« Chaque jour il tombait de la neige que le vent chas-
sait devant lui et amoncelait en tas énormes. Peu à peu
la mer se ressentit de l'abaissement de la température,
et bientôt notre île fut entourée d'une glace épaisse et solide, quoique au large les flots fussent encore libres. Le
seul avantage que nous tirâmes de cet événement fut de
pouvoir sortir de notre île, et d'en faire le tour sur la
glace sans avoir à grimper sur les rochers.

« Bientôt la lumière du soleil disparut, et peu après
le crépuscule de l'automne en fit autant ; puis vinrent les
ténèbres qui, comme je vous l'ai dit, couvrent le pôle
nord pendant tout l'hiver, qui n'est, vous le savez,
qu'une longue nuit dans ces régions glacées. »

Ici William, qui, comme nous l'avons vu, était très-
curieux, interrompit le capitaine pour lui demander s'il
ne voudrait pas avoir la bonté de leur dire encore comment était cette nuit du pôle.

« Noire comme à minuit, répondit le capitaine.

— Noire tout le temps, capitaine Hardy ?

— Oui, tout le temps, mon garçon ; il fait noir le matin, le soir, à minuit, à midi. Seulement, tout étant
blanc, à cause de la neige qui couvre le sol, la nuit s'y
trouve par conséquent plus claire qu'ici, où les arbres
et les maisons et tous les objets ajoutent encore à l'obscurité en absorbant la lumière, tandis que la neige la
reflète.

— Mais, demanda William, que faisiez-vous pour

avoir de la lumière dans ces ténèbres, puisque vous ne possédiez pas de lampe ?

— Attendez, mon garçon, répliqua le capitaine, vous allez voir que j'y arrive. Quelqu'un a dit que « la nécessité est mère de l'invention, » ou quelque chose d'approchant; j'ajouterai que c'est l'obscurité qui a fait naître les moyens de se procurer de la lumière. Nous fîmes d'abord un grand plat avec de la pierre savonneuse, et nous y versâmes de la graisse; puis nous y plaçâmes une mèche de mousse desséchée, à laquelle nous mîmes le feu; mais cette invention produisit une telle fumée qu'elle nous chassa de la hutte, et nous fûmes obligés d'abandonner cet essai. Cependant nous ne jetâmes pas le plat, et plus tard, il nous vint à l'idée de réduire cette mousse sèche en poudre et d'en enduire l'intérieur et le bord du plat d'une couche épaisse comme un doigt. Nous l'emplîmes à demi d'huile et l'allumâmes de nouveau autour du bord. Cette fois tout alla bien, — nous n'avions presque plus de fumée et nous avions une grande clarté.

— Oh! vous étiez bien adroits! s'écrièrent les enfants.

— Comme cela, reprit modestement le capitaine, moins assurément que pour fabriquer les deux petites tasses dont nous nous servions pour boire et que nous avions également taillées dans la pierre à laver.

— Que cela devait vous paraître extraordinaire, capitaine Hardy, dit Fred, d'être toujours dans l'obscurité! Je ne puis m'imaginer une chose pareille. Être tout un hiver dans les ténèbres! — et vous, Will?

— Ni moi non plus.

— Et vous, Alice?

— Je crois que je peux me le figurer, dit Alice.

— Eh bien, comment est-ce, ma chère petite? demanda le capitaine vivement intéressé.

— Ah! dit Alice d'un air ému, je n'ai qu'à penser au pauvre aveugle Joseph allant, avec son petit chien, mendier de porte en porte et ne voyant jamais rien autour de lui, — ni le soleil, ni la lune, ni les étoiles. Jamais de lumière pour lui. L'été du pauvre Joseph est fini depuis longtemps; il a perdu pour toujours la lumière quand la vieille Marthe mourut! et tout est nuit pour lui, — et voilà comment je sais ce que c'est que d'être tout le temps dans les ténèbres. »

En parlant ainsi du pauvre aveugle Joseph le mendiant, le charmant visage de la petite Alice était devenu sérieux, et, comme elle achevait, le capitaine vit une larme glisser furtivement de ses yeux bleus et si doux.

N'écoutant que son cœur, le vieux marin prit aussitôt l'enfant dans ses bras et enleva cette larme avec un baiser, sans pouvoir lui-même retenir celle qui s'échappait de ses propres yeux, et qui roula jusque dans sa barbe blanche comme pour s'y cacher.

« Vous avez parlé comme une bonne petite fille que vous êtes, ma chère Alice, s'écria le capitaine. Et vous avez bien raison, mon enfant; l'obscurité dans laquelle le pauvre Joseph se trouve plongé est mille fois pire que celle qui nous couvrait sur l'Océan glacial, dans l'île solitaire, — oh oui! bien autrement terrible; car nous, nous avions sans cesse la douce lumière des étoiles, et puis la lune arrivait tous les mois, et lorsqu'elle venait nous étions sûrs de la posséder pour un bon moment, puisqu'elle restait plusieurs jours sans se coucher. Quelquefois aussi l'aurore boréale illuminait subitement le ciel, chassant devant elle les ténèbres; — vous auriez dit un grand balai faisant disparaître des toiles d'araignées des cieux et versant des flots de lumière sous la voûte étoilée. Oh! quel magnifique spectacle c'était là!

Aurore boréale.

— Oh capitaine ! racontez-nous ce que c'était. Je vous en prie, s'écrièrent ensemble les trois enfants.

— Volontiers, dit le vieillard, quoique je me sente bien impuissant à décrire une merveille de la nature aussi splendidement belle et grandiose. Je vous assure qu'il y a là quelque chose qui dépasse les petits moyens de John Hardy. »

Les enfants déclarèrent tous que rien n'était impossible à John Hardy ; et, en parlant ainsi, croyez bien qu'ils en étaient convaincus.

« J'essayerai toujours, reprit le capitaine. D'abord, il faut que vous sachiez que les savants prétendent que l'aurore boréale est de l'électricité en mouvement, ou plutôt en agitation, s'élançant à travers l'espace, de pôle en pôle, selon son bon plaisir. On ne peut ni l'arrêter, ni la contenir, ni l'analyser ; — enfin on ne peut rien y faire ; elle reste indomptable et indomptée.

« Maintenant voici quelle figure elle a lorsqu'on l'observe dans les régions situées au delà du cercle Arctique. Imaginez-vous une immense arche étendue devant vous dans le ciel. De cette arche de feu sortent des langues de flammes qui s'élèvent rapidement et retombent de même, durant quelquefois une minute, et s'agitant dans l'air, ondoyant, se pliant comme des drapeaux battus par le vent. Tantôt on dirait des fantômes jouant à cache-cache parmi les étoiles, et tantôt des esprits malins et ténébreux cherchant à semer partout le désordre. D'autres fois il semblerait que ce soient des ruisseaux de feu et de flammes ; on est alors tenté de croire que c'est quelque planète embrasée sur le point de se précipiter sur notre globe, ou que le ciel enflammé va fondre sur la terre en une pluie, en un torrent de feu.

« Et puis quelle splendeur, quelle variété de couleurs tout cela présente à de certains moments ! La grande

. 12

arche qui rayonne dans l'espace brille de toutes les
nuances de l'arc-en-ciel, et ces nuances se renouvellent
sans cesse, avec la rapidité de l'éclair; les flammes
ruisselantes qui s'élancent du grand cercle de l'arc sont
tour à tour bleues, vertes, oranges, pourpres, écarlates,
se mêlant, se confondant, s'entrelaçant, descendant et
remontant sans relâche. Et tous ces flots de lumière il-
luminent la vaste plaine de l'océan avec ses nappes de
neige et de glace se déroulant à perte de vue, ses grands
glaçons, ses sombres îles et les hauts et blancs récifs
qui jaillissent de son sein; puis, subitement, ces flots
de lumière s'évanouissent; les noires îles de la mer et les
montagnes étincelantes, les glaçons et la vaste plaine
blanche, — tout disparaît; il n'en reste plus que le souvenir. Les rochers de glace ont brillé pendant un instant
comme autant de météores; la terre et l'océan ont été
inondés de mille reflets incomparables, et maintenant
tout est rentré de nouveau dans une obscurité qui semble plus profonde qu'auparavant.... Voilà, mes enfants,
ajouta le capitaine, voilà tout ce que je peux vous dire
de l'aurore boréale.

— Oh, n'est-ce pas qu'il est fort? dit tout bas William à Fred, qui se trouvait assis à côté de lui; n'est-ce
pas qu'il est étonnant? Il prétend ne pas pouvoir décrire
une aurore boréale; vois cependant comme il a la parole
facile, comme les mots pleuvent de sa langue.

— Mais, continua le capitaine, malgré l'aurore boréale, malgré les magnifiques clairs de lune, l'hiver était
passablement triste. Au commencement, nous voulions
dormir tout le temps, et nous pouvions à peine nous
empêcher de céder à ce désir. Si nous nous étions abandonnés à notre engourdissement, les conséquences en
eussent été très-graves, car nous serions devenus mala-
difs et incapables de travailler. Nous sentîmes qu'il fallait
nous secouer à toute force. Pour y parvenir plus facile-

ment, nous résolûmes de prendre des habitudes régulières, et dans ce but, nous établîmes une horloge dans le ciel

— Une horloge dans le ciel ! s'écrièrent les deux garçons ; mais, capitaine, comment est-ce possible ?

— Vous n'ignorez pas, mes enfants, que la Grande-Ourse et toutes les constellations du nord tournent constamment autour de l'étoile polaire, qui se trouve juste au-dessus de vos têtes. Or, je connaissais la Grande-Ourse, et aussi deux petites étoiles de cette constellation, que nous nommions les aiguilles, parce qu'elles indiquent l'étoile polaire. Les aiguilles accomplissent leur mouvement de rotation dans les vingt-quatre heures, se dirigeant tantôt vers le sud, tantôt vers le nord, de même que vers l'est et l'ouest. Elle constituaient donc pour nous une véritable horloge céleste ; nous avions, en outre, un certain nombre de glaciers dont nous nous servions pour marquer chaque heure en particulier ; et ainsi lorsque les aiguilles se trouvaient au-dessus de tel ou tel glacier, nous savions immédiatement à quel moment de la journée nous étions parvenus.

« Nous aurions passé notre hiver sans doute plus agréablement si nous avions eu des livres ou du papier, avec des plumes et de l'encre, mais notre ingéniosité n'allait pas jusqu'à nous procurer ces moyens de distraction. Notre vie était donc très-monotone ; chaque jour nous exécutions les travaux que nécessitaient nos besoins ou que le hasard faisait naître, puis, après avoir travaillé et pataugé au milieu de la neige, nous retournions à notre petite cabane pour nous chauffer, pour manger, boire, causer et dormir.

« En ce qui concerne la conversation, je puis vous assurer que nous la laissions rarement languir, nous parlions beaucoup, surtout de nous-mêmes, de notre vie passée, des grandes choses que nous devions accomplir si

jamais nous venions à quitter l'île. Peu à peu nous en
vînmes de la sorte à connaître l'histoire l'un de l'autre,
et à ressentir l'un pour l'autre plus de sympathie, plus
d'amitié; chaque jour nous nous liions davantage, et
montrions plus de tolérance pour nos défauts et nos pré-
jugés mutuels.

« La vie de Richard était toute une histoire. Il était né
dans la grande ville de New-York. Il était encore en
bas âge lorsque son père mourut, de façon qu'il n'en
avait conservé aucun souvenir. Sa mère était très-pau-
vre, mais tant qu'elle avait eu de la santé, elle avait
trouvé le moyen de vivre, au jour le jour, par le travail
de ses mains, et aussi d'envoyer son fils à l'école. Elle
adorait ce petit garçon, à la blonde chevelure, et elle aurait volontiers dépensé son dernier sou pour lui faire
donner de l'instruction, pour lui ouvrir quelque carrière
honorable où il eût pu se frayer un chemin. Elle écono-
misa donc et s'imposa des privations, sans que son cher
Richard le sût; quand son enfant était absent, cette bonne
mère se passait de feu, mais elle l'allumait dès qu'il
allait rentrer. Tout n'eût été encore que demi-mal si la
pauvre femme ne fût devenue malade par suite des durs
travaux auxquels elle se livrait et de la vie parcimo-
nieuse qu'elle s'était imposée; mais peu à peu la fièvre
arriva, et il ne lui resta d'autre ressource que l'hôpital,
n'ayant aucun moyen de payer les médicaments et les
visites du médecin, puisqu'elle ne pouvait pas même
acquitter son loyer ni se procurer du feu et des vêtements.

« Alors seulement Dean vit les choses sous leur véritable jour; il se représenta sa digne mère, pâle, maigre, en
proie à la fièvre dans le lit étroit d'une triste salle d'hôpital; il vit sa mère chérie malade et ne recevant des
soins que de mains étrangères, et cela pour lui, et à
cause de lui!... Aussi avant qu'elle allât mieux, ce qui

se fit longtemps attendre, il résolut de faire quelque
chose qui la dédommageât des maux qu'elle avait soufferts et lui témoignât sa reconnaissance.

« Comme ses moyens étaient naturellement très-bor-
nés, étant ceux d'un enfant, il entra dans une fabrique
où il travaillait du matin au soir; cet effort, dispropor-
tionné avec ses forces, le rendit malade à son tour. On
le porta à l'hôpital près de sa pauvre mère. Plus heureux
qu'elle, il se rétablit bientôt; alors ne sachant que faire,
il s'embarqua, en qualité de mousse, sur un vaisseau
qui mettait à la voile pour la Havane. A son retour, le
cœur palpitant d'un légitime orgueil, il porta à sa mère,
toujours malade, une bourse pleine de pièces d'or et
d'argent que le capitaine lui avait donnée pour elle;
puis il repartit sur le même navire, et revint encore
rapportant une bourse deux fois plus grosse que la
première. Malheureusement le capitaine, qui se montrait si généreux avec Dean, tomba malade de la fièvre
jaune et mourut pendant le trajet; le second, qui était
un tout autre homme que son capitaine et qui n'aimait
pas Richard, refusa de l'embarquer de nouveau. Le pauvre mousse ne savait que faire, lorsqu'il rencontra un de
ses camarades auquel il conta sa peine. Celui-ci l'emme-
na à New-Bedford et le fit enrôler à bord du *Merle*.

« Et maintenant je suis ici, » ajouta tristement mon
petit compagnon, et vous savez le reste. « Je suis ici
« perdu dans les glaces, dans ce lieu désolé, au moment
« où ma pauvre mère malade est sans argent, sans un
« ami dans le monde; elle pense sans doute que je suis
« un misérable de l'avoir abandonnée, tandis que, Dieu
« le sait! une telle intention est loin de mon cœur! »
Ici Richard éclata en sanglots, et, pour être sincère, je
dois dire que je ne pus m'empêcher de pleurer avec
lui.

« Dean était un garçon courageux. A la fois rempli

d'espoir et de résignation, rien n'aurait pu le découra-
ger, même une minute, si la pensée de sa mère, gisant
sur un lit d'hôpital pendant de longues et tristes journées, n'eût été là pour assombrir son esprit. Pauvre
Dean! Il avait bien réellement, lui, un sujet de pleurer
et de gémir sur la destinée qui lui était faite. Mais moi,
quels motifs avais-je de désespérer? moi qui m'étais enfui de la maison et qui n'avais eu pour la quitter, aucune bonne raison?

« Quand mon compagnon eut achevé le récit de ses
malheurs, nous fûmes saisis tous deux d'une profonde
tristesse. Tout à coup, secouant cette mélancolie : « Al-
« lons voir nos piéges, Hardy, » me dit Richard.

« Nous nous levâmes; mais il était assez difficile de
sortir de notre hutte, car pour nous garantir du froid,
nous avions pratiqué un passage long, bas, étroit et tor-
tueux, dans lequel nous étions contraints de ramper
avant d'atteindre la porte.

« A la clarté de la lune, nous fîmes le tour de l'île,
et visitâmes nos piéges, dont nous n'avions pas moins
de dix-sept; nous ne trouvâmes des renards que dans
deux seulement; les autres étaient couverts de neige,
le vent ayant soufflé la veille avec beaucoup de violence.

« A mesure que nous avançâmes dans l'hiver, il nous
arriva quelques aventures extraordinaires, tout à fait
différentes de celles que je vous ai racontées jusqu'ici;
mais vous voyez que le soleil va bientôt se coucher derrière les arbres, et nous avons beaucoup de chemin à
faire pour revenir à l'Ermitage du vieux marin; donc
levons l'ancre, mes camarades, et va de l'avant ! »

Le yacht ramena promptement la joyeuse compagnie
au mouillage favori du capitaine, où tous mirent pied à
terre; et après plusieurs compliments débités gaiement
de part et d'autre, nos petits amis se séparèrent encore

une fois du vieux marin, le laissant sous l'ombre des
grands arbres, tenant entre les mains sa part de la pêche
du matin ; tandis que Fred et William, aidés de Bras de
Misaine et précédés de l'aimable et joyeuse Alice, emportaient chacun la leur pour leur déjeuner du lendemain,
tout fiers du résultat de leur journée.

CHAPITRE XIV.

Qui prouve la sagacité des phoques, et montre que les ours du pôle
ne respectent rien.

ORSQUE l'autre jour nous voguions, portés par l'*Alice*, je crois vous avoir parlé de tout ce qui concerne l'hiver dans les régions polaires? dit le vieux marin à ses jeunes amis, quand ils se retrouvèrent ensemble.

— Oui, répondit William (qui était toujours prêt à prendre la parole pour tout le monde). Oui, capitaine Hardy, vous nous avez décrit l'hiver du pôle, l'aurore boréale, les splendides clairs de lune, les ténèbres et la manière dont vous viviez au milieu de tout cela, vous et le bon petit Richard; vous nous

avez rapporté aussi vos conversations; vous nous avez
dépeint votre triste vie, et ce qu'elle avait d'effrayant, et
vous nous avez dit que d'y penser même aujourd'hui
vous faisait frémir.

— C'est parfait, mon petit ami, reprit le capitaine,
tout cela est fort bien dit, aussi bien que si vous récitiez
les points du compas ou la table de multiplication. Je
vous ai dit comment nous nous étions garantis du froid,
de la faim, et comment nous nous étions installés sur le
Rocher de Bonne-Espérance. Cette installation semblait
devoir être définitive; car il nous paraissait à peu près
certain que la mort seule pouvait changer notre situation.
Or, nous désirions reculer cet instant autant que possible, n'ayant aucune envie de mourir de froid ou de
faim : ce qui était un motif suffisant d'avoir de l'énergie
et du courage. »

Ici la petite Alice interrompit timidement le capitaine
pour dire que pendant toute la nuit l'aurore boréale avait
troublé son sommeil, et qu'elle voudrait bien savoir
pourquoi on avait donné à ce phénomène un nom si extraordinaire.

« Je vous l'apprendrai avec plaisir, ma chère enfant,
répondit le capitaine. Aurore boréale signifie lumière du
nord; ce nom vient d'une déesse païenne nommée Aurore, que l'on supposait avoir des doigts couleur de rose,
qui était portée sur un char de la même couleur que ses
doigts, et qui ouvrait chaque matin les portes de l'O-
rient pour donner passage au dieu du jour : de là le nom
d'aurore que l'on donne à la naissance quotidienne de la
lumière dans le ciel. Je n'ai pas fini. Les anciens possé-
daient encore un dieu qui s'appelait Borée; il personni-
fiait le vent du nord. On le représentait avec de longues
ailes et des cheveux blancs; et généralement il se rendait
très-désagréable. Du substantif *Borée*, on a tiré l'adjectif
boréal, que l'on a appliqué à tout ce qui appartient au

nord, et particulièrement au phénomène dont il est question, et qui a pris ainsi le nom d'aurore boréale.

— Merci, capitaine Hardy, dit la petite Alice. Merci, » dirent à leur tour Fred et William. Quant au capitaine, il semblait sérieux. « Ne soyez pas surpris, avait-il l'air de dire, cela n'est rien en comparaison de ce que je pourrais raconter si je voulais. »

Après une pause pleine de solennité, il reprit en ces termes :

« L'hiver, en prenant possession de notre nouvelle patrie, ouvrit un plus vaste champ à notre activité, en entourant l'île d'un vaste espace de glace solide. D'abord légère, cette glace devint peu à peu plus dense, ce qui nous permit de faire d'assez longues explorations loin de notre logis. Cette curiosité faillit un jour devenir fatale à Richard. S'étant avancé sur une partie de ce sol gelé qui n'était point parfaitement prise, il disparut dans l'eau, d'où j'eus quelque peine à le tirer. J'y parvins cependant, et mon petit compagnon en fut quitte pour une grande frayeur, un bain froid et une salutaire leçon.

« Nous rapportâmes de ces expéditions des observations assez importantes. Nous remarquâmes entre autres choses que, lorsque la mer était prise, les phoques avaient l'habitude d'y pratiquer des ouvertures à l'aide de leurs griffes, afin de pouvoir mettre le nez hors de l'eau et respirer ; les phoques ne pouvant, comme je vous l'ai dit, renouveler l'air de leurs poumons de la même façon que les poissons. Cette provision faite, ils peuvent rester dans la mer environ une heure, en fermant les narines de manière que l'eau n'y pénètre pas. Mais leur réserve d'air épuisée, il leur faut revenir à la surface. S'ils trouvent celle-ci obstruée par la glace, ils y percent un trou, sortent la tête, respirent et rentrent dans le liquide élément.

« Comme nous n'étions pas alors très au fait des habitudes des veaux marins, je fus très-surpris un jour que
je marchais sur la glace de sentir mon pied pris dans
l'une de ces ouvertures. Après l'avoir dégagé lestement,
je sondai l'endroit à l'aide de la longue corne du narval
qui ne me quittait jamais ; je reconnus alors qu'il y avait
là un trou circulaire qui, évidemment, avait été fait par
quelque animal, que je supposai tout de suite devoir être
un phoque. La neige qui s'était amoncelée sur ce trou y
avait formé une sorte de croûte durcie, au centre de laquelle le phoque s'était conservé, au moyen de son museau, un petit orifice où il venait respirer, et qui n'était
pas plus large qu'une pièce de cinq francs.

« Cette découverte nous fit grand plaisir ; et comme
nous pensions que ce trou n'était pas le seul qui fût sur
la glace, nous nous mîmes sur-le-champ à en chercher
d'autres. Ces recherches furent bientôt couronnées de
succès, car ces trous étaient très-nombreux.

« Il ne nous restait plus maintenant qu'à trouver le
moyen de capturer ces phoques, et ce n'était pas le plus
facile, car nous ne possédions aucun instrument propre
à cette pêche imprévue. Le seul que nous eussions, vous
le savez, mes enfants, consistait dans la fameuse corne
de narval, qui déjà nous avait servi à tant de choses et
à laquelle, pour ce motif, nous nous étions beaucoup attachés. Dans notre reconnaissance pour les nombreux
services qu'elle nous avait rendus, nous lui avions même
donné plusieurs noms capables de nous les rappeler, tels
que le *Conservateur de la vie*, l'*Ami des naufragés*, etc. ;
mais le titre qui lui resta définitivement fut celui de *Old
Crumply*[1], non pas que ce fût exactement une corne tordue comme celle qui poussa sur la tête de la vache qui
fit sauter le chien, qui agaça le chat, qui tua le rat, qui

1. On donne ce nom à une sorte de levier tortillé en spirale.

mangea l'orge qui se trouvait dans la maison que Jacques
avait bâtie [1], car elle n'était pas du tout tordue dans ce
sens-là; elle était, au contraire, droite comme une flèche,
et n'était tordue qu'en tant que tordu signifie tourné en
spirale; et de fait la vieille corne paraissait avoir été
d'abord rougie au feu, puis tournée plusieurs fois avant
d'être refroidie.

« Nous possédions encore une autre arme, que nous
avions fabriquée de la manière la plus ingénieuse, mais
dont la façon nous avait pris beaucoup de temps et donné
beaucoup de mal. Nous lui avions également donné différents noms. Pour ma part, je l'appelais presque toujours le *Délice de Dean*, car c'était sur ses plans que nous
l'avions confectionnée, et aussi parce qu'il en était très-
fier et s'en servait à tout propos pour la jouissance seule
de son œuvre. N'allez pas supposer pour cela que ce fût
quelque chose d'extraordinaire. Non : le Délice de Dean
consistait tout bonnement en une lance composée d'ossements solidement attachés, après avoir été soigneusement taillés et façonnés au couteau. Afin de les lier plus
étroitement, nous avions employé le même genre de cour-
roie qui nous avait déjà si bien servi pour fabriquer nos
piéges à canards. Telle quelle, cette arme était moins
lourde qu'Old Crumply, mais extrêmement forte, ce qui
était essentiel.

« Malgré ces deux instruments, nous n'en étions pas
plus près d'attraper les phoques pour cela. La pointe du
Délice était en ivoire : c'était une dent de morse que nous
avions tournée avec le couteau. Quant à Crumply, il était
tout entier en ivoire de la plus belle espèce; mais ni l'un
ni l'autre n'étaient assez aiguisés pour servir nos desseins. L'idée me vint alors de faire un harpon tel que
ceux qu'on emploie dans la pêche aux baleines. Je me

1. Allusion à un conte des nourrices américaines.

servis pour cet objet d'une dent de morse, que j'attachai
à la pointe du Délice, au milieu duquel j'avais pratiqué
un trou ; ce trou était destiné à recevoir le bout d'une de
nos longues cordes.

« Ainsi préparés pour la capture des veaux marins,
nous partîmes, Dean et moi, pour tenter la fortune. Ayant
découvert un trou dans la glace, nous nous plaçâmes tout
près de cette ouverture, du côté opposé au vent, afin que
l'animal ne nous sentît pas. Là nous attendîmes longtemps, si longtemps que nous étions gelés de froid ; enfin
notre phoque arriva ; nous fûmes avertis de sa présence
par sa respiration bruyante, et par les gouttes d'eau qu'il
fit jaillir à nos pieds. Aussi vite que la pensée, je plongeai le Délice au beau milieu de cet orifice, et frappai la
bête ; malheureusement la pointe du harpon ne fit que
glisser sur la peau. Justement effrayé, le phoque s'es-
quiva rapidement, et nous n'eûmes plus de ses nouvelles.
Il ne revint jamais au trou, car la glace l'avait déjà bou-
ché le lendemain, et il est toujours resté fermé depuis.
Nous découvrîmes dans la suite que ces animaux agissent
constamment ainsi ; une fois que l'on a touché à ces ori-
fices, ils ne veulent plus y retourner.

« Cet insuccès me laissa plus embarrassé qu'auparavant. Je ne savais comment faire, mais je ne voulais pas
abandonner tout espoir ; j'étais résolu à persister dans
mes efforts. Je pensai d'abord à aiguiser la pointe de
notre lance, ou plutôt la tête de notre harpon, à l'aide
d'une substance assez dure pour remplir cet orifice. Ce
fut sans résultat. Que n'aurais-je pas donné alors pour
posséder assez de métal pour me faire une simple pointe
de harpon ! mais je n'en avais point. Il fallait se retourner d'un autre côté. En ruminant de la sorte, mes regards se dirigèrent sur mon paletot et aperçurent les
boutons de cuivre qui l'ornaient. A cette vue, une idée
lumineuse traversa ma cervelle. J'en arrachai quelques-

uns; puis, avec mon couteau que je travaillai contre
une pierre jusqu'à ce que je l'eusse rendu dentelé d'un
côté, j'eus bientôt fait une rainure dans la pointe en
ivoire du harpon; dans cette rainure, qui avait près d'un
centimètre de profondeur, je plaçai mes boutons, que
j'avais préalablement fendus avec le couteau, en ayant
soin de les y assujettir solidement. Il ne me restait plus
qu'à égaliser mes pointes de cuivre et à aiguiser le tout
contre une pierre dure. Enfin l'ouvrage fut terminé; il
s'agissait maintenant d'en faire l'épreuve, ce que nous
fîmes sur-le-champ. Ayant découvert un deuxième trou,
nous guettâmes le retour du phoque. Celui-ci ne se fit
pas trop attendre. Aussitôt je lançai le harpon, qui s'enfonça droit au milieu du trou, frappant l'animal, dans le
cou duquel il pénétra profondément.

« Le phoque disparut, emportant le harpon, mais avec
le harpon la ligne qui y était attachée. Pour plus de pré-
cautions, quelques instants auparavant, Dean avait fixé
l'autre bout de cette ligne au vieux Crumply, l'enroulant
bien solidement autour de cette arme forte et pesante. Il
arriva, par conséquent, que lorsque l'animal plongea,
emportant le harpon et la corde avec lui, Old Crumply se
trouva également entraîné jusqu'à l'orifice; mais là, s'arrêta nécessairement, arrêtant du même coup la fuite vertigineuse de notre gibier.

« Il est rarement de gens aussi contents que nous le
fûmes à ce moment-là, mes enfants. Dean était si heureux, qu'il se mit à sauter et à danser autour du trou,
comme un fou; en criant de toutes ses forces : « Bravo,
« bravo! Vive Crumply! vive le bon vieux Crumply! »
et vive ceci, et vive cela, jusqu'à ce qu'il fût complète-
ment enroué à force de crier. Pendant ce temps, le phoque faisait de son mieux pour s'échapper. Il montait,
descendait, s'élançait à droite, à gauche, mais sans
réussir à autre chose qu'à se fatiguer, car le har-

Nous nous plaçâmes tout près de cette ouverture. (Page 189.)

pon tenait ferme dans son corps, la ligne tenait ferme autour du vieux Crumply, et Crumply ne bougeait pas du trou.

« Enfin, notre phoque, obligé de remonter à la surface pour respirer, et n'ayant probablement pas d'autre trou dans le voisinage, revint à celui où il venait d'être frappé, mais il n'y resta guère plus d'une ou deux secondes, et il replongea aussi vivement que la première fois. Cependant force lui fut d'aller moins loin, car nous avions enroulé un bon bout de la corde autour du vieux Crumply durant cet intervalle.

« Il nous parut alors évident que nous ne nous rendrions maîtres de notre proie que si nous trouvions quelque chose pour l'achever. Comme nous n'avions rien sous la main que nous puissions employer à cet office, Dean courut lestement à la hutte et revint aussitôt, rapportant une grosse dent de morse que nous avions mise de côté. Nous l'enfonçâmes dans les croûtes de neige près du trou, et, pendant que mon camarade la tenait fermement, j'y attachai la corde. Aussitôt que je la vis placée solidement et que j'eus la certitude que Dean suffisait à la maintenir à sa place, je détachai la ligne du vieux Crumply, et lorsque le phoque reparut, je lui en assenai un bon coup sur la tête avec la pointe. Contre mon attente, il survécut à cette attaque, et je fus obligé d'attendre encore assez longtemps avant de retrouver une si belle occasion. Il fallait qu'il eût la vie bien dure, car la frayeur, le sang qu'il avait perdu et les efforts qu'il ne cessait de faire pour se délivrer, sans compter la difficulté qu'il devait éprouver pour retenir sa respiration, avaient dû l'épuiser singulièrement. Malheureuse bête! Mais j'en avais trop besoin pour en avoir la moindre pitié, et je travaillai de mon mieux à rentrer toute la corde, de façon à rapprocher ma proie de l'orifice et à m'en emparer le plus promptement que je pourrais.

13

« Je réussis enfin à amener la tête de l'animal hors
du trou. Alors, à l'aide du vieux Crumply, je lui donnai
le coup de grâce. Nous le tirâmes ensuite sur la glace.
Cette fois il nous était permis de nous livrer à la joie
en toute confiance; ce que nous fîmes en dansant et en
sautant autour de son cadavre. Je puis vous certifier,
mes enfants, qu'on n'avait jamais entendu un tel vacarme
dans cette partie du monde; et certes, si quelqu'un avait
pu nous voir et nous entendre, il nous aurait sans nul
doute pris pour des insensés, surtout Richard, dont le
contentement ne connaissait pas de bornes.

« N'ayant pas de traîneau, nous passâmes la ligne
dans le nez du phoque, et nous le traînâmes sur la glace
et la neige, ce qui n'était pas fort aisé. Nous parvînmes
néanmoins à l'amener jusqu'à la cabane, où il arriva à
moitié gelé, de sorte qu'il nous fallut le placer près du
feu, et le faire dégeler avant de pouvoir en enlever la peau.
Nous le dépouillâmes ensuite de sa graisse; nous détachâmes une partie de la chair, et nous nous préparâmes
un bon souper chaud, d'abord en faisant un ragoût dans
notre marmite de pierre, puis en mettant rôtir des tran-
ches sur une pierre plate. Et nous trouvâmes que ces
mets nouveaux étaient excellents, ce qui nous réjouit fort,
car nous en avions de quoi satisfaire notre gourmandise
pendant un très-long temps.

« Cette chair et cette graisse précieuses soigneusement
emmagasinées, nous préparâmes la peau de manière à
pouvoir en faire des bottes; puis nous nous endormîmes,
enchantés de notre journée. Le lendemain, alléchés par
le succès de la veille, nous fûmes sur pied de très-bonne
heure, avec la ferme résolution de renouveler notre tentative. Mais cette fois nous fûmes moins heureux; il
s'écoula, je crois, près d'une semaine avant que nous
fissions une seconde capture. Quelque temps après, nous
en prîmes un troisième, puis un quatrième, enfin, un

jour, nous eûmes la joie d'en tuer deux coup sur coup,
ce qui nous en fit six.

« Le dernier faillit nous coûter cher. Voici comment :
heureux d'une si belle chasse et justement fiers de notre
adresse, nous revenions tranquillement au logis, traînant
non pas triomphalement, mais péniblement notre phoque,
quand nous nous trouvâmes tout à coup en face d'un
énorme animal tout blanc, et tel que nous n'en avions
jamais vu, mais que nous pensâmes devoir être un
de ces animaux sauvages et redoutables appelés ours
blancs. Il ne s'avançait pas rapidement; il rampait plutôt avec prudence, ayant la gueule ouverte et un air
très-féroce.

« Vous peindre notre frayeur à sa vue me paraît inutile. Vous la voyez d'ici. Sachez seulement qu'en l'apercevant, nous laissâmes tomber la ligne avec laquelle nous
tirions le phoque, et nous nous mîmes à courir aussi vite
que nos jambes nous le permirent. Lorsque nous eûmes
atteint la cabane, dans laquelle nous entrâmes le plus
lestement possible, nous nous arrêtâmes, n'ayant pas eu
une seule fois le courage de regarder derrière nous, tant
nous avions la persuasion d'être poursuivis par le terrible
animal.

« Le plus grave de l'affaire, c'est que nous avions laissé
Old Crumply et le Délice de Dean à l'endroit où nous
avions pris le phoque, comptant aller les chercher le jour
suivant. N'ayant d'armes d'aucune espèce, nous étions
dans une frayeur mortelle, craignant à chaque instant
de voir l'ours assaillir notre cabane, la renverser, nous
traîner nous-mêmes dehors, et là, nous croquer comme
de simples canards.

« Mais voyant que rien de tout cela n'arrivait, nous
finîmes par nous endormir. Le lendemain, comme nous
avions joui d'un repos qui n'avait été nullement troublé,
nous commençâmes à nous demander si nous ne nous

étions pas effrayés à tort, et finalement nous en vînmes
à douter que nous eussions vu un ours. Nous nous repro-
châmes notre poltronnerie, et pour en effacer le souvenir
par une action d'éclat (comme cet enfant qui sifflait dans
l'obscurité pour se donner du courage), nous sortîmes,
nous approchant prudemment toutefois de l'endroit où
nous avions laissé le phoque. Quand nous y arrivâmes,
nous eûmes, à ne pouvoir en douter, la preuve évidente de
la présence de l'ours dans notre île. Les os du phoque
étaient tous dispersés sur la neige et entièrement dé-
pouillés de leur chair. Quelques renards qui s'enfuirent
à notre approche achevaient de les ronger.

« Sans plus tarder, nous ramassâmes Old Crumply et
le Délice de Dean, et revînmes en toute hâte à la cabane,
que nous atteignîmes sans encombre; mais le lendemain,
en allant visiter nos piéges à renards, nous retrouvâmes
les traces de l'ours. Nous acquîmes ainsi la triste certitude que l'animal n'avait point quitté notre domaine,
dans lequel, ayant déjà trouvé un bon régal, il espérait
sans doute en trouver d'autres. Or, comme nous ne savions pas au juste s'il ne pensait pas sérieusement à nous
pour cela, nous reprîmes, en courant le chemin de la
hutte, croyant tout le temps que chaque rocher et chaque
monceau de neige était un ours.

« Nous avions d'autant plus peur maintenant, qu'il
y avait réellement du danger pour nous, quoique nous
dussions penser que si l'ours venait de notre côté, il
préférerait probablement les provisions de nos magasins
à nous-mêmes; mais cela ne nous vint pas à l'idée; nous
ne songions qu'à nos personnes, et cela était bien naturel,
car les enfants, aussi bien que les hommes, sont partout
disposés à se croire beaucoup plus d'importance qu'ils
n'en ont, même aux yeux d'un ours.

« Je crois qu'il n'y avait pas deux heures que nous
étions dans la cabane, lorsque nous entendîmes le pas

de notre ennemi. Nous ne doutâmes pas un instant que ce ne fût lui, car lui seul pouvait troubler le silence de notre solitude. Quoique effrayés, plus que je ne saurais le dire, nous écoutâmes attentivement.

« D'après le bruit qu'il faisait et celui de la neige craquant sous ses pas, l'ours se dirigeait évidemment de notre côté, aspirant fortement l'air tout en marchant, et semblant jouir par avance d'un souper sur lequel il comptait. Par moments, il s'arrêtait ; sans doute alors, pensions-nous, en savourait-il la perspective.

« Enfin il approcha tout à fait, et à tout moment nous nous attendions à voir sa tête apparaître à la fenêtre. Résolus à vendre notre vie aussi chèrement que possible, nous serrions fortement nos armes, Dean, son Délice, et moi, Old Crumply, au bout duquel j'avais solidement attaché le couteau, après en avoir bien repassé la lame et bien effilé la pointe. Cette lame du couteau étant très-longue, j'espérais bien faire à l'ours une telle blessure lorsqu'il se montrerait derrière la fenêtre, qu'elle causerait sa mort, ou tout au moins l'effrayerait à ce point qu'il serait trop content de s'enfuir et ne reviendrait jamais.

« L'ours approchait toujours davantage et nos craintes augmentaient en proportion. Nos cœurs battaient violemment ; nos visages avaient la pâleur de la mort ; nous retenions notre respiration, comme si nous craignions que le moindre bruit n'attirât sur nous l'attention de l'animal. Enfin notre ennemi fit un mouvement subit. Il nous sembla qu'il venait de bondir jusqu'à la fenêtre. Nous nous dressâmes sur nos pieds, tenant nos armes prêtes à le repousser ; mais, à notre grande joie et à notre soulagement, le bruit de ses pas nous montra que, au contraire, il battait en retraite et marchait même plus vite. Quelques instants après, nous entendîmes le bruit que font les pierres en tombant, et nous passâmes

instantanément d'une crainte à l'autre, n'ayant plus peur
pour nous-mêmes, mais pour nos magasins; nous savions maintenant que c'était à eux et non à nous qu'il
en voulait. C'étaient ces précieuses réserves qu'il démo-
lissait évidemment. Cette pensée nous porta un coup terrible, car déjà nous le voyions attablé devant notre propre nourriture et notre combustible.

« Nous étions réellement fort émus; mais avec quelle
facilité l'âme ne passe-t-elle pas, et cela sans transition,
de la frayeur la plus grande à la plus grande résolution ?
Délivrés maintenant de toute crainte pour nos personnes,
nous ne pensâmes plus qu'à défendre nos biens, qui
étaient aussi notre vie, puisque de leur conservation dé-
pendait notre existence. Quittant notre attitude défen-
sive, nous sortîmes immédiatement de la cabane, décidés
à agir, quoique nous ne sachions pas au juste ce que
nous allions faire. Il est vrai que nous avions eu à peine
le temps de formuler nos pensées, tant avait été rapide
la transformation de notre situation et de nos sentiments.

« En sortant, nous vîmes très bien l'ours qui démo-
lissait effectivement notre magasin; toutefois il ne paraissait pas s'inquiéter de nous le moins du monde.
Sans réfléchir aucunement à ce que j'allais faire, mais
rempli de crainte à la pensée de perdre nos provisions,
je jetai un grand cri auquel répondit Richard; et, à notre
grande surprise, l'énorme animal qui nous avait causé
tant de frayeur eut peur lui-même, et sans regarder autour de lui ou s'arrêter un moment, fit un bond immense et s'enfuit à travers les rochers, d'où nous le vîmes descendre dans la vallée où il alla se précipiter
lourdement tête baissée dans le trou d'où nous avions
arraché notre mousse.

« L'horrible frayeur que nous avions éprouvée jusqu'alors se changea immédiatement en un sentiment de
tranquillité parfaite, de confiance absolue. C'était un

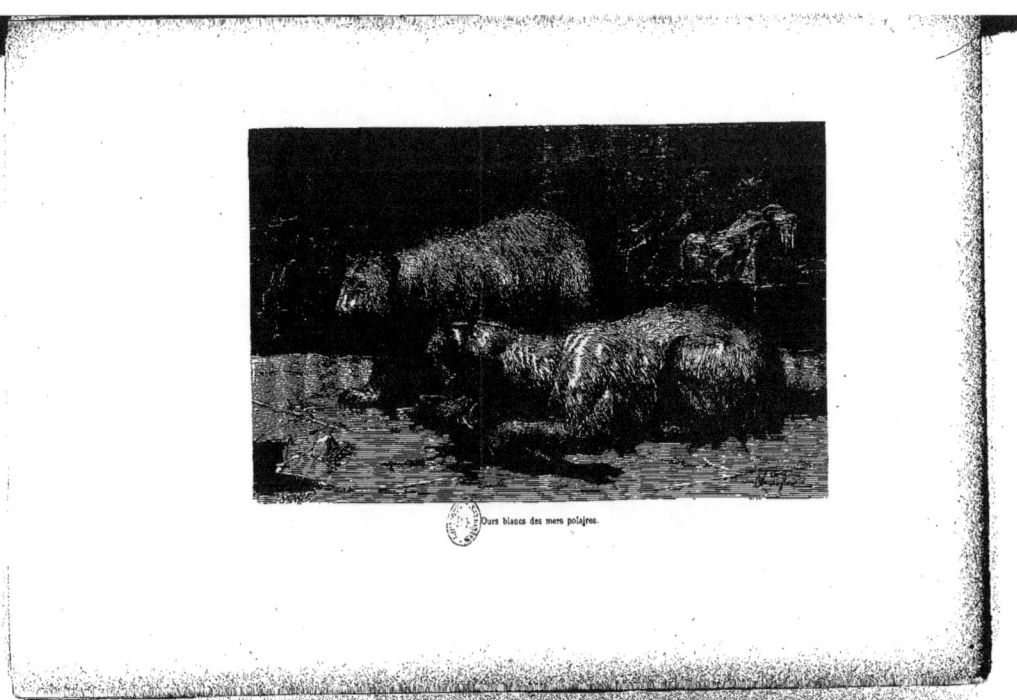

Ours blancs des mers polaires.

changement aussi subit qu'inattendu. Tous deux, nous
partîmes d'un grand éclat de rire, riant d'abord de notre
propre sottise, de notre poltronnerie, et plus encore de
la couardise de notre ennemi. Assurés désormais qu'un
animal aussi facile à effrayer ne nous attaquerait jamais,
nous saisîmes nos armes, et nous nous mîmes à courir
après lui avec la ferme intention de le chasser de l'île.
Quant à lui, il continuait à faire des sauts prodigieux,
ce qui indiquait assez clairement l'état de son esprit.

« Suivant les traces de notre mystificateur, nous arrivâmes près de l'endroit où le cadavre du narval gisait
encore, à moitié recouvert par la neige; là, les traces
s'arrêtaient. Nous croyant loin de lui, l'animal glouton
s'était arrêté et s'était mis à déchirer à belles dents le
corps du narval, déployant à cette nouvelle besogne la
même énergie qu'il avait montrée un instant auparavant
envers nos magasins.

« Nous étions arrivés tout près de lui avant de le voir,
ce qui nous occasionna un émoi aussi subit, aussi inattendu et aussi complet que l'avait été le dernier; et
une seconde fois, nous fûmes saisis d'un grand sentiment de respect pour l'ours. Tournant le dos, nous nous
mîmes incontinent à battre en retraite et sans faire halte
jusqu'à ce que nous fussions arrivés au logis; là, seulement, nous songeâmes à nous mettre sur la défen-
sive.

« Tout ce que nous avions à faire maintenant, c'était
de rester tranquilles, l'œil et l'oreille au guet. Tant que
le vieux narval durerait, nous n'avions pas grand'chose
à craindre, car après chaque repas, l'ours s'en irait probablement pour dormir, et ne reviendrait que lorsque la
faim l'exciterait de nouveau. Mais il arriva une chose à
laquelle nous ne nous attendions guère, et qui mit le
comble à notre terreur. Quand nous le revîmes, il n'était
plus seul; il était accompagné de deux camarades, ce

qui porta à trois le nombre des mangeurs du narval. Il
est bon d'ajouter que les nouveaux arrivés étaient moins
gros que l'autre; le plus petit n'était même guère plus
haut qu'un grand chien de Terre-Neuve.

« Cette dernière découverte nous enleva complétement
le peu de courage qui nous restait; car il nous paraissait évident qu'avec de tels voraces le narval serait bientôt dévoré. Il arriverait alors que le premier ours, se
rappelant nos magasins et oubliant sa frayeur, surtout
depuis qu'il lui était venu du renfort (qui sait s'il n'en
attendait pas encore d'autre?) reviendrait de notre côté.
Nous subissions une vraie crise, une crise terrible. Que
faire? Que devenir? Nous n'en savions rien, et notre embarras était aussi grand que notre effroi.

— Je ne m'en étonne pas, dit William. Les horribles
bêtes!

— J'aurais été bien effrayé, s'écria Fred.

— Cela vous glace rien que d'y penser, dit à son tour
la petite Alice. Mais les pauvres ours, ajouta-t-elle,
comme ils devaient avoir froid et faim aussi! »

CHAPITRE XV.

Qui démontre, entre autres choses, que deux têtes valent mieux qu'une, et qu'il est bon d'avoir du courage, surtout quand il y a des ours blancs dans les environs.

ous continuons à copier le manuscrit qui enregistre les faits et gestes du vieux marin et de ses jeunes amis.

« Aujourd'hui vous nous direz ce que vous fîtes des ours, n'est-ce pas, capitaine? demanda William.

— Mais, répondit le vieillard, en déposant sa pipe pour rire plus à son aise, c'est plutôt ce que les ours firent de nous, qu'il faut me demander.

— Ce sera comme vous voudrez, capitaine; mais dites-nous-le, car cela nous préoccupe beaucoup.

— Eh bien! mon garçon, répondit le capitaine, ils nous firent une fameuse peur, je vous en réponds.

— A bon chat bon rat, s'écria William; vous aviez effrayé les ours, ils vous rendaient la pareille; c'était de bonne guerre.

— C'est très-juste, ce que vous dites là, reprit le vieux marin, néanmoins je vous ferai observer qu'entre nous la partie n'était pas égale, car leur frayeur fut de courte durée, tandis que rien ne pouvait calmer la nôtre.

— Vous découvrirent-ils enfin?

— Oui, mon garçon, quand ils eurent terminé avec le narval, ils se dirigèrent de notre côté; nous dormions alors profondément, mais le bruit qu'ils firent autour de notre cabane nous réveilla promptement. »

Le capitaine s'arrêta et parut réfléchir.

« J'ai oublié de vous dire une chose, reprit-il au bout d'un moment, et une chose assez importante. »

Et il se mit à gratter, non pas son nez, comme il en avait l'habitude, mais son front, comme s'il voulait tirer de son cerveau la partie de son récit qu'il avait omise. Il cherchait le bout de son « bitord, » car c'est ainsi qu'il désignait souvent son récit. Enfin, ayant retrouvé ce qu'il avait oublié, il reprit en ces termes :

« Je ne vous ai rien dit à propos de la forteresse que nous avions bâtie, ni de la manière dont nous l'avions approvisionnée, n'est-ce pas?

— Non, répondit William.

— Nous exécutâmes ce travail avant que les ours eussent fini de manger le narval, dit le capitaine; pendant qu'ils satisfaisaient ainsi leur appétit, nous allâmes à nos magasins, nous en retirâmes nos provisions, et nous les plaçâmes près de l'entrée de la hutte, pensant que là nous pourrions plus facilement les défendre en cas d'attaque.

« Dans ce but nous avions élevé deux murailles de

neige, hautes de quatre pieds, distantes l'une de l'autre
de trois pieds environ, et si près de l'entrée de notre
hutte, que nous pouvions passer immédiatement de celle-
ci dans la forteresse. Nous amoncelâmes nos provisions
au bas de ces murailles; les canards, les œufs, la chair
de phoque,, nos provisions de bouche enfin, à droite, et
la graisse qui nous servait de combustible (et qui était
gelée maintenant) à gauche. Puis, nous couvrîmes le tout
d'une couche de neige, ayant plusieurs pieds d'épaisseur.
Pour plus de précaution nous bâtîmes un grand mur devant notre cabane, à l'endroit où il n'y avait pas de rochers pour la garantir. Dans ce mur nous laissâmes un
petit trou, en guise de porte, ce qui nous obligeait à
ramper quand nous voulions sortir, mais ce qui nous
permettait aussi de mieux défendre notre foyer. Une fois
rentrés, nous le fermions soigneusement, en y poussant
quelques gros blocs de neige. Au reste, effrayés comme
nous l'étions, nous sortions peu. Aussitôt que nous
voyions rôder un ours dans le voisinage, nous nous hâtions de rentrer; et, une fois derrière nos fortifications,
nous bouchions lestement le trou, et nous nous tenions
prêts pour un siége.

« Les premiers jours qui suivirent cette apparition ter-
rifiante, nous dormîmes peu, car nous craignions sans
cesse d'être attaqués; mais comme notre adversaire ne
venait pas nous troubler, nous retrouvâmes notre quiétude et recommençâmes à dormir tous deux en même
temps. Les ours arrivèrent précisément dans l'un de ces
moments-là; ils avaient déjà escaladé les murs de notre
forteresse et étaient en train d'arracher les monceaux de
neige qui recouvraient nos provisions, lorsque nous nous
réveillâmes.

« Nous fûmes, comme vous pouvez le croire, très-
épouvantés. Ce n'était pas que nous craignissions d'être
immédiatement assaillis nous-mêmes; nous savions bien

que tant que nos provisions dureraient, nos redoutables
ennemis ne s'inquiéteraient pas de nos personnes ; mais
ne valait-il pas mieux qu'ils nous mangeassent tout de
suite que de nous laisser sans moyens d'existence en
nous prenant toute notre nourriture et tout notre combustible ? Que nous fussions dévorés par des ours, ou
que nous mourussions de froid et de faim, c'était absolument la même chose, et il n'y avait de différence que
dans le genre du supplice.

« Notre premier mouvement de frayeur passé, nous
envisageâmes plus nettement le danger qui nous menaçait, et nous sentîmes qu'il nous fallait agir, et cela sans
tarder.

« Je regardai par la fenêtre, et je vis les trois ours,
qui paraissaient fort gênés dans l'étroit passage ; l'un
d'eux, qui avait déjà éparpillé tout autour de lui nos canards, en tenait un entre les dents, qu'il dévorait de façon
à faire croire qu'il était ou très-affamé ou très-pressé,
grognant — ung ! ung ! ung ! — à chaque mouvement
de ses mâchoires, pour éloigner ses deux acolytes. C'était
le plus gros des trois, et le plus égoïste, puisqu'il voulait
tout garder pour lui seul.

« Notre épouvante se changea en colère quand nous
vîmes le sans gêne avec lequel ces animaux se permet-
taient d'engloutir la provision de nourriture qui nous
avait coûté tant de peine.

« Hors de moi, je saisis le vieux Crumply et demandai à Richard s'il voulait venir. « Comment ! s'écria-t-il,
« mais vous n'avez pas l'intention de les attaquer ? —
« C'est pourtant ce que je vais faire, répondis-je ; et si
« vous voulez vous servir du Délice, voici le moment. —
« Je vous suivrai, dit Richard ; mieux vaut périr par ces
« bêtes, que de nous laisser mourir de faim pour avoir
« ensuite le plaisir d'être tués et mangés par elles. »

« Si sérieuse que fût notre situation, je ne pus m'em-

En regardant par la fenêtre nous vîmes les trois ours. (Page 209.)

pêcher de rire de la manière dont mon camarade envi-
sageait le sort qui pouvait nous être réservé. *Mourir d'i-
nanition* d'abord, *être tués* après, me parurent des choses
à la fois si impossibles et si plaisantes que je résolus
d'éviter ce double supplice jusqu'alors inconnu. Je ga-
gnai en rampant la porte de la hutte (vous savez que
cette porte n'était pas assez élevée pour que nous pussions la franchir autrement), et me trouvai en un moment à l'extrémité du passage que nous y avions pratiqué; j'aperçus l'ours qui était à trois pas de moi,
la tête tournée du côté opposé au mien et son museau
enfoncé dans la neige, où il cherchait un second canard. Je sentis le cœur me manquer quand je me vis
si près du monstre qui me parut extrêmement redou-
table. Si j'avais été seul, je crois que j'aurais reculé;
mais Dean était derrière moi, et j'avais honte de retourner sur mes pas, étant allé si loin. Rassemblant donc
tout mon courage, je saisis ma lance, et la tenant des
deux mains, je la plongeai de toutes mes forces dans
le cou de l'animal, juste au-dessous de la mâchoire in-
férieure et de l'oreille.

« J'avais frappé juste, ayant par hasard coupé une
artère; car le sang jaillit abondamment de la blessure.
Du coup, il lâcha le canard. Il est probable que de sa
vie il n'avait éprouvé un étonnement pareil. J'avais fondu
sur lui tellement à l'improviste, et il était si absorbé par
ce qu'il faisait qu'il n'avait pas le moins du monde
soupçonné la présence d'un ennemi; entièrement livré à
la joie d'avoir trouvé un tel dîner, il ne se préoccupait
absolument que du soin d'en jouir, semblable en ceci à
beaucoup de gens qui, ayant trouvé un sac d'argent,
s'inquiètent bien plus de la façon dont ils le dépenseront
que d'en rechercher le légitime propriétaire.

« Mais je l'obligeai à changer le ton de son perpé-
tuel « ung! ung! ung! » avec lequel il cherchait à éloi-

14

gner ses petits camarades les autres ours, il rugit de douleur avec une telle violence qu'on l'aurait entendu à un demi-mille, et comme il ne put se reto urner sur lui-même aussi rapidement qu'il eût voulu, il rugit de nouveau et d'une manière si effroyable que je rentrai instinctivement dans la hutte et perdis ainsi l'occasion de lui porter un second coup dans le côté, ce qui m'eût été très-facile. Quand il fut parvenu à se retourner, il roula par-dessus les deux autres ours, et tous trois à la fois, grognant et hurlant d'une façon formidable, se jetèrent pêle-mêle sur le mur de neige de notre fort, qu'ils brisèrent; enfin, s'étant remis sur leurs pattes, ils se précipitèrent dans la vallée, — le plus petit faisant de grands efforts pour suivre les autres et se lamentant tout le long du chemin comme s'il avait peur que quelque chose ne l'atteignît. Quant à nous, nous fîmes comme la première fois que les ours étaient venus nous surprendre et que nous les avions effrayés par nos cris, nous courûmes après eux, pensant peu au danger, excités que nous étions par l'action du moment.

« Il nous fut facile de voir à la large trace de sang que l'ours blessé laissait derrière lui, qu'il se dirigeait droit vers la vallée. Les deux autres coururent dans la direction du narval.

« En suivant les pas sanglants de notre victime, nous arrivâmes bientôt sur le rivage; franchissant les amas de glace que la marée y avait apportés, nous nous élançâmes sur la mer gelée de toute la vitesse de nos jambes. Nous n'avions réellement aucune frayeur; car, à en juger par la quantité de sang que l'ours avait perdu, nous supposions qu'il pouvait bien être mort et que nous allions bientôt rencontrer son cadavre.

« Tandis que nous nous hâtions ainsi, nous nous trouvâmes tout à coup en face de notre ennemi ; je dois avouer qu'à cette vue un revirement soudain s'opéra en

nous, et, notre courage nous abandonnant brusquement,
nous fîmes volte-face, et, avec un effroi que vous
comprenez sans peine, nous courûmes dans la direction
de la cabane aussi vite que nos jambes nous le permirent.

« Cependant, voyant que nous n'étions pas poursuivis,
nous revînmes sur nos pas; et cette fois, agissant avec
plus de prudence, nous nous trouvâmes de nouveau en
vue de l'ours, qui n'était plus alors un ennemi bien re-
doutable. Il avait cessé de courir, et, comme s'il eût été
ivre, il marchait lentement, en décrivant des zigzags.
Enfin il tomba. Quand nous nous en approchâmes, il
était mort.

« Vous vous figurerez facilement notre joie à ce spectacle, mes enfants; car nous n'avions pas seulement
remporté ici une victoire glorieuse, notre ours représentait une ample provision de nourriture et une magnifique fourrure. Sans perdre une minute, je me hâtai de
détacher le couteau du vieux Crumply, et nous nous
mîmes à dépecer l'animal. Ce fut une longue et ennuyeu-
se opération, mais dont nous vînmes à bout; puis, ayant
enfoui sous la neige toute la chair, sauf une petite por-
tion dont nous avions besoin pour notre souper, nous
reprîmes le chemin de la cabane, moi traînant la peau et
Dean sifflant l'air de « Bonaparte passant les Alpes, »
qu'il avait appris, à ce qu'il me dit, d'un Français pendant un séjour à la Havane.

« Nous montions la colline dans cet état de béatitude,
lorsque Dean s'arrêtant tout à coup : « Hardy, me dit-
« il, si les deux autres allaient revenir? Ses craintes
étaient fondées. En approchant de la hutte nous aperçûmes un ours qui se dirigeait vers notre demeure. A
notre vue, il s'enfuit; mais, supposant que l'autre pouvait bien être dans les environs, nous fixâmes de nouveau le couteau à l'extrémité du vieux Crumply : c'était

une sage précaution, car en arrivant près du mur renversé, nous vîmes l'autre ours, tout près de notre hutte
et très-occupé à dévorer un canard. C'était le plus petit
des trois; il ne devait pas être âgé de plus d'un an. Il
ne nous eut pas plutôt entendus qu'il montra une
grande frayeur et voulut s'échapper. Voyant que nous
barrions le passage par lequel il était entré, il ne fit aucune tentative pour se sauver de notre côté. L'imbécile !
S'il avait su avec quelle facilité il aurait pu nous faire
rebrousser chemin ! mais il n'y songea point; il fit un
demi-tour, s'élança en avant et plongea dans notre cabane, croyant sans doute y trouver une issue pour
s'enfuir.

« Je ne sais pas trop à quelle impulsion je cédai en
ce moment-là, par quel motif je fus poussé, mais avec
cet instinct qui engage les hommes en général, et même
les animaux, à poursuivre tout ce qui s'enfuit, et à fuir
dès que l'on est poursuivi à son tour, je me précipitai
vers la porte de la cabane sans m'être donné le temps
de réfléchir. Mon imprudence faillit me coûter cher, car
l'ours ayant trouvé qu'il n'y avait pas moyen d'échapper
par là, s'était retourné pour sortir. Ce changement de
front me prit au dépourvu. Il n'était plus temps de battre en retraite, et ne sachant que faire, je lui portai
machinalement un coup en pleine figure avec le bout
effilé du vieux Crumply ! Ce coup eut pour effet de le
renvoyer dans la cabane en lui faisant pousser des cris
épouvantables. Il avait été atteint à un endroit très-sen-
sible, à l'œil — nous le sûmes plus tard; — de sorte
qu'il était non-seulement aveuglé, mais à moitié mort.

« Je regrettai sincèrement de ne pas l'avoir tué complétement ou laissé s'enfuir, car nous l'entendions bou-
leverser notre cabane, jetant tout pêle-mêle dans la rage
où il était de ne pouvoir trouver une issue. La cloison
qui séparait notre chambre du garde-manger fut la pre-

mière chose qui sombra dans cette tempête, et il n'était pas douteux que notre lampe, notre marmite, toute notre vaisselle enfin, ne fussent brisées en mille morceaux. Oh ! combien nous aurions souhaité de le voir sain et sauf, mais hors de notre demeure! Que ne pouvait-il nous comprendre ! nous aurions terminé notre différend à l'amiable en lui offrant un compromis; et à la seule condition d'épargner notre bien, nous lui aurions rendu la liberté.

« Il aperçut enfin la fenêtre. Or, cette fenêtre étant très-étroite, il était évident que s'il essayait de passer à travers, il ferait écrouler une partie de notre mur. Aussi il n'eut pas plutôt passé sa tête par l'ouverture que Dean l'attaqua vaillamment, lui envoyant un tel coup sur le museau avec son Délice, que l'ours se hâta de rentrer la tête en poussant un grognement prolongé; après quoi il se tut, paraissant délibérer.

« Profitant de cet instant de répit, je changeai d'arme avec mon camarade, et attachant la tête du harpon au bout du Délice, je nouai l'autre bout de la corde qui y était fixée autour d'une grosse pierre qui se trouvait près de la porte. En agissant ainsi je pensais évidemment capturer l'ours. Mon projet consistait à le forcer à sortir de la hutte; à ce moment, je me proposais de lui lancer le harpon; la lourde pierre avait pour mission de le retenir jusqu'à ce que nous eussions trouvé quelque moyen de l'achever.

« Nous eûmes à peine terminé nos préparatifs que l'animal commença à s'agiter de nouveau, en poussant des cris à ébranler notre demeure jusque dans ses fondements. Cette fois, il venait d'essayer de la cheminée; il avait non-seulement envoyé toute la graisse brûlante et toute la mousse allumée dans les quatre coins de la pièce, mais par-dessus le marché il avait mis le feu à sa propre personne; nous le reconnûmes à l'immense

quantité de fumée qui s'échappait par la fenêtre, ainsi
qu'à une forte odeur de poils qui brûlent.

« Ses cris d'angoisse et de terreur étaient maintenant
horribles à entendre. Poussé par le désespoir, il essaya
de nouveau de la fenêtre ; mais là, Dean le reçut avec le
bout du vieux Crumply, de façon à le faire rétrograder
au plus vite.

« Ce dernier coup parut épuiser sa patience ; il se précipita vers la porte, où je fus prêt à l'accueillir, me tenant sur la grosse pierre à laquelle la corde du harpon
était attachée. Aussitôt qu'il passa, je lançai le harpon
et l'atteignis au dos. Il partit comme un trait, ayant l'air
d'un démon entouré de flammes, et il plongea dans la
neige. Il s'était évidemment roulé dans la mousse et la
graisse en fusion, car il était couvert de petits morceaux
de mousse allumée qui faisaient flamber ses poils, et
devaient lui brûler la peau de manière à rendre un plon-
geon dans la neige une chose très-agréable.

« Dès que la corde fut entièrement déroulée, la pierre
sur laquelle j'étais juché, au lieu de rester fixée, s'é-
chappa, me lançant du côté de l'ours en me faisant faire
la culbute ; je tombai la tête en avant dans la neige.
Quant à l'ours, toujours entouré de flammes, il s'élança
en grondant, entraînant la grosse pierre après lui, mais
sans aller bien loin. A peine avait-il fait quelques pas
qu'il tomba et expira immédiatement, moitié de frayeur,
moitié de ses blessures et des terribles brûlures qu'il
s'était faites.

« Nous étant ainsi débarrassés de cet hôte importun,
nous nous précipitâmes dans la cabane pour voir les
dégâts qu'il y avait faits. La fumée y était si épaisse que
nous en fûmes presque asphyxiés. Nos vêtements de drap
et une partie de nos couvertures de peau étaient épars
sur le sol avec la mousse en feu. Ainsi que nous l'a-
vions craint, les pots et les lampes étaient tous brisés ;

en un mot, l'intérieur de la hutte offrait l'aspect le plus lamentable.

« Il se passa longtemps avant que nous pussions réparer complétement les dommages que l'ours nous avait causés, et nous eûmes à souffrir toutes sortes de désagréments avant de remplacer nos pots, nos tasses et nos lampes. Quand tout fut réparé, loin d'être fâchés de la visite des ours, nous en fûmes plutôt satisfaits; car nous avions retrouvé notre confortable, et nous avions de plus une grande peau d'ours sur laquelle nous dormions chaudement, et une nourriture d'une nouvelle espèce à joindre à celle que nous possédions déjà, et en telle quantité que nous n'avions pas à craindre d'en manquer avant un très-long temps. »

Ici le vieux marin paraissant vouloir suspendre son récit, Fred prit la parole, et demanda des détails sur la façon dont l'ours s'était mis le feu à lui-même.

« Cela importe peu, répliqua le capitaine. Quand nous eûmes visité la cabane et éteint le feu, et que nous eûmes le loisir d'aller de nouveau près de l'ours, il était bien mort; mais sa peau avait beaucoup souffert; en beaucoup d'endroits le poil était enlevé comme s'il avait été rasé. En revanche, nous prîmes la chair que nous trouvâmes excellente et très-tendre, cet ours étant très-jeune, comme je vous l'ai dit.

— Et que devint l'autre ours? demanda William, désireux de savoir la fin de ce drame intéressant.

— Nous n'en avons jamais rien su, répondit le capitaine, et à partir de ce moment nous vécûmes en paix.

« Mais si les ours cessèrent leurs incursions, le froid et les ténèbres qui devenaient chaque jour plus intenses, le vent qui soufflait avec une extrême violence, nous firent passer plus d'un vilain quart d'heure. Il y eut certains moments où les tempêtes furent si terribles et si longues, que nous pûmes à peine sortir de notre retraite.

« Cependant nous ne pouvions qu'être reconnaissants
du beau temps dont la Providence nous avait si longtemps gratifiés. Si les orages eussent sévi à l'automne et
au commencement de l'hiver, nous aurions été tout à
fait dans l'impossibilité de faire nos provisions, et nous
serions morts de faim. Maintenant nous avions de la
nourriture en abondance, et nous ne sortions que lorsque
nous le voulions et que les tempêtes nous le permet-
taient. Une seule fois le mauvais temps mit notre existence en danger; et encore, est-ce à notre imprudence
que nous dûmes nous en prendre.

« Il faisait un magnifique clair de lune, et l'air étant
presque calme et moins froid que d'ordinaire, nous
eûmes envie de faire une promenade. Attirés par un
objet ou par un autre sur la surface glacée de la mer,
ici par un glaçon d'une forme particulière ou d'une
grosseur remarquable, là par un monceau de neige à
l'aspect étrange, nous nous trouvâmes bientôt à plusieurs
milles de notre hutte.

« Quand nous revînmes sur nos pas, le ciel annonçait
un orage prochain; presque aussitôt une forte rafale se
déchaîna sur l'île et sur la mer, et nous fûmes enveloppés de neige. De gros flocons, poussés par le vent,
nous fouettaient la figure d'une manière insupportable,
nous traversant pour ainsi dire de part en part, ce qui
nous refroidissait singulièrement. Pour compléter le tableau, une aurore boréale éclata dans le ciel qui parut
en feu; nous eussions volontiers admiré ce grandiose
spectacle si, des hauteurs de notre petite île, la neige ne
se fût pas précipitée en torrents sur nos têtes, tourbillonnant comme si elle eût voulu nous ensevelir. C'était à
la fois magnifique, effrayant et fantastique.

« Quand nous nous fûmes réchauffés dans notre bonne
cabane, nous nous rappelâmes le décor splendide au
milieu duquel nous avions été de si petits acteurs : le

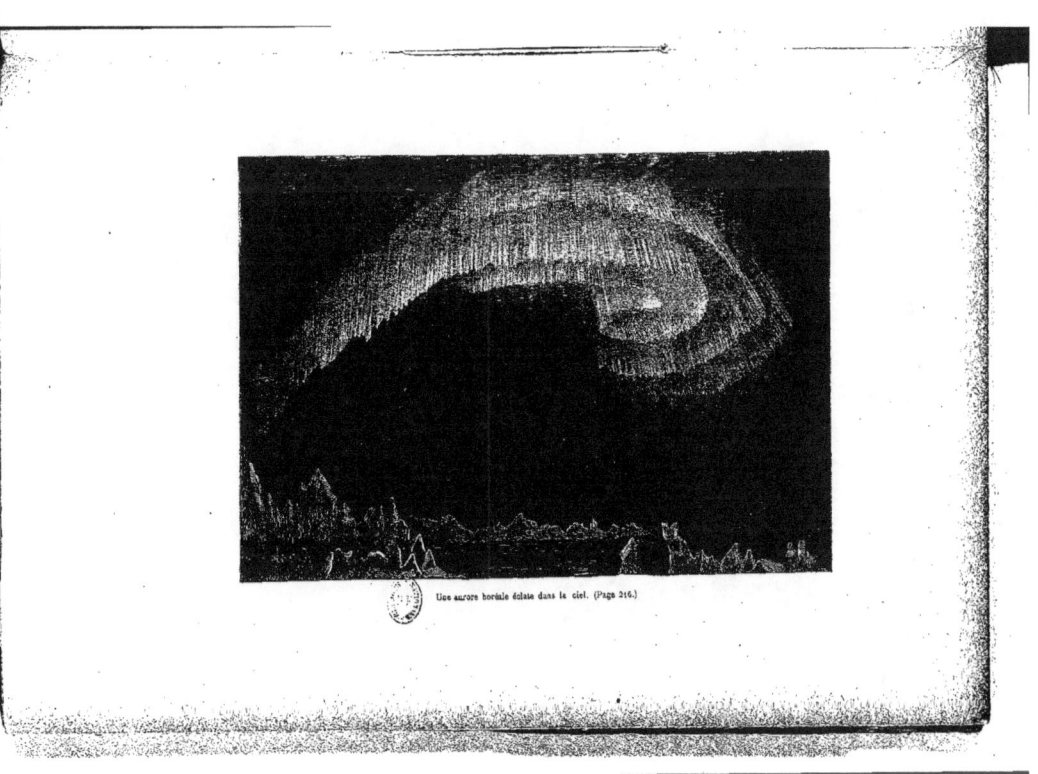

Une aurore boréale éclate dans le ciel. (Page 216.)

vent mugissant autour de nous ; les flocons de neige
tourbillonnant au-dessus de la plaine de glace ; la lune
brillante inondant de lumière la neige, les glaciers et
l'île ; l'immense rayon aux mille couleurs se réfléchissant sur toutes les choses qui nous environnaient. L'impression que tout cela avait laissée dans notre souvenir
fut même si profonde que Dean ne pouvait se lasser de
m'en parler. A la fin, quittant la prose pour les vers, il
se leva et me récita ceux-ci, qu'il avait appris je ne sais
où, et que je veux vous répéter à mon tour, mes enfants,
tant ils peignent bien le souverain incontesté des régions
glacées : le *Vent du nord* :

« Le vent du nord est un esprit brave et hardi,
Qui vient d'une région lointaine :
Son berceau est au plus profond des abîmes
Situés sous l'étoile polaire. »

« Où nul pied d'un mortel n'a passé
Il marque son empreinte sur la plaine neigeuse,
Et promène les terribles fantômes
Qui passent avec la bannière, la lance et la flamme. »

« A l'endroit où les vagues se brisent, sur le rivage,
Il règne en souverain maître !
Son trône est au sommet du glacier solitaire.
Son empire est la mer sans bornes. »

« Il court sur la cime des montagnes.
Et il y trouve d'étranges délices :
Il disperse la neige avec la rapidité de l'éclair,
jusqu'à ce qu'elle paraisse comme la chevelure d'une sorcière. »

« Oh! le vent du nord est un esprit hardi et brave,
C'est un héros conquérant;
Et son chant de combat, fier et terrible, quand il passe impé-
« Est un chant de victoire. »   [tueux

— Oh ! s'écrièrent les enfants, que ces vers sont beaux
et comme ils sont à propos.

— Mais, dit William, comment étiez-vous rentrés dans l'île ?

— Sans autre accident, répondit le capitaine, que deux nez gelés, qui nous firent souffrir longtemps; mais quand nous fûmes au port, nous n'aurions voulu pour rien au monde avoir manqué l'occasion d'admirer une chose si belle; et pourtant si nous avions été surpris sur la mer un peu plus loin de la hutte, nous n'y serions jamais revenus.

« Vous voyez, mes enfants, que la Providence continuait de veiller sur les deux pauvres naufragés. »

CHAPITRE XVI.

Qui comprend une longue période et prouve combien un espoir trompé
peut rendre malheureux.

ENDANT ce temps-là, reprit le capitaine, l'hiver s'écoulait lentement, mais il nous quittait; enfin le jour vint où il disparut tout à fait. D'après ce que je vous ai dit au sujet des saisons dans les régions arctiques, vous devez comprendre que l'hiver terminé, la lumière revint. Ce ne fut d'abord qu'une faible clarté que nous vîmes apparaître dans les cieux vers midi; et je puis vous assurer que cette lueur, toute pâle qu'elle était, nous causa un vif plaisir; puis, au fur et à mesure que les jours se succédaient, la lumière allant toujours croissant,

finit par ressembler au crépuscule tel que nous le voyons
ici, tous les matins, avant le lever du soleil. Enfin, le
soleil lui-même parut, se montrant à peine au-dessus de
l'horizon du côté du midi; le lendemain, il s'éleva un
peu plus dans le ciel; le surlendemain, un peu plus encore, jusqu'au jour où il ne nous quitta plus, décrivant,
comme l'année précédente, ses cercles journaliers, nous
laissant dans l'ombre des rochers à minuit, nous envoyant ses rayons directs à midi, fondant la neige sur le
sol, et la tristesse dans nos cœurs.

« Il me sembla que de la vie je n'ai rien vu d'aussi
splendide que le disque de l'astre bienfaisant, lorsque je
le vis reparaître, pour la première fois, après le long et
sombre hiver; notre joie était si grande que nous retirâmes nos chapeaux pour le saluer, en poussant des cris
d'allégresse et d'enthousiasme.

« L'été avançait à grands pas, et la température devenait chaque jour plus douce. Le printemps était passé,
et dans la première semaine de juin, la neige se mit à
fondre pour tout de bon; de sorte que le mois suivant,
les ruisseaux et les torrents commencèrent à tomber du
haut des rochers, remplissant les ravines et descendant
bruyamment jusqu'à la mer. Celle-ci se ressentit à son
tour de la douce influence de l'été. La glace se pourris-
sait, et de blanche qu'elle avait été, elle prenait maintenant une teinte sombre et grisâtre. Nous ne pouvions
plus y marcher avec sûreté, sauf d'un côté, dans la direction de l'est, où elle était beaucoup plus épaisse. Enfin
cette glace désagrégée s'écroula sous l'impulsion du vent,
et fut chassée devant lui selon qu'il lui plaisait de souffler, du nord, du midi, de l'est ou de l'ouest.

« Or, le moment était venu de guetter l'arrivée des
navires, et nous nous levions chaque matin avec l'espoir
que ce jour-là serait celui de notre délivrance. Mais le
temps s'écoulait comme il s'était écoulé l'année précé-

dente, chaque jour nous apportant un nouveau désappointement; aucun vaisseau ne venait. A force de guetter, d'attendre, de veiller, d'espérer, nous finîmes par
devenir impatients et inquiets, et en résumé nous nous
sentîmes plus malheureux que nous ne l'avions été pendant le triste hiver qui venait de s'achever.

« Et cependant l'été avait bien des attraits. Dès que la
neige fut fondue, l'herbe repoussa verte et tendre sur le
coteau; les toutes petites plantes montrèrent leurs feuilles, et les toutes petites fleurs s'épanouirent gaiement,
ouvrant leurs calices aux rayons du soleil.

« Les oiseaux revenaient également : les eiders, les
petits *auks*, dont je vous ai parlé, et puis de grandes
troupes de mouettes, tous cherchant un bon endroit
pour faire leurs nids, ébranlant l'air du battement de
leurs ailes, de leurs mouvements rapides, car ils volti-
geaient continuellement de côté et d'autre en poussant
gaiement leur cri de *couac! couac! couac!*...

« Puis c'étaient les abeilles qui venaient bourdonner
autour des fleurs que leur disputaient de beaux papillons
dorés. L'air que nous respirions était rempli de vie et
de bonheur, mais au milieu de la joie universelle nos
cœurs étaient serrés de tristesse, et Dieu seul le savait,
Dieu seul le voyait.

« Notre île solitaire n'était pas l'unique théâtre de cette
résurrection. Les phoques, joyeux du retour de l'été, sortaient de la mer pour se poser sur la glace, dont de larges
fragments flottaient de toutes parts, étincelant aux brillants rayons du soleil. On en voyait des centaines tous
les jours, ainsi que des morses avec leurs grosses et vilaines défenses, avec leurs corps disgracieux; il y avait
encore des narvals aux longues cornes d'ivoire; des baleines blanches, que nous voyions autour de nous sur la
mer, lançant au ciel leurs jets d'eau qui scintillaient au
soleil. Enfin, comme une ombre à ce tableau, apparais-

sait parfois un ours blanc rôdant sur les champs de
glace, à la recherche d'une proie quelconque.

« Vous voyez, mes enfants, que notre île n'était pas
aussi infertile et aussi dépourvue de vie que pourraient le croire ceux qui n'ont jamais visité les mers
arctiques.

« Il serait inutile de perdre notre temps, moi à faire,
vous à écouter le récit de ce que nous fîmes durant ce
second été. Qu'il vous suffise de savoir que notre vie fut
beaucoup moins pénible qu'elle ne l'avait été l'année
précédente; il n'y avait plus de hutte à bâtir, et nous
avions plus de loisir pour tous les petits travaux dont
l'objet était de nous donner plus de confort, plus de
bien-être. Et puis nous savions si bien ce que nous avions
à faire, nous avions si sagement disposé de notre temps,
que de bonne heure nous rassemblâmes tout ce qu'il
fallait pour nous nourrir, nous chauffer, nous éclairer
dans le cours de la seconde campagne d'hiver qui se
préparait, attrapant des oiseaux et d'autres animaux,
comme par le passé; mais les cachant cette fois en tant
d'endroits différents, que les ours eussent été bien malins
s'ils les eussent tous découverts. Cela fait, nous nous
confectionnâmes de nouveaux habillements en fourrure,
des couvertures également en fourrure; songeant à l'im-
prévu, nous fabriquâmes de nouvelles lampes, des marmites, des tasses.

« Pendant que nous travaillions ainsi, pendant que
nous guettions le navire qui n'arrivait jamais, les oiseaux
partirent en compagnie du soleil, la mer gela autour de
nous, et nous fûmes encore une fois laissés seuls, seuls
dans le froid et la neige, seuls dans les ténèbres d'un
second hiver.

« Oh! combien notre cœur fut serré de tristesse!
Grand avait été notre espoir de délivrance, notre désappointement fut pareil. Autrefois du moins nous avions

Morses.

l'espérance; à cette heure nous ne l'avions plus. Nous
savions d'avance le sort qui nous était réservé, la monotone existence qui se préparait pour nous. Pour la
supporter il ne nous restait qu'un appui : la résignation.
Nous l'appelâmes à notre aide; elle nous répondit, mais
non plus comme par le passé. Toutefois, nous fûmes
assez raisonnables pour ne pas nous abandonner au désespoir, nous soutenant mutuellement au contraire, et de
notre mieux.

« Si l'un de nous était disposé à la tristesse, il faisait
tout ce qu'il pouvait pour le cacher de l'autre, et pour
paraître content. En vérité, je crois que si nous avions
cédé au poids de nos chagrins, si nous n'avions pas pris
le soin de nous cacher nos tristes pensées, je crois que
nous serions morts tous deux. Vous voyez combien il est
parfois nécessaire d'afficher des sentiments que l'on n'é-
prouve pas, de conserver un air joyeux au lieu de prendre une mine allongée et maussade. Soit dit en passant,
je n'ai jamais eu bonne opinion des gens à l'air sombre
et rechigné, qu'ils habitent de belles maisons ou des
huttes, qu'ils demeurent dans des contrées fertiles ou sur
des rochers stériles ; qu'ils soient jeunes ou vieux, riches
ou pauvres, civilisés ou sauvages, chrétiens ou païens.
Ces gens-là ne sont pas mes amis.

« Notre second hiver se passa absolument comme s'é-
tait passé le premier : même travail, mêmes chasses,
même froid et même obscurité, même lutte contre l'adversité. Il ne différa de l'hiver précédent qu'en ce que les
ours ne vinrent plus nous troubler. Nous vîmes les mêmes aurores boréales, le même ciel radieux d'étoiles,
les mêmes splendides clairs de lune, les mêmes chutes
et les mêmes tourbillons de neige, les mêmes tempêtes
violentes. Nous attrapâmes des renards et des phoques
comme précédemment, et nous ne fûmes en peine ni
pour notre feu, ni pour notre nourriture ; et par-des-

sus tout, nous jouîmes constamment d'une santé parfaite.

« L'hiver eut sa fin, comme toute chose au monde. Le soleil revint ; l'été remplaça l'hiver. Cet été, qui était le troisième que nous voyions sur le roc de Bonne-Espérance, se passa comme les étés précédents. Nous revîmes le soleil, qui deux fois déjà était venu nous apporter la joie, les jolis papillons, les fleurs, les oiseaux, mais point de navire, point de délivrance. »

Le capitaine s'arrêta pendant un moment, pour voir s'il n'avait rien oublié, s'il n'avait rien passé qui valût la peine d'être raconté. Se sachant écouté avec attention et intérêt, il était désireux de ne rien omettre de ce qui pourrait amuser ou instruire son auditoire. Les enfants, de leur côté, quoique très-discrets, étaient cependant très-curieux et parfois auraient désiré une explication détaillée au sujet de bien des choses sur lesquelles le capitaine passait trop légèrement à leur gré. Mais ils étaient beaucoup bien élevés pour interrompre son récit ; et puis ils sentaient qu'il n'y aurait pas grand' chose à gagner en lui coupant la parole, car c'eût été lui faire perdre le fil de son histoire, chose qu'ils redoutaient plus que quoi que ce soit au monde. Il est vrai qu'ils se dédommageaient amplement de leur silence lorsque le conteur cessait de parler pendant un moment, ou lorsqu'il se mettait « en panne, » comme il disait lui-même, quand l'heure avancée l'obligeait à remettre au lendemain la suite de ses aventures.

C'est ce qui arriva quand le capitaine eut achevé le récit que l'on vient de lire. L'enchantement qui paralysait la langue de William disparut.

« Oh ! capitaine, s'écria-t-il, ne continuez pas, je vous en prie, avant de nous avoir dit quelque chose de plus concernant les jolies petites fleurs dont vous nous avez parlé.

— Oh, oui ! exclama la petite Alice, oh, oui, capitaine, parlez nous-en : comme elles doivent être gentilles! Mais comment peuvent-elles fleurir dans un endroit si froid et si triste ? Dites-le-nous, je vous en prie.

— Jolies et charmantes elles sont en effet, ma chère petite, répondit le bon vieillard avec un sourire, très-jolies elles sont, et très-étonnantes aussi. Comment elles trouvent le moyen de pousser dans ces régions-là, cela dépasse mon savoir et me surprend pour le moins autant que vous. Mais vous avez vu que la neige disparaît très-rapidement; alors nous voyions jaillir du sol délivré de son blanc manteau, les fleurs les plus délicates qu'on puisse imaginer. Parfois même elles n'attendaient pas que le soleil eût complétement balayé la terre glacée pour éclore. Je me souviens qu'un jour, mon compagnon et moi, en rencontrâmes une qui ressemblait à un bouton d'or, seulement c'était la plus petite plante qui se fût jamais vue. Elle était si mignonne que le petit dé dont la petite Alice se sert pour apprendre à coudre aurait été assez grand pour lui servir de pot. Elle y aurait poussé, et très à l'aise, encore. Autour d'elle il n'y avait que glace, et un banc de neige était suspendu au-dessus de sa tige fragile. Cependant elle paraissait forte, heureuse, satisfaite, et parfaitement décidée à se garantir elle-même.

« En la quittant, et comme nous nous dirigions vers la cabane, je remarquai l'air pensif de Richard.

« — Qu'avez-vous? lui dis-je ; à quoi pensez-vous?

« — A cette petite fleur, » répliqua-t-il.

« Je me mis à rire en lui demandant ce qu'il pouvait en penser.

« — Beaucoup de choses, répondit il.

« — Lesquelles ? dis-je.

« — Eh bien ! reprit-il, elle nous enseigne à ne plus nous laisser aller au découragement. Si cette pauvre fleur peut vivre et combattre les rigueurs du climat, nous, ne le pouvons-nous pas mieux qu'elle encore ? »

« Il se trouvait dans cette observation une leçon dont je profitai, en me rangeant à l'avis de mon ami. Dès ce moment la petite fleur ne fut plus pour nous une simple plante, mais une sorte d'encouragement, d'exhortation à supporter notre destinée. Elle devint notre amie, et nous allions souvent la voir. Était-ce une illusion ? il nous paraissait qu'elle nous accueillait avec plaisir. Un jour nous tremblâmes. La veille une tempête l'avait ensevelie sous la neige ; mais le lendemain la neige ayant fondu, les feuilles reparurent aussi vertes, la fleur se montra aussi jaune et toute la plante aussi robuste que si rien ne s'était passé. N'était-ce pas un miracle ? car cette fleur n'était pas plus grosse qu'un pois, et la plante entière pas plus grosse qu'une épingle.

« Afin de reconnaître dignement le charme que notre aimable amie avait introduit dans notre esprit, nous résolûmes de faire des vers dont elle serait le sujet. Ce fut difficile, je vous en réponds, car nous ne savions ni l'un ni l'autre les règles de la prosodie, et particulièrement ce que l'on nomme des « pieds. » Tout ce que nous savions c'est qu'il fallait que chaque vers rimât avec un autre. Joignez à cette ignorance l'absence absolue de tout moyen de fixer notre pensée, et vous aurez quelque idée de la peine qu'eurent les deux matelots à glorifier leur petite fleur dans la langue des dieux.

« A force de persévérance néanmoins nous parvînmes à composer un morceau qui ne se tenait peut-être pas fort bien sur ses pieds, et qui par conséquent eût pu difficilement marcher sur le pont d'un navire, mais dont les idées n'étaient point trop sottes. Je ne l'ai pas oublié, ce morceau remarquable, et pour peu que vous y teniez, mes enfants, je vous le réciterai.

— Oh oui, cher capitaine Hardy, oui, oui, certaine-

ment! » s'écrièrent les enfants avec une telle unanimité
que bien fin eût été celui qui aurait pu dire lequel avait
nommé : « Cher » le capitaine, dit « Oh! » ou « certainement; » ce qui est hors de doute, c'est que tous avaient
crié : « Oui! » Aussi le capitaine se sentant encouragé,
toussa légèrement pour s'éclaircir la voix, et répondit
qu'il était aux ordres de son auditoire.

« Mon opinion est, continua-t-il, que ce n'est pas précisément une chanson; et même je ne sais trop ce que
c'est. J'oserais presque l'appeler un poëme; mais que ce
soit une chanson, un poëme ou autre chose, son véritable titre est :

LA FLEUR DU PÔLE.

O fleur du pôle délicate et frêle,
Où vous êtes-vous cachée si longtemps?
Profondément enfouie sous un berceau de neige,
L'hiver vous a-t-il rudement traitée?
Petite plante souriante et joyeuse,
Charmante petite fleur du printemps,
Si brillante et si gaie au retour du soleil,
Vous possédez tout ce que peut désirer une fleur.
O délicate et frêle plante!
J'ai peur que les frimas ne flétrissent
Votre tige si mince,
O plante si gracieuse et si mignonne,
Quelle idée folle de croître dans la neige!
Voudriez-vous la réchauffer d'un rayon d'or de ce calice,
Sur lequel on ne voit aucune trace
De ce qui ressemble à la tristesse!
Vous êtes toujours gaie, toujours, toujours,
Même recouverte de givre et de glace,
Même sous la neige amoncelée,
Même sur le sol gelé qui refroidit votre racine si tendre.
O quelle volonté impérieuse vous avez, petite plante joyeuse
Charmante fleur du printemps,
Petit atome, fée délicate et légère!
A présent même, la neige à vos pieds
S'amoncelle jusqu'à dépasser cent fois votre hauteur,

Tout près, tout près de votre doux visage,
Et cependant vous souriez, charmante fleur du beau temps,
Plante frêle et mince.
Et vous semblez n'avoir nul souci, nulle crainte,
Et vous paraissez aussi heureuse
Que toute autre fleur du printemps.
Quelle leçon vous nous donnez à tous, fleur si petite!
Vous nous montrez comment on peut être heureux
Lorsqu'on a en soi la confiance et la crainte de Dieu.
Car Dieu est partout,
C'est ce que proclame la fleur,
La délicate et tendre fleur,
La faible fleur, la petite fleur souriante et joyeuse,
La petite fleur du printemps si délicate et si frêle.

— Maintenant, vous l'avez! » s'écria le capitaine, re
prenant haleine, et jetant autour de lui un coup d'œil
pour voir, sans doute, l'impression qu'il avait produite.
« Vous l'avez maintenant, mes chers amis! »

Les enfants exprimèrent hautement leur admiration
pour les essais poétiques du capitaine, et tous déclarèrent que si ce n'était pas là un poème, ils voudraient
bien qu'on le leur prouvât.

Tout fier de ce succès, le capitaine reprit encore une
fois le fil de son discours, ou plutôt « ramassa le bout
rompu de son bitord, » et, suivant sa propre expression,
continua « à le filer. »

« Vous saurez, dit-il, que notre petite fleur mourut au
bout de quelque temps, et qu'il en fut de même pour
toutes ses compagnes; car nous étions arrivés à la fin de
notre troisième été et au commencement de notre troisième hiver.

« Cet hiver se passa comme les précédents; mais cette
fois notre résignation fut inébranlable. Loin de diminuer,
elle allait tous les jours en augmentant.

« — Nous y voici pour toute la vie, me dit Richard, il
serait inutile de nous plaindre. C'est la volonté de Dieu;
tâchons de nous soumettre à notre sort.

« — Oui, Dean, je le crains, répondis-je avec beaucoup de calme, résignons-nous. »

« Nous étions alors au mois de février, le soleil était sur le point de revenir, et pour voir s'il n'y avait pas quelque faible lumière dans les cieux annonçant son retour, nous venions de sortir, et causions tout en pataugeant dans la neige.

« J'avais dit : « Résignons-nous, » et Dean venait de répéter mes paroles sur le même ton calme et ferme, lorsque notre attention fut promptement détournée et du sujet de notre conversation et du but de notre promenade, par quelque chose qui courait non loin de nous, sur la mer glacée.

« Notre incertitude sur la nature de l'objet en question ne fut pas de longue durée, car nous avions vu trop d'ours polaires pour ne pas les reconnaître au premier coup d'œil. Cette chose était un ours blanc.

« Il courait excessivement vite dans la direction de l'île. Bientôt, il disparut derrière un grand glaçon, et nous le perdîmes de vue; mais peu après il reparut de nouveau, continuant sa course rapide; puis replongea parmi les amas de glace, pour reparaître encore une fois sur la plaine.

« A sa vue notre premier mouvement fut de regagner notre hutte. Mais l'animal courait beaucoup plus vite que nous, et d'instant en instant se rapprochait davantage de l'endroit où nous étions. Ayant très-peur, nous essayâmes de hâter le pas; mais cela n'était pas chose facile, la neige étant fort épaisse.

« L'ours qui, par parenthèse, était un animal immense, nous aperçut au bout de quelques instants. Or, vous saurez, mes enfants, que l'ours des pôles est un être éminemment lâche; vous ne serez donc pas étonnés d'apprendre qu'il changea de route aussitôt qu'il nous vit, et qu'il s'éloigna de l'île aussi rapidement qu'il y était

venu. En le voyant agir de la sorte (à notre grande joie,
comme vous le pensez), nous nous arrêtâmes pour l'observer; et nous reconnûmes pour la première fois qu'il
était poursuivi. Par qui ou par quoi, il nous était impossible de le voir; ce qui était hors de doute, c'est qu'on
le pourchassait. En regardant attentivement dans le
lointain et du côté d'où l'animal était venu, nous distin-
guâmes enfin un objet, à peine visible, qui glissait sur
les banquises et entre les glaçons, et qui suivait toujours
les traces de l'ours. Par moments cet objet disparaissait
aussi et reparaissait de nouveau, s'approchant, et devenant à chaque instant de plus en plus distinct.

« Or, plus l'objet avançait, plus notre étonnement devenait grand. Après un moment nous entendîmes un cri.

« — Écoutez! » dit Richard.

« Le cri fut répété.

« — Un chien! s'écria mon compagnon.

« — Un chien! m'écriai-je à mon tour, car moi aussi
j'avais entendu, et très-distinctement, un aboiement de
chien.

« — Écoutez! » dit Richard.

« Un autre cri venait de frapper notre oreille; mais
cette fois ce n'était plus celui d'un chien.

« — Un homme! m'écriai-je.

« — Un homme! » répéta Dean.

« Et en effet c'était un homme.

« Des chiens! des hommes! que font-ils là? fut la
question qui se posa instantanément dans ma pensée,
et dans celle de mon compagnon.

« Ils étaient là, devant nous, l'homme et les chiens!
D'où ils venaient, nous n'en savions rien. Nous ne savions qu'une chose, c'est qu'ils étaient sous nos yeux,
comme des taches noires sur la blanche mer, et qu'ils
suivaient évidemment les traces de l'ours qui venait de
s'enfuir à notre vue.

« Homme et chiens s'approchaient toujours ; les sons
devenaient plus distincts. L'homme était porté par un
traîneau auquel les chiens étaient attachés. Ceux-ci se
trouvaient maintenant si près de nous, que nous pouvions facilement les compter ; ils étaient au nombre de
sept et de couleurs différentes. On les avait attelés au
traîneau avec de longues cordes, de sorte qu'ils s'en

Nous nous mîmes à courir pour nous rapprocher du traîneau. (Page 236.)

trouvaient assez loin en avant, et ils couraient tous de
front. Dans leur impatience d'arriver, ils avançaient tellement la tête qu'on eût dit qu'ils allaient s'étrangler
dans leurs colliers, et ils aboyaient sans cesse en faisant
des bonds rapides sur la neige. Pour les exciter l'homme
avait un long fouet qu'il faisait siffler en poussant deux
cris qu'il ne se lassait pas de répéter. *Ke-ke! ke-ke! Nen-
ook, nen-ook, nen-ook!* criait-il avec rage. Il était main-

tenant si près que nous pouvions distinguer chacun de
ces mots.

« La chasse à laquelle il se livrait ainsi paraissait si
acharnée que Dean et moi craignîmes de n'être pas vus.
Excités par cette supposition, nous nous mîmes à courir
pour nous rapprocher du traîneau, de l'homme et des
chiens.

« Un moment nous fûmes sur le point de nous rencontrer, lorsque les chiens aperçurent l'ours; jusque-là
évidemment ils n'avaient fait que suivre ses traces.

« Poussant tous des hurlements sauvages, ils changè-
rent alors de direction et s'élancèrent du côté de l'animal
en prenant le chemin le plus court, c'est-à-dire celui qui
les éloignait le plus de nous. Homme, chiens, traîneau,
tout s'enfuit avec la rapidité de l'éclair, les chiens aboyant
et l'homme les excitant plus fort que jamais par ses *nen-
ook, nen-ook!* et ses *ke-ke, ke-ke!* tout en courant plus vite
que le vent. Cette scène était plus étrange que le rêve le
plus bizarre, tant cet homme et ces animaux avaient l'air
fantastique, ceux-ci avec leurs airs de loups, celui-là avec
ses cris gutturaux et son costume de peaux de bêtes
non moins sauvages que lui.

« Toujours en courant nous criâmes à cet homme de
s'arrêter, nous l'appelâmes de toutes nos forces, nous jetâmes nos casquettes en l'air, nous gesticulâmes avec
nos bras comme des insensés; mais nous eûmes beau
crier : « Ici, ici! Revenez, revenez! A nous, à nous! »
Il n'eut pas seulement l'air de nous apercevoir; il poursuivit au contraire sa course vertigineuse, s'élançant en
ligne droite après l'ours en fuite. Et cependant il avait
dû nous voir, car à de certains moments nous nous
étions trouvés très-près de lui.

« L'ours continuait à fuir, l'homme et les chiens continuaient leur poursuite. Plus les chiens se montraient
impatients, plus le maître excitait ce bizarre attelage.

Enfiévrés comme eux, Dean et moi atteignîmes bientôt les traces que le traîneau avait marquées dans la neige. Nous continuâmes à suivre cette piste avec la plus grande célérité. Enfin les cris de l'homme et des chiens devinrent indistincts, puis ils s'éteignirent insensiblement. Nous ne les entendîmes plus. Bientôt sur la vaste plaine blanche de la mer glacée il n'y eut plus qu'une mouvante tache noire qui disparut à son tour. Et cependant nous courions toujours.

« Autour de nous tout était aussi tranquille, aussi froid, aussi silencieux et aussi solennel qu'avant l'apparition de ce traîneau fantôme, arrivé si subitement, évanoui de même, et cependant nous courions toujours.

« En disant que tout était aussi désolé qu'auparavant, je me trompe. Non, c'était mille fois plus désolé. De même que la nuit paraît plus noire, lorsque l'éclair vient de l'illuminer de sa lueur éblouissante et rapide, de même le jour paraît plus sombre lorsqu'un premier et unique rayon de soleil se retire derrière les nuages qu'il avait dissipés pendant un instant.

« Et cependant nous courions toujours. Nous courûmes ainsi jusqu'à ce que nos forces nous eussent abandonnés.

« Alors nous nous jetâmes sur le sol, nous tombâmes sur la neige pour pleurer, mais ni l'un ni l'autre ne proféra un mot. Notre douleur était trop grande pour qu'il nous fût permis de l'exprimer. Ayant consacré de la sorte quelques moments au repos, nous reprîmes lentement le chemin de la hutte, de notre pauvre hutte, où nous arrivâmes plutôt morts que vivants, car nous avions couru des milles et des milles après le traîneau, à travers la neige épaisse, et nous avions parcouru ce même nombre de milles pour regagner notre demeure, le cœur et l'âme rongés de désappointement cette fois, et sans le moindre espoir qui pût nous soutenir.

« Cela vous paraîtra peut-être singulier, mais à aucune
époque, depuis le commencement de notre séjour sur l'île
déserte, nous ne nous étions trouvés aussi malheureux
que nous le fûmes ce jour-là, jamais dans un pareil état
d'anéantissement et de désespoir.

« Ainsi brisés de corps et d'âme, nous nous jetâmes
sur notre lit, trop abattus pour trouver le courage d'apprêter notre repas, et beaucoup trop fatigués pour avoir
faim. Nous cherchâmes à oublier, dans un sommeil profond, le plus grand chagrin que nous eussions connu —
la cruelle blessure d'une espérance déçue — le rayon de
bonheur, l'espoir de délivrance qui avait brillé un moment à nos regards étonnés, pour disparaître ensuite
comme la nuée à travers les cieux, sans laisser aucune
trace de son passage !

CHAPITRE XVII.

Un personnage singulier paraît et disparaît, et les deux naufragés ont le cœur
successivement rempli d'espoir et de crainte.

ENDANT combien de temps dormîmes-nous? Je n'en ai pas la moindre idée : peut-être un jour, peut-être deux jours de suite, moins long-temps en tout cas que *Riss Van Vinkle* qui dormit vingt ans sans désemparer : non pas que cela ne nous eût pas convenu. Il nous eût été fort doux au contraire de tomber dans un sommeil qui nous eût arrachés à nous-mêmes, à nos déses-pérantes pensées. Ce qui venait de se passer avait porté le dernier coup à notre courage, et ce mal-heur nous semblait le plus grand de tous ceux qui nous avaient encore accablés. Nous nous efforcions donc de prolonger autant que possible ce bienheureux sommeil, et lorsque nous nous réveillions, nous avions hâte d'y retomber. Si pourtant nous avions voulu réfléchir, nous eussions été forcés de convenir qu'il n'y avait rien de changé dans notre situation. Cet homme qui avait paru et disparu d'une façon si mystérieuse et si fantastique, ne nous avait fait aucun mal après tout. Mais la vue d'un être humain avait reporté notre pensée vers la patrie que nous avions quittée, ou plutôt dont nous étions bannis ; et l'idée qu'il eût pu nous aider à rompre notre exil et que cette occasion s'était enfuie, peut-être à tout jamais, nous brisait le cœur. C'était pour l'oublier que nous voulions dormir toujours, afin de ne plus vivre que de nos rêves qui étaient d'une sérénité parfaite en dépit de l'affreuse tristesse qui nous rongeait l'âme. Pour ma part, je l'avoue, je serais volontiers resté toujours dans ce monde factice et enchanté.

« Que de changements s'étaient opérés dans l'état de notre esprit pendant notre séjour dans l'île ! Aujourd'hui résignés, demain dans le désespoir. Parfois même nous éprouvions une sorte de bonheur au milieu de cette existence à laquelle nous commencions à être habitués, et il nous semblait qu'avec la sincère amitié qui nous unissait, avec tout le confortable que nous nous étions procuré, avec notre petite cabane bien éclairée, bien chauffée, avec l'abondance dont nous jouissions, il nous semblait, dis-je, que nous serions contents de passer ainsi toute notre vie. De fait, nous n'avions ni peine réelle, ni inquiétude sérieuse, et nous possédions en quantité les objets de première nécessité, le feu, la nourriture, l'habillement, sans la crainte de voir toutes ces choses nous manquer jamais.

« D'un autre côté, le moindre accident pouvait à chaque instant troubler notre quiétude : un travail pénible et fatigant suffisait, une nuit passée sans sommeil, une tempête violente qui nous forçait de garder la maison plusieurs jours de suite ; ou même le désappointement que nous causaient les glaçons, lorsqu'ils prenaient la forme du navire si ardemment attendu. Tour à tour satisfaits et désespérés, heureux et malheureux, tels nous étions, tels sont d'ailleurs tous les hommes inconséquents et changeants, souvent très-ennuyés sans motif réel, et souvent aussi restant joyeux au milieu des circonstances les plus inquiétantes.

« Pour conserver une tranquillité constante, l'humeur égale, l'âme sereine, pour être constamment heureux et ne jamais s'abandonner au désespoir, il n'y a qu'un moyen, mes enfants, c'est de posséder le sentiment intime de la présence de Dieu en nous et hors de nous. C'est, lorsque les désappointements viennent nous abattre, de dire : « C'est par la volonté du Créateur que cela nous arrive, » ou lorsque quelque grand bonheur nous échoit en partage, de nous écrier : « Notre Père céleste nous bénit, et nous envoie une preuve de sa bonté, parce qu'il désire que nous fassions du bien à notre tour. » Nous ne pouvons être heureux qu'ainsi, et quand l'âme est fortifiée par ces sentiments-là, le malheur trouve toujours des consolations. Et puis la confiance en Dieu engendre la charité, l'amour, la douceur, la patience ; elle rend le cœur léger, le visage souriant, et l'existence devient comme le rayon du soleil qui porte en lui le bonheur et la vie. Voilà ce que fait l'amour de Dieu, la confiance, l'espoir en Dieu.

« Si je vous dis cela, mes enfants, c'est qu'il m'a été donné d'en reconnaître la vérité par expérience, expérience durement acquise par mon séjour dans l'île polaire. Ah ! si nous eussions alors entretenu ces bons sentiments, combien nous aurions pu être plus heureux ! Nous ne nous serions jamais laissés tomber dans ces profonds désespoirs qui s'emparaient si souvent de nous ; nous aurions eu, au contraire, plus de courage, et nous n'aurions pas voulu dormir éternellement pour oublier notre chagrin. Enfin, lorsque l'homme inconnu fit son apparition sur la mer glacée pour disparaître presque aussitôt, nous n'aurions pas éprouvé cette affreuse tristesse qui nous faisait désespérer du présent et de l'avenir. Au reste, on ne nous laissa pas dormir aussi long-temps que nous l'aurions voulu, et notre sommeil fut bientôt interrompu. Ce fut un grand bruit qui nous en tira. En l'entendant, je sautai hors du lit, à moitié reveillé, et me mis à secouer mon camarade, qui dormait toujours d'un sommeil très-profond.

« — Qu'est-ce qu'il y a ? s'écria-t-il.

« — N'avez-vous pas entendu un bruit ? lui demandai-je.

« — Non, répondit-il, je n'ai entendu d'autre bruit que celui d'une cloche d'église dans mon rêve, mais il était assez fort, par exemple. »

« Bientôt le bruit se fit entendre de nouveau, cette fois il paraissait venir de près. Ce fut au tour de Dean à être étonné.

« — Avez-vous entendu ? demandai-je encore.

« — Oui, dit Richard, » retenant sa respiration, afin de mieux écouter.

« Le bruit recommença.

« — Est-ce le vent ?

« — Comment cela se pourrait-il ? le vent ne produit pas un son pareil.

« — Si c'était un ours !

« — Non... ce n'est point un ours !

« — Un renard, peut-être !

« — Oh non ! écoutez, l'entendez-vous encore ? »

« Le son se rapprochait de plus en plus et devenait à tout moment plus distinct. A ce bruit, il s'en mêlait un autre, tel que celui de pas sur la neige durcie.

« — C'est un homme ! s'écria mon compagnon, c'est le chasseur d'ours qui revient ! »

« Et comme ces bruits persistaient :

« — C'est le chasseur, répéta-t-il ; ce ne peut être que lui.

« — Je prie Dieu que cela soit vrai, » m'écriai-je très-ému.

« Ce que nous entendions était bien une voix humaine. En tout cas, j'allais répondre à son appel, lorsque la voix s'éleva de nouveau, et le bruit des pas sur la neige devint plus fort et plus lourd.

« Nous nous élançâmes dehors sans plus attendre et sans échanger un mot de plus. A dix pas de notre cabane était l'homme au traîneau, le chasseur d'ours de la mer des glaces !

« Quel être étrange c'était ! Son air n'était pourtant ni sauvage, ni féroce ; au contraire, il paraissait très-joyeux et parlait très-vite dans un langage dont nous ignorions le premier mot. Quand il ne parlait pas, son énorme bouche fendue jusqu'aux oreilles laissait échapper de gros rires. « *Yeh, yeh !* » faisait-il. Je l'imitai en manière de réponse, ce dont il parut enchanté. Il était habillé des pieds à la tête de fourrures, ce qui lui donnait tout à fait l'apparence d'un ours qui marcherait sur ses pattes de derrière. Mais il avait une si bonne figure, il prononçait si gaiement son *yeh, yeh,* que nous ne songeâmes pas une minute à nous en méfier. En le joignant, nous le saluâmes cordialement et nous constatâmes qu'il ne connaissait pas plus notre langue que nous ne comprenions la sienne. Il parlait beaucoup et gesticulait plus encore, en faisant des signes avec la main droite, nous montrant le rivage et répétant sans cesse : « *Mick-ee, mick-ee !* » puis il se dirigea vers le bord de la mer, où nous le suivîmes. Là, nous trouvâmes un traîneau et sept chiens qui firent disparaître tous nos

doutes sur l'identité de ce bizarre personnage. Il était
bien le chasseur qui nous avait laissés derrière lui lorsqu'il poursuivait l'ours.

« Il essaya de son mieux de nous expliquer ce qui
s'était passé le jour où nous l'avions aperçu pour la première fois ; mais nous n'avions guère besoin d'explica-
tions. En découvrant sur le traîneau une grande peau
d'ours pliée et tachetée de sang, puis de gros morceaux
de chair d'ours, nous devinâmes ce qu'il voulait dire.
Les chiens étaient attachés à quelque distance du traîneau, solidement liés à l'aide de leurs brides à une lourde
pierre : ce que je vis avec plaisir, car ces animaux, qui
avaient l'air de bêtes sauvages, grognaient continuellement en chiens hargneux qu'ils étaient ; ils poussaient
des hurlements affreux en nous regardant, et semblaient
désirer ardemment qu'on leur rendît la liberté, afin de
bondir sur nous et nous mettre en pièces.

« Quoique nous ne pussions pas comprendre les paroles du chasseur, il parvint néanmoins à nous faire entendre par signes qu'il nous avait parfaitement vus lorsqu'il poursuivait son ours. Après avoir atteint l'animal
et l'avoir tué, il était revenu sur ses pas pour nous chercher. Ayant retrouvé la trace de nos pieds, il nous avait
suivis à la cabane, poussant des cris pour attirer notre
attention, car ce n'était pas chose facile que de trouver notre demeure, enfouie comme elle l'était dans la
neige.

« Après avoir examiné les chiens, le traîneau et tout
ce qu'il contenait, nous nous rendîmes tous trois à la
hutte.

« Il serait difficile de décrire notre hôte. Je vous ai
dit qu'il était complétement vêtu de fourrures. Son pan-
talon, composé de peaux d'ours, arrivait jusqu'aux ge-
naux, où il rencontrait des bottes qui étaient également
de peaux d'ours. Ses vêtements de dessous étaient,

comme les nôtres, en peaux de canards. Les renards lui
avaient fourni une sorte de manteau dont le capuchon
lui couvrait entièrement la tête. Aux mains, il avait des
mitaines en peau de phoque doublée de peau de chien ;
ses bas étaient de la même étoffe. Il n'avait donc de découvert que son visage, qui était plat, large, rond et
très basané, plus cuivré même que celui des Indiens de
l'Amérique du Nord. Il avait le nez fort petit et très-
épaté ; les yeux petits et allongés. Ses cheveux, d'un
noir de jais, étaient longs et emmêlés, sauf sur le front,
où il les avait taillés tout droits et courts. Il avait peu
de barbe ; celle-ci consistait seulement en de rares poils
noirs et hérissés qui poussaient sur la lèvre supérieure
et au menton. Vous aurez de la peine à croire qu'un
pareil échantillon de l'espèce humaine pût être autre
chose qu'un sauvage repoussant, n'est-ce pas ? Eh bien,
je vous assure que c'était la créature la plus aimable
que l'on pût imaginer.

« Il s'assit devant le feu, sur l'une des grosses pierres
que nous y avions placées en guise de tabourets, et Dean
et moi nous nous assîmes à côté de lui. Je ne pourrai
jamais vous faire comprendre la sensation singulière que
j'éprouvai en me trouvant là assis près de cet homme,
le premier, le seul que nous eussions vu depuis si longtemps. C'était comme un rêve.

« Perdus dans le plus profond étonnement, devant cet
être à figure humaine, nous nous demandions où il allait,
d'où il venait, ce qu'il y avait de commun entre lui et les
habitants du monde que nous avions quitté. — Pourra-
t-il nous dire où nous sommes, pensions-nous ; voudra-
t-il nous aider à fuir, à quitter ces parages, à terminer
notre triste séjour sur l'île ?

« Que n'aurions-nous pas donné pour qu'il pût répondre à nos questions, pour comprendre nous-mêmes
quelques-unes de ses paroles ! Il nous disait peut-être

tout ce que nous voulions savoir; il nous promettait peut-être tout ce que nous désirions, car il parlait sans cesse, jacassait avec la vivacité d'une pie, et aussi intelligiblement, pour nous du moins.

« Nous ne comprenions donc pas plus son langage que je n'ai compris les hiéroglyphes des monuments égyptiens que j'ai vus depuis, lorsque subitement il mit la main à ses lèvres, rejeta la tête en arrière en s'écriant à diverses reprises : « *Moi boire, moi boire !* »

« Ces mots, dans sa bouche, nous surprirent fortement, puisque nous étions persuadés qu'il ne savait pas notre langue. Nous satisfîmes son désir. Après quoi : « *Moi manger,* » dit-il. Nous nous empressâmes de lui apprêter un repas copieux, composé de canards et de chair d'ours, ce qui parut mettre le comble à son bonheur. Pour nous en remercier, sans doute, il entreprit un long discours à propos de quelque chose qu'il désigna sous le nom d'*Oomoaksuak*, dont nous ne comprîmes pas un traître mot. Nous supposâmes néanmoins qu'il voulait parler de l'endroit où il demeurait, parce que, en parlant ainsi, il faisait des signes en nous indiquant une direction particulière. Quant à son nom, ne parvenant pas à le découvrir, nous convînmes de l'appeler *Eatum*, du mot *manger* [1], dont il se servait si bien pour désigner un acte dont il s'acquittait d'ailleurs supérieurement. Il avait un appétit peu commun, et en le voyant le satisfaire, nous ne pouvions nous empêcher de rire, car les mets disparaissaient littéralement en un clin d'œil dans son estomac. Et comme il était fort gai, en nous voyant rire, lui aussi se mettait à rire; en sorte que les mots *moi, manger,* finirent par devenir non-seulement le signal du repas, mais celui d'une hilarité générale et prolongée.

1. *To eat,* en anglais.

Monsieur Eatum.

« Se trouvant si bien installé chez nous, M. Eatum ne manifestait pas la moindre envie de nous quitter. Après avoir fait un bon petit somme, il recommença à nous entretenir de *Mick-ee*, et, comme il indiquait le rivage en faisant semblant de se servir d'un fouet, nous pensâmes qu'il voulait parler de ses chiens, ce qui était vrai. Ainsi que nous le découvrîmes plus tard, *Mick-ee*, dans son langage, veut dire chien. Nous nous dirigeâmes tous trois vers le rivage, et nous rapportâmes le traîneau chargé de la chair et de la peau de l'ours à la hutte; les chiens furent également ramenés et attachés à peu de distance de notre demeure. Après avoir mangé, ils se couchèrent sur la neige pour dormir. C'étaient des animaux excessivement gros et forts, et à eux sept ils eussent été capables de faire la besogne d'un cheval ordinaire.

« Comme M. Eatum était très fatigué de sa chasse, lors de son arrivée chez nous, il ne fit guère autre chose que manger et dormir pendant plusieurs jours. Le bout de son nez avait été légèrement gelé, mais il le frictionna avec un peu d'huile chaude, et le guérit ainsi très-promptement.

« Enfin, quand il se fut suffisamment repu et reposé, il devint plus alerte, et parut très-curieux de considérer de près tous les objets que nous possédions, d'examiner notre cabane, nos outils, nos engins de pêche et de chasse, et se montra fort content de ce qu'il voyait. De notre côté, nous fûmes très-étonnés en remarquant la ressemblance existant entre la plupart de ces objets et ceux qui lui appartenaient. Notre harpon, le Délice de Dean, était d'une similitude parfaite avec le sien.

« L'impossibilité de causer avec notre hôte fut d'abord un grand sujet d'ennui pour nous, mais peu à peu nous parvînmes à vaincre cet embarras. J'avais remarqué qu'il faisait souvent usage du mot *kina*, et qu'il le prononçait

comme s'il faisait une question. Un jour qu'il le disait
en montrant notre lampe, je me hasardai à répondre
lampe. Il parut satisfait et répéta le mot plusieurs fois
après moi. Il me la montra alors de nouveau en disant
kolipsut, ce que je répétai à mon tour, à sa grande joie.
Nous sûmes ainsi que *kina* voulait dire : Qu'est-ce? ou,
qu'est-ce que c'est? Nous fîmes de même pour tous les
objets qui étaient sous nos yeux, et par ce moyen nous
fîmes des progrès rapides. Mon camarade et moi appre-
nions plus vite que M. Eatum, ayant la mémoire meilleure que la sienne. Nous arrivâmes donc en fort peu de
temps à nous faire comprendre et à lui enseigner un peu
de notre langue. Il montrait dans cette étude beaucoup
de bonne volonté; mais il se désolait de ne pas faire de
progrès plus rapides, nous disant quelquefois : *Moi parler beaucoup mal*, ce qui était en effet vrai. Cela importait peu, l'essentiel pour nous était de nous faire entendre.

« Nous découvrîmes alors de quelle manière il avait
appris les quelques mots dont il s'était servi tout d'a-
bord, tels que *moi boire, moi manger;* nous apprîmes en
même temps que nous n'étions pas très-éloignés de l'endroit où les navires arrivaient chaque année, que lui et
ses voisins les voyaient souvent et allaient quelquefois à
bord. C'étaient ces navires qu'il avait voulu désigner en
employant le mot *Oomeaksuak*, ce mot qu'il avait répété
tant de fois le jour de son arrivée.

« Quelle révélation ! Pouvoir peut-être quitter l'île,
quelle joie! Nous lui fîmes comprendre combien il nous
avait fait plaisir en nous communiquant une nouvelle
aussi importante. Je ne dois pas oublier de vous dire
que, depuis que nous avions fait connaissance, notre
hôte nous avait rendu des services réels et nous avait
procuré de grandes distractions; ainsi, lorsque le temps
le permettait, il attelait ses chiens au traîneau, et nous

partions tous trois pour chasser sur la mer. C'était on ne peut plus amusant. Eatum conduisait, et quand la glace était unie et la neige dure, nous marchions avec une grande rapidité. Quoique nous fussions trois sur le traîneau, il faisait presque autant de chemin qu'en aurait pu faire un cheval. Ce véhicule avait été fabriqué au moyen d'un grand nombre de petits os, liés les uns aux autres par des lanières de peau de phoque; il était fort ingénieusement construit. Une fois, nous fûmes surpris par un orage violent et obligés de bâtir une petite hutte de neige pour nous abriter et pour conserver nos fourrures. Nous y restâmes jusqu'à ce que la tempête eût cessé, c'est-à-dire pendant vingt-quatre heures, et nous dormîmes parfaitement.

« Dans cette hutte, nous avions une lampe pour nous éclairer et nous chauffer. Elle appartenait à Eatum, et était fabriquée sur le même modèle et avec la même matière que la nôtre. Pour l'allumer, il fit jaillir l'étincelle précisément comme nous l'avions fait autrefois et employa également le duvet du saule nain pour entretenir la flamme qu'il avait obtenue. Il portait ce duvet sous ses vêtements, précieusement caché dans plusieurs enveloppes de peau de phoque. Comme nous encore il employa de la mousse pour se faire une mèche et de la graisse de narval pour alimenter sa lumière. La casserole dans laquelle il fit fondre la neige que nous bûmes, et qui lui servit aussi à faire cuire nos aliments, était faite comme la nôtre, en pierre.

« Quand la tempête se fut calmée, nous quittâmes cet abri temporaire pour retourner dans notre île. Chemin faisant, nous attrapâmes deux phoques, à l'aide d'un procédé exactement semblable à celui dont Richard et moi avions fait usage antérieurement.

« Quelques jours après, le temps étant redevenu tout à fait beau, nous allâmes très-loin en mer, et fûmes as-

sez heureux pour découvrir les traces d'un ours. Eatum
reconnut aussitôt qu'elles étaient récentes et que l'ours
avait dû passer fort peu de temps auparavant. Les chiens
n'eurent pas plutôt senti cette piste, qu'ils s'élancèrent
dessus avec une ardeur qui ne leur permettait de voir
aucun obstacle. Que la neige et la glace fussent unies
comme un lac ou amoncelées comme des rocs, rien ne
put ralentir la rapidité de leur course.

« Lorsque nous rejoignîmes l'ours, il dormait tranquillement derrière un glaçon, et nous arrivâmes si subitement qu'il eut à peine le temps de se sauver. *Nen-ook,
nen-ook!* s'écria Eatum, en montrant l'animal qui s'en-
fuyait à toutes jambes. Mais nous courions plus vite que
lui, et en moins d'une heure nous l'atteignîmes. Alors
Eatum détela ses chiens, qui entourèrent l'ours en un
clin d'œil, bondissant sur lui et le harcelant à qui mieux
mieux, mais en se gardant bien d'approcher de ses dents ;
car si l'ours les eût mordus ou simplement atteints d'un
coup de patte, il les eût infailliblement broyés sur-le-
champ.

Pendant que les chiens fatiguaient ainsi l'ennemi,
nous sortîmes nos armes, Dean son Délice, moi le vieux
Crumply, et Eatum un javelot qui ressemblait à Crumply, à ce point qu'on les eût pris pour les frères jumeaux ;
puis nous nous élançâmes sur l'animal, et quoiqu'il eût
l'air terriblement féroce et qu'il poussât des grognements
à faire trembler, nous l'entourâmes et le tuâmes en un
moment. Ceci fait, nous attachâmes les chiens à un rocher de glace et nous dépeçâmes l'ours, enlevant la peau
et toute la chair dont nous avions besoin, après quoi
nous permîmes aux chiens de se gorger avec les restes.
Comme ils avaient trop mangé pour pouvoir tirer le traîneau, nous les laissâmes dormir, et nous bâtîmes une
cabane de neige, où nous nous reposâmes avant de remettre le cap sur l'île.

« Nous nous trouvions, à cette époque, avoir fait beaucoup de progrès dans la langue que parlait Eatum. Nous
en profitâmes pour reprendre nos investigations relativement au lieu où se rendaient habituellement les bâtiments qui fréquentaient ces parages. La sincérité dont
étaient empreintes les réponses de notre hôte nous engagea à lui proposer de nous conduire vers le point où at-
terrissaient ces navires; nous lui offrions, en échange de
ce service, tout ce que nous possédions dans l'île. Eatum
parut accepter, et déjà nous nous voyions sur la route de
notre patrie, lorsqu'un beau matin nous nous aperçûmes
que notre compagnon n'était plus dans l'île; lui, ses
chiens et son traîneau, tout avait disparu.

« Nous supposâmes d'abord qu'il était parti à la chasse;
mais en ne le voyant pas revenir, nous comprîmes toute
la vérité. A nos yeux, Eatum ne fut plus qu'un sauvage
et un traître. Cette fugue ne nous désespérait pas seulement, en nous enlevant l'espoir que nous avions conçu
de rompre notre exil, elle nous inquiétait. Qui sait, di-
sions-nous, si nous n'allons pas le voir revenir avec une
bande de ses amis pour nous assassiner, afin de s'emparer de notre petit trésor? Cette idée nous mit, pendant
quelque temps, dans un état continuel de crainte. Mais
ce qui dominait notre esprit, c'était la douleur que nous
causait cette nouvelle déception. Pendant plusieurs jours,
elle nous accabla à ce point, que nous ne sortîmes pas
de notre hutte. Nous parvîmes néanmoins à la surmonter; et comme nous nous attendions à tout moment à
être attaqués, nous résolûmes de nous enfuir. Grave problème! car nous n'avions que des idées très-vagues sur
le chemin à suivre pour atteindre le mouillage des baleiniers, et dans le trajet il y avait beaucoup de raisons
pour que nous soyons surpris par le froid et par la faim.
Cette lugubre perspective ne nous arrêta pas, et stimulés
à la fois par l'espoir de nous sauver et la crainte des sau-

vages, nous nous occupâmes avec ardeur de nos préparatifs de départ.

« Eatum nous avait montré comment on bâtissait une
cabane de neige; nous n'avions donc pas à redouter les
tempêtes; mais pour un voyage aussi long que celui que
nous entrevoyions, un traîneau nous était nécessaire; car
il nous fallait emporter avec nous non-seulement la nourriture suffisante, mais encore de la graisse pour notre
lampe, et aussi nos couvertures en fourrure. Or, fabriquer un véhicule assez grand pour contenir tous ces objets, était chose assez difficile, puisque nous n'avions ni
bois ni outils. Il est vrai que le seul traîneau que nous
ayons vu, celui d'Eatum, n'était point en bois. Il consistait en une quantité d'os liés les uns aux autres. Nous
n'avions qu'à imiter ce modèle. Nous y songeâmes; mais
lorsque vint le moment de l'exécution, nous reconnûmes
qu'il nous fallait une vrille pour percer ces os, et c'est ce
dont nous manquions absolument.

« A force de réfléchir et de chercher cependant, nous
trouvâmes. Nous débutâmes par tailler deux longues
bandes de peau de phoque, ensuite nous cousîmes les
bords de chaque bande sur toute sa longueur, nous les
remplîmes de viande hachée très-fin, de mousse et de
crin, afin de leur donner une forme tubulaire. Nous versâmes de l'eau sur ces tubes, et nous marchâmes, nous
piétinâmes dessus pour les aplatir. Ceci fait, nous les
laissâmes geler, ce qui leur donna la solidité d'une
planche. Ces deux tuyaux devaient figurer les timons
de notre traîneau, nous les joignîmes donc avec des os
placés transversalement et solidement attachés de chaque
côté.

« Charmés d'avoir si bien réussi, nous chargeâmes
notre véhicule et nous essayâmes de le traîner pour voir
comment il marcherait. Hélas! nous avions à peine fait
dix pas que l'un des timons cassa net. Notre invention

ne valait rien, et nous comprîmes qu'il fallait y renoncer. Mais, par quoi la remplacer?... Ne trouvant rien
qui vaille, nous résolûmes de faire des paquets de tout
ce dont nous aurions besoin, de les envelopper dans une
peau d'ours, et de les traîner après nous le mieux que
nous pourrions. Mais, lorsque tout ceci fut apprêté, nous
trouvâmes que, loin de pouvoir traîner ce paquet, nous
ne pouvions même pas le bouger. Nos efforts réunis ne
le déplacèrent pas seulement d'un pouce. C'était exactement ce qui était arrivé à ce pauvre Robinson avec son
canot.

« Bien que tout ceci fût très-propre à éteindre en nous
tout courage, toute velléité de nous enfuir, nous refusâmes de nous déclarer vaincus. Retournant à notre idée
première, dès le lendemain nous nous remîmes à la besogne, c'est-à-dire au traîneau, tout en guettant l'arrivée
des sauvages que nous craignions à chaque instant de
voir fondre sur nous pour nous assassiner, et nous ravir
ce que nous avions si péniblement amassé. »

CHAPITRE XVIII.

Des personnages singuliers font leur apparition sur le rocher de Bonne-Espérance et nos amis les naufragés le quittent.

ous travaillions avec trop de zèle pour que notre ouvrage n'avançât pas très-vite. Quand il fut achevé, nous tirâmes notre traîneau jusqu'au rivage, et de là sur la mer glacée, où il fonctionna à merveille. Aussitôt nous courûmes à la cabane, où nous mîmes en paquets nos fourrures et tous les objets nécessaires à notre long voyage, c'est-à-dire une abondante nourriture, une lampe, une casserole et une tasse. Quant au reste, nous l'abandonnâmes, dans l'impossibilité où nous étions de le placer sur le traîneau.

« Tout en déployant dans

ce travail une fiévreuse ardeur, notre âme n'était pas exempte d'une certaine appréhension. Plus nous approchions du moment de notre délivrance, plus l'avenir nous inquiétait. Ce voyage dont l'idée nous avait tant séduit, nous paraissait maintenant au-dessus de nos forces; nous craignions aussi qu'Eatum ne nous eût induits en erreur, relativement au lieu où les navires venaient atterrir, et nous redoutions de nous engager dans une entreprise dont le résultat nous serait peut-être funeste.

« Mais comme vous avez pu en juger par ce que je vous ai raconté, mes enfants, lorsque mon petit ami et moi avions une idée en tête, nous l'abandonnions difficilement. Nous n'avions pas joui d'un instant de tranquillité tant que notre traîneau était resté inachevé; quand nous le vîmes prêt et déjà à moitié chargé, nous chassâmes les pressentiments qui nous obsédaient et nous nous préparâmes à quitter l'île.

« Nous aurions pu nous épargner tout ce travail, et ces soucis, comme vous allez le voir.

« Nous mettions la dernière main à nos préparatifs, lorsque tout à coup nous entendîmes un bruit qui nous parut d'autant plus grand qu'il régnait autour de nous un silence absolu.

« Laissant notre ouvrage, nous regardâmes dans la direction d'où nous arrivait ce tapage; nous aperçûmes alors, avec une terreur indicible, les sauvages mêmes dont nous redoutions tant la venue. Ils contournaient les rochers qui se trouvaient sur leur passage et s'approchaient à pas rapides.

« Ils étaient cinq, tous portés par des traîneaux que tiraient des chiens, qui se mirent à faire un grand vacarme aussitôt qu'ils nous virent, ce dont leurs maîtres leur avaient du reste donné l'exemple.

« — Le moment fatal est arrivé pour nous, dis-je à Ri-

17

chard. Ces hommes viennent pour nous tuer et ces chiens pour nous dévorer. »

« — Oh! nos pauvres mères! » s'écria Richard.

« Nous n'eûmes pas le temps d'en dire plus et encore moins de fuir, car les chiens nous eussent atteints bien avant que nous eussions nous-mêmes gagné notre refuge.

« Mais, ô surprise! au lieu de lancer leurs bêtes sur nous, ainsi que nous nous y attendions, les sauvages quittèrent leurs traîneaux et attachèrent les chiens de façon que ceux-ci ne pussent nous courir sus. Puis, sans aucune arme, ils se dirigèrent de notre côté en *yeh-yeh-ant* de la façon la plus amicale. A leur tête marchait Eatum.

« Avec quelle joie nous les accueillîmes, vous le devinez sans peine.

« Nous les conduisîmes à notre hutte, où, grâce aux quelques mots de leur langue que nous savions, nous eûmes bientôt fait connaissance. Tous paraissaient animés des sentiments les plus cordiaux à notre égard; ils nous caressaient de la main en répétant *tyma, tyma*, ce qui veut dire *bon, bon*, ainsi qu'Eatum nous l'avait appris. Celui-ci, désireux de faire passer dans l'esprit de ses camarades l'estime qu'il avait conçue pour nous, ne se lassait pas de faire notre éloge. « Chasseurs beaucoup bons, » disait-il en nous désignant. Beaucoup manger avoir. » Déclarations auxquelles les autres répondaient par des yeh-yeh où se peignait l'admiration la plus affectueuse. Un seul parmi nos visiteurs paraissait moins expansif que ses compagnons, et tout en yeh-yeh-ant, il conservait un air refrogné qui lui donnait la physionomie la plus drôle du monde. Richard, qui ne perdait jamais une occasion de plaisanter, le surnomma sur-le-champ le *Vieux Grognon*

« Lorsque leur curiosité fut satisfaite, ils suivirent l'exemple d'Eatum et se mirent à crier :

La façon dont ils mangeaient était assez bizarre. (Page 261.)

« — Moi boire, moi manger ! » toujours en yèh-yèh-ant
à qui mieux mieux.

Dean et moi nous nous empressâmes de les servir, ce
qui n'était pas une petite occupation. Tout en allant et
venant nous observions nos hôtes qui, je dois l'avouer,
étaient d'une gloutonnerie peu commune. La façon dont
ils mangeaient était assez bizarre. Ils mettaient un morceau de viande dans leur bouche et en gardaient l'extrémité dans leurs mains, jusqu'à ce qu'ils l'eussent dévoré.
De temps à autre ils avalaient de la graisse de narval,
qu'ils paraissaient aimer à l'égal de la viande. Ce goût
de nos amis pour les matières grasses ne leur était pas
particulier. Tous les peuples septentrionaux ont besoin,
non-seulement de vêtements chauds, mais d'une nourriture capable de dégager la chaleur que le climat leur
refuse. Or la graisse fournit ce résultat; aussi ne les
voit-on jamais manger de légumes, auxquels ils préfè-
rent la viande et le poisson.

« Nos hôtes ne cessèrent de manger que lorsqu'ils
eurent consommé une quantité de nourriture égale, au
moins, à la grosseur de leur tête; nous vîmes alors qu'ils
désiraient *singikpok*, c'est-à-dire dormir. Nous nous empressâmes de leur donner le moyen de satisfaire un besoin si légitime, quoique cela ne fût pas très-commode,
car ils remplissaient presque entièrement la hutte.

« Mais il fallait préalablement que nous descendissions
jusqu'au lieu où nous avions laissé le traîneau, pour en
rapporter les fourrures et les couvertures nécessaires à
nos visiteurs. Ils nous accompagnèrent, et lorsqu'ils virent le traîneau que nous nous étions fabriqué et surent
pour quelle entreprise nous l'avions destiné, leur gaieté
ne connut plus de bornes.

« L'arrivée d'Eatum et de ses amis ne nous avait pas
fait abandonner notre projet de voyage; nous étions, au
contraire, plus disposés que jamais à l'exécuter. Quoique

nous ne découvrissions pas de mauvaises intentions chez nos visiteurs, nous étions loin de nous fier à eux. Ils nous paraissaient si peu sérieux, ils avaient l'air d'agir avec tant de légèreté, que nous hésitions à leur accorder notre confiance. D'un côté, nous aurions voulu les voir partir, et de l'autre nous étions contents de les voir rester. Ballottés entre l'espoir et la crainte, tantôt nous souhaitions de les accompagner, et tantôt l'idée d'un voyage avec eux nous effrayait.

« Je vous ai dit qu'ils s'étaient couchés. Pendant deux jours ils ne firent autre chose que dormir et manger. Chaque fois que l'un d'eux s'éveillait, il se mettait incontinent à table, mangeait et se rendormait de nouveau. Vous voyez d'ici la brèche que de pareils convives durent faire à nos provisions. Ils se lassèrent enfin de cette existence paresseuse, et se montrèrent disposés à partir. Nous apprîmes alors qu'il étaient venus pour nous enlever. Nous le comprîmes du moins en les voyant emballer nos fourrures, nos provisions et tout ce que nous possédions. Nous ne sûmes pas tout d'abord s'il fallait nous réjouir du procédé ou nous en inquiéter; mais ils étaient si doux, ils se montraient si aimables, que nous chassâmes une fois pour toutes les sentiments de méfiance que nous nourrissions encore à leur égard.

« Ils travaillèrent à hâter notre départ avec infiniment de bonne volonté, ramassant tout ce qu'ils trouvaient, n'oubliant pas la moindre chose; peaux de renard, peaux de canard, peaux d'ours, marmites, lampes, tout fut enlevé et emporté, comme si nous les en eussions formellement priés; et quoiqu'il y eût cinq traîneaux, ils étaient tous lourdement chargés. Quant au nôtre, ils le considéraient avec trop de mépris pour songer à le mettre de la partie.

« Enfin tout se trouva prêt. Les paquets disposés sur les traîneaux et solidement attachés, nous partîmes, moi

Lorsqu'ils furent las de cette existence, ils se montrèrent disposés à partir. (Page 262.)

sur le véhicule d'Eatum, tandis que Dean échéait en partage au vieux Grognon.

« Mon petit camarade emportait son Délice, et moi mon vieux Crumply. Nous n'avions pas oublié non plus notre paumelle et notre aiguille, ni le couteau qui nous avait rendu tant de services. Au fait, nous n'avions rien laissé après nous, nous avions tout emporté.

« Nous étions naturellement très-contents de quitter le roc de Bonne-Espérance, quoique notre avenir fût loin de nous paraître assuré; ce rocher avait été pour nous un lieu d'asile, nous y avions trouvé pendant longtemps un abri, et ce ne fut pas sans un certain sentiment de regret que nous nous éloignâmes. Là, mon petit ami et moi avions péniblement lutté contre bien des obstacles, mais là aussi nous en avions maintes fois triomphé; et ces petits triomphes avaient été et seront toujours pour nous une grande source d'orgueil et de satisfaction. Et puis, sur ce roc que nous laissions derrière nous, n'avions-nous pas appris à nous connaître, à nous aimer, et à nous lier tous les jours d'autant plus fortement que le lien qui nous unissait, c'était l'adversité qui l'avait affermi !

« La perspective qui s'ouvrait devant nous nous paraissait par moment d'un aspect assez sombre. Où ces sauvages nous conduisaient-ils? Comment allaient-ils agir avec nous? telles étaient les questions qui se présentaient sans cesse à notre pensée.

« Mais il ne s'agissait pas de songer à tout cela pour le moment, ni à l'avenir incertain, ni au passé qui allait devenir pour nous comme un rêve. Ce n'était pas le moment de penser à l'île solitaire, à la hutte, à la vie que nous y avions menée, avec ses peines, ses difficultés et ses heures de joie, car déjà nous fuyions sur la mer glacée avec notre caravane de traîneaux. Devant nous, nos coursiers très-animés, galopaient, glissaient sur le sol, la

queue hérissée et la tête en l'air, tandis que leurs conducteurs les excitaient en jouant du fouet et en criant *ke-ke!*
ke-ke! tout en soutenant eux-mêmes une conversation
très-bruyante, quelquefois (autant que nous pûmes le
comprendre) à notre sujet, et quelquefois à propos de la
direction à suivre. La discussion devenait surtout vive
lorsqu'on traversait la piste d'un ours, les uns voulant
le forcer, les autres étant d'un avis contraire. Parfois
aussi il arrivait que l'un ou l'autre des attelages flairait
un phoque, et courait vers l'ouverture percée par ces
animaux dans la glace. Les autres chiens arrivaient à
leur tour et roulaient pêle-mêle. Ce n'était alors qu'avec
la plus grande peine que les chasseurs parvenaient à les
séparer, en criant à tue-tête et en les frappant du fouet.
Une fois, deux de ces attelages tombèrent l'un sur l'autre.
En un clin d'œil les traîneaux furent accrochés, tandis
que les chiens se battaient à outrance, quoique serrés les
uns contre les autres et complétement entortillés dans
leurs brides.

« Cette manière de voyager, si nouvelle pour nous, nous
amusait énormément; cependant le voyage était long et
le temps très-froid. N'était-il pas bien bizarre d'errer
ainsi, sans boussole ni carte, à travers le grand désert
de la mer de glace? Tout autour de nous il n'y avait
qu'une vaste plaine blanche, semée çà et là de quelques
glaçons qui brillaient aux rayons du soleil comme de
gigantesques diamants.

« Nous parcourûmes de la sorte soixante ou soixante-
dix milles avant de faire halte, c'est-à-dire avant d'atteindre la demeure de nos sauvages. Tout ce trajet avait
été accompli uniquement sur la mer. En sentant leur
logis, les chiens augmentèrent de vitesse. *Igloo! igloo!*
s'écrièrent nos conducteurs en nous montrant leur village. Ce mot, dont nous connaissions la signification,
résonna à nos oreilles de la façon la plus délicieuse, car

Ils partis sur le véhicule d'Eatum. (Page 265.)

nous étions fatigués et gelés par-dessus le marché ; cela
ne nous empêcha cependant pas d'ouvrir tout grands
nos yeux pour voir le pays si étrange, et si nouveau pour
nous, dans lequel nous allions pénétrer.

« Le vieux Grognon poussa son traîneau à côté de
celui d'Eatum, dans l'espoir de le dépasser, et nous
prîmes le village d'assaut, les chiens aboyant, les hommes criant et faisant un tapage inouï.

« Pendant que les deux sauvages concouraient pour
l'honneur d'arriver l'un avant l'autre, Dean et moi, nous
nous trouvâmes pendant un moment côte à côte. « Hardy,
« tout cela ne semble pas réel, me cria-t-il, n'est-ce pas?
« Ces animaux-là ne sont pas des chiens, ce sont des
« loups, et ces hommes ce sont des démons! » En effet,
en considérant le conducteur de mon ami, en le voyant
jeter son long fouet à droite et à gauche, en l'entendant
apostropher ses bêtes dans un langage qui n'avait rien
d'humain, et tout cela en conservant un visage impas-
sible, une figure de pierre ou de bois, la remarque de
Dean me parut tout à fait juste.

« C'est de cette façon que nous entrâmes, ou plutôt
que nous nous élançâmes dans le village, si on peut
donner ce nom à un tas de huttes construites avec de
la neige durcie, et dont le nombre s'élevait à une ving-
taine.

« Leurs habitants vinrent à notre rencontre avec leurs
chiens qui, suivant l'habitude de ces animaux, aboyaient
d'une façon furieuse. Dès que les traîneaux se furent arrêtés, une quantité de femmes et d'enfants vêtus de
peaux de bêtes s'approchèrent de nous en yeh-yeh-ant ;
tous paraissaient très-curieux de nous voir. Cela se com-
prendra, si l'on songe que de leur vie jamais pareil événement ne s'était produit dans leur village.

« Tous montraient pour nous les meilleures disposition. On nous fit entrer immédiatement dans l'une des

huttes, où nous nous assîmes sur des peaux d'ours dont
le sol était tapissé. Il y avait deux lampes exactement
pareilles aux nôtres ; deux chaudrons étaient suspendus
au-dessus de leur flamme. On nous prépara un bon repas, après lequel nous nous endormîmes profondément,
et cela sans la moindre inquiétude, quoique nous fussions
dans une cabane de neige et entourés de sauvages. Il est

Village de neige.

vrai que ceux-ci n'avaient rien qui pût nous inspirer de
soupçon. Nous éprouvions, au contraire, un vif sentiment de gratitude pour la bonté avec laquelle ils nous
traitaient. Les femmes surtout, toutes sauvages qu'elles
étaient, avaient le cœur bon et compatissant. L'une
d'elles, après avoir donné à manger à Richard, en lui
coupant elle-même sa viande et en la lui offrant de ses

propres doigts, posa ensuite sa tête assoupie sur ses genoux, ce dont, par parenthèse, le petit Dean n'eut pas l'air fort satisfait. Pendant qu'il dormait, elle veillait sur lui, écartant légèrement les mèches dorées des cheveux qui ombrageaient son front. Une autre de ces femmes me traitait à peu près de la même façon; mais étant plus âgé que mon ami, et n'étant pas aussi joli garçon, j'étais, par conséquent, moins favorisé.

« Indépendamment de ces attentions, avant de nous laisser dormir, ces femmes avaient eu le soin de retirer nos chaussures humides et de nous en donner d'autres plus sèches et plus chaudes. Celle qui s'était attachée à ma personne se trouvait être la femme d'Eatum. Dean et moi la nommâmes tout de suite *Mme Eatum*, ce qui provoqua un yeh-yeh général. Le nom lui resta; mais il faut avouer que nos amis le prononçaient assez mal, car ils disaient *Impsus-Eatum*. Son véritable nom était *Serkut*, qui veut dire *petit nez*; celui de son mari était *Tuk-tuk*, c'est-à-dire, *renne*, parce qu'il pouvait courir très-vite. Il y avait aussi deux petits Eatum, et lorsque je me mis à jouer avec eux, je devins tout à fait le favori de la famille.

« Dean ne manquait pas de protecteurs non plus; il était spécialement soigné par une femme dont le mari avait fait partie de l'expédition du roc de Bonne-Espérance. Je ne me rappelle plus son nom, mais je sais qu'il voulait dire *gros orteils*. De sorte qu'avec les soins de *Mesdames Petit nez* et *Gros orteils*, et avec beaucoup de chair de phoque à manger, mon camarade et moi n'étions pas trop à plaindre. Le nom du mari de Mme Gros orteils était *Awak*, qui signifie *morse*. C'était un chasseur renommé, et il possédait une quantité de chiens.

« J'ai oublié de vous dire qu'on permettait à ces animaux de vaguer dans le village et aux environs, et que, si dur que fût le froid, ils couchaient toujours sur la neige. Seulement, on leur enlevait leurs harnais ; autrement ils les auraient mangés. Tout ce qui était mangeable était, pour ce motif, ou profondément enterré sous la neige, ou caché dans l'intérieur des cases.

« Environ trois jours après notre arrivée chez les sauvages, il vint, ou plutôt il revint au village, venant de la chasse, un jeune homme nommé *Kossuit* (ce qui signifie petit et basané). Il apportait la nouvelle du commencement de la débâcle, ce qui voulait dire que la glace fourmillait déjà de morses et de phoques. Cette communication mit tout le village en émoi. Aussitôt chacun courut de son côté pour mettre ses chiens dans le harnais, pour chercher son fouet, pour rassembler ses harpons, ses lances et ses lignes. Tout le monde partait pour la chasse, à l'exception des femmes et des enfants, bien entendu.

« Lorsque tout fut prêt, Eatum vint me trouver et me dit : « Attraper *awak*, attraper *pussay* (phoque), vous « allez ? » En d'autres termes, il me demandait si je désirais aller avec eux. Je répondis naturellement par un oui bien accentué ; mon ami fit de même, et nous partîmes au plus vite, Dean partageant le traîneau de Kossuit, et moi celui d'Eatum. Nous fîmes environ quatre milles avant d'arriver à l'endroit où la glace s'était crevassée. En l'atteignant, nous trouvâmes que tout était comme Kossuit nous l'avait décrit. Aussitôt les sauvages arrêtèrent leurs chiens en leur criant : *Eigh, eigh, eigh !* et en leur donnant force coups de fouet pour leur apprendre l'obéissance. Puis les ayant attachés au moyen des timons de chaque traîneau, dont ils enfoncèrent les pointes dans la neige, tous partirent en avant. Armés de leurs lignes, de leurs lances et de leurs harpons, ils approchèrent tout doucement du bord de la crevasse, et assez près pour pouvoir lancer leurs dards contre les animaux qui venaient respirer à la sur-

Mme Estum.   Le petit Estum.   Le vieux Grognon.

face. Chose bizarre ! La façon dont ils procédaient était précisément celle que nous avions nous-mêmes adoptée lors de notre captivité dans l'île, et que je vous ai décrite ; ce qui prouve, mes enfants, que les individus placés dans une même sphère d'action, si éloignés les uns des autres qu'ils soient, arriveront toujours, et pour ainsi dire instinctivement, à pourvoir à leurs besoins par les mêmes procédés. A notre insu, nous avions imité ces sauvages, non-seulement dans leur manière de pêcher les phoques, mais aussi pour obtenir du feu, pour fabriquer nos lampes, nos ustensiles de cuisine, nos vêtements, notre harpon et différentes autres choses. Plus je pénétrais dans leur intimité et plus je reconnaissais cette ressemblance entre nos procédés et les leurs.

« Pour capturer les morses, nos amis agissaient exactement comme pour les phoques, mais le résultat n'était pas toujours aussi heureux, les morses étant de beaucoup plus gros que les phoques. Vous savez que ceux-là sont des animaux marins particuliers aux mers arctiques. Ils ont de longues défenses blanches et l'air peu accommodant. Leur cri est très-aigu et assez désagréable. Dès que l'été est venu, ils sortent de la mer comme les phoques, et s'installent sur les rochers, près du rivage, ou s'étalent au bord, sur les banquises, où ils s'endorment volontiers aux chauds rayons du soleil.

« Leur chasse est très-amusante, mais non dépourvue de danger. La nôtre fut marquée par un épisode qui le prouve, et que je ne saurais passer sous silence, car il peint en même temps le caractère de nos sauvages. L'un d'eux, qui s'était entortillé les jambes dans les lignes, fut renversé et précipité à l'eau. Quoique cet accident se fût produit sous les yeux de la bande, personne ne s'en alarma. Je me trompe : il provoqua les rires de ses compagnons qui, sans se soucier du sort qui le menaçait, continuèrent leur besogne. Heureusement pour lui que

Dean et moi étions là ; nous courûmes à son secours et
l'arrachâmes à une mort certaine. Cette indifférence nous
choqua, bien qu'elle s'explique. Méprisant la vie pour
eux-mêmes, il est tout naturel que ces sauvages ne se
préoccupent point de celle d'autrui.

« Notre expédition se composait de neuf traîneaux
montés par neuf bons chasseurs, dont cinq avaient atteint l'âge mûr ; les quatre autres étaient encore des
jeunes gens ; six enfants les accompagnaient ; en sorte
qu'en nous comptant, Dean et moi, nous formions une
troupe de dix-sept personnes. Nous attrapâmes sept phoques et trois morses. Après en avoir dépouillé et dépecé
la chair, nous plaçâmes notre butin sur les traîneaux,
et reprîmes le chemin du village. Mais cette fois nous
allâmes à pied, car les traîneaux étaient trop lourdement
chargés, et trop bien remplis pour que nous pussions y
prendre place.

« A notre retour, les femmes saluèrent notre arrivée
par un flux de paroles auxquelles je ne compris rien, et
aux cris mille fois répétés de *yeh ! yeh !* elles s'emparè-
rent du produit de notre expédition. En dehors de la
chasse, les hommes ne s'occupent jamais d'autre chose
que de leurs chiens, les travaux d'intérieur étant pour
eux choses tout à fait indignes et même déshonorantes.

« Comme mon ami et moi nous étions fort distin-
gués dans cette chasse, nous en avions rapporté l'admiration de tout le monde. Jusque-là, on nous avait
traités avec une sorte de bonté protectrice ; à présent, c'était du respect que l'on nous montrait. Eatum
crut même devoir me dire : « *Beaucoup bon chasseur,
vous.* »

« Ayant reconnu en nous des hommes dignes de ce
nom, ces braves gens ne crurent mieux faire, pour nous
témoigner leur estime et leur attachement, que de nous
proposer à chacun une femme. Cette ouverture nous mit

dans un grand embarras. La repousser c'était vraisem-
blablement offenser gravement nos bienfaiteurs : d'un
autre côté, l'accepter n'était pas possible. Pour couper
court à toute hésitation de Richard, j'acceptai résolûment l'offre qui nous était faite ; feignant même d'en
être enchantés et très-fiers ; mais j'ajoutai, avec beaucoup de sérieux, que nos familles demeurant dans une
contrée fort éloignée, où nous retournerions dès qu'un
vaisseau passerait, il nous faudrait emmener nos épou-
ses avec nous. En parlant ainsi, je pensais que pas une
de ces jeunes filles ne consentirait à nous prendre dans
de pareilles conditions, et je ne me trompais point.
Aussi, à partir de ce moment, nous laissa-t-on tranquilles à ce sujet. L'inquiétude passée, Dean, qui se souciait
moins que moi encore du mariage que l'on nous propo-
sait, ne pouvait s'empêcher de penser sans rire au résultat qu'il aurait eu pour nous. « Vous représentez-vous,
« me disait-il, Mme Hardy et Mme Dean avec des bottes
« et des pantalons de peaux de phoques ? Comme cela
« serait joli ! » Il ne tenait qu'à Richard de nous donner
ce spectacle comique. L'une des demoiselles du village
s'était éprise de mon ami. Nous le devinions du moins,
car chez nos sauvages il n'est pas convenable d'afficher
de pareils sentiments. Même, lorsque les parents ont
consenti à un mariage et que tous les arrangements
sont conclus, il est encore de rigueur que la jeune fille
persiste à dire *non* à son prétendu. En sorte que pour
l'obtenir celui-ci est obligé de l'enlever, ni plus ni moins.
Dans ce cas, si elle l'aime réellement, tout s'arrange
pour le mieux ; mais, si elle n'éprouve pas de sympathie pour lui, elle trouve toujours le moyen de lui
échapper.

« Le vieux Grognon, dont le véritable nom était *Metak*
(eider), avait eu une aventure de ce genre, et qui ne
s'était pas terminée à l'amiable, comme finissent géné-

ralement toutes ces histoires. Il était alors assez jeune ;
ayant attrapé un phoque, il crut le moment venu de
prendre femme. Son père se chargea de la lui chercher.
Lorsqu'il en eut trouvé une à sa convenance, le père de
la jeune fille et lui s'occupèrent des arrangements préa-
lables. On fit savoir à la fiancée le nom de son futur
époux, mais suivant l'usage, sans lui apprendre à quelle
époque il se présenterait. L'heure de l'enlèvement ayant
sonné, Metak se dirigea vers le domicile de son futur
beau-père, où se trouvait la jeune fille profondément en-
dormie dans ses fourrures.

« Or comme les convenances ne permettent pas d'enlever une fiancée chez ses parents, Metak attendit sa
sortie, caché derrière un monceau de neige, où il eut
tout le temps de s'impatienter et de geler aussi. Enfin
elle apparut. Metak n'en demande pas davantage. Il s'é-
lance sur elle, comme le renard fond sur le pauvre
petit lapin ; il la saisit et l'emporte dans son traîneau.
La jeune fille le jette des cris, lui arrache les cheveux, lui
mord les doigts, lui déchire ses fourrures ; mais le brave
Metak la tient résolûment, et n'a nulle envie de lâcher
sa proie. Il gagne le traîneau, la pose dessus, l'y attache,
y saute lui-même, fouette ses chiens et part pour la
maison. Mais il paraît que la jeune fille n'était ni moins
entêtée ni moins résolue que lui. Elle coupe avec ses
dents les cordes qui la lient, saisit le fouet entre les
mains de Metak, pousse son ravisseur, le jette hors du
traîneau ; puis d'une main vigoureuse fait tourner les
chiens, et les dirige du côté de la maison paternelle, où
ils arrivent ventre à terre. Là, elle les abandonne, et va se
réfugier immédiatement dans son nid de peaux d'ours.
Le malheureux Metak l'y laissa. Il avait compris qu'il
n'était pas de force à lutter avec une telle femme.

« Cette histoire nous fut racontée par Eatum, en présence de celui qui en avait été le héros. Il était évident

qu'on se moquait souvent de lui à ce propos ; ce qui ne
lui plaisait guère, car il se leva pour s'en aller, chassé
par les éclats de rire provoqués par ce récit.

« Nous apprîmes également que le sobriquet de Vieux
Grognon, que nous lui avions donné, était plus mérité
que nous ne le pensions, car il était aussi connu dans
sa tribu pour son caractère rébarbatif que par sa mine
rechignée.

« Somme toute, ces sauvages formaient un peuple singulier. Toujours joyeux et contents, ils ne paraissaient
se soucier de rien tant qu'ils avaient assez à manger et
assez de temps pour conter des histoires, surtout des
histoires capables de les faire rire. Ce qui frappait d'étonnement mon ami et moi, c'était de les voir si gais, au
milieu de la mer, loin d'une terre habitable, rampant
sous des terriers de neige, et cherchant leur nourriture
absolument comme des bêtes de proie ; en un mot, jouissant de la vie et de ses plaisirs autant que les peuples
les mieux partagés sous les rapports du climat et de la
nature.

« — Ma parole d'honneur, s'écria Richard un jour, ce
sont les plus drôles de gens que j'aie jamais connus !
Hardy, je vais les baptiser.

« — Les baptiser ou les convertir ? demandai-je.

« — L'un et l'autre, peut-être, répondit-il ; mais, pour
le moment, je veux seulement les baptiser, c'est-à-dire
leur donner un nom !

« — Je comprends ; mais, quel nom ?

« — Les Enfants de la mer de glace.

« — Bien ! très-bien ! dis-je. Les Enfants de la mer de
glace ! Cela sonne dans tous les cas, et tout le monde
est d'accord que tout ce qui sonne comme il faut a de la
valeur. »

CHAPITRE XIX.

Les naufragés, ne se plaisant pas beaucoup dans la société des sauvages, saisissent la première occasion qui se présente pour la quitter.

PEUT-ÊTRE trouvez-vous, mes enfants, que dans mon récit je me réserve une trop grande part, et que j'oublie mon petit compagnon. C'est que nous pensions et agissions tous deux comme un seul individu; aussi quand je dis *moi*, c'est *nous* qu'il faut entendre. Comme moi, Dean était donc enchanté du changement qui s'était opéré dans notre existence, de notre départ de l'île déserte et de notre retour probable dans notre pays. En disant *comme moi*, j'exagère; il en était beaucoup plus ravi. « Nous devrions être trans- « portés de joie d'avoir

« échappé ainsi à notre triste sort, » me dit-il un jour.
Mais moi, qui n'avais qu'un goût très-borné pour la société des sauvages, moi qui n'aimais ni leurs manières
ni leurs habitudes, je ne ressentais pas ce profond sentiment de gratitude; je lui répondis que pour ma part
cette délivrance me paraissait avoir beaucoup d'analogie
avec celle du poisson qui, voulant se sauver du gril,
tomba dans le feu. « Vous avez tort de parler de la sorte,
« répliqua-t-il. Je vois la main de Dieu dans tout ceci,
« et celui qui a si miséricordieusement guidé notre exis-
« tence à travers tant de dangers et tant d'épreuves ne
« nous abandonnera plus maintenant. »

« Dean n'en dit pas davantage, mais je vis à son air
sérieux que j'avais été trop loin en dépréciant de la sorte
les bons sauvages qui nous donnaient l'hospitalité. Que
voulez-vous? Je ne pouvais pas m'habituer à leur genre
de vie. Ce qui me répugnait surtout en eux, c'était leur
malpropreté; ils ne se lavaient jamais.

« Quant à Richard, non content d'en penser du bien,
il cherchait à leur en faire chaque fois que l'occasion s'en
présentait. En voici un exemple : L'un des chasseurs étant
parti à la recherche des phoques, et la glace s'étant fendue, il fut emporté assez loin sur la mer. Se trouvant
près d'une banquise, il s'y réfugia et réussit également à
y transporter son traîneau et ses chiens. Là, il vécut
pendant une lune entière, suivant l'expression de ces
sauvages, essuyant des orages terribles, et souffrant
horriblement du froid. Enfin la banquise flotta du côté
de la terre, et la mer ayant gelé, il put enfin effectuer
son retour. Mais il avait beaucoup souffert : ses deux
pieds étaient affreusement gelés; et cela ne vous éton-
nera pas quand je vous dirai que le pauvre malheureux
n'avait eu d'autre nourriture que ses chiens, qui étaient
tous morts de faim. Cet homme n'avait pas de femme ;
Dean le soigna, pansa ses blessures, enfin se montra si

bon pour lui que tout le monde ne l'appela plus que
paw-wait, ce qui veut dire « bon petit cœur ! » Hélas !
ces soins ne suffirent pas à sauver le pauvre sauvage,
qui mourut, et fut enterré sous la neige.

« Un enfant tomba sur la glace et se cassa le bras ;
Dean le lui remit, et veilla sur l'enfant jusqu'à ce qu'il
fût entièrement guéri. Il ne cessait de faire du bien à
tout le monde ; aussi était-il fort aimé de nos sauvages ;
mais lorsqu'il voulait leur parler de notre religion, ils
avaient l'air de ne rien comprendre, et se montraient
même fort peu disposés à l'écouter. Cela causait infiniment de chagrin à mon petit compagnon, car il eût bien
désiré les convertir. Son avis était que s'il savait seulement leur langage un peu mieux, il était convaincu d'en
faire des chrétiens. Et cela est probable ; personne ne
pouvait lui résister.

« Nous restâmes encore trois semaines dans ce village
de neige, mais nous n'allâmes plus à la chasse, car il
n'est pas dans les habitudes de ces sauvages d'amasser
des provisions ; ils ne prennent que ce qui est nécessaire
aux besoins du moment ; ils changent d'ailleurs très-
souvent de pays. Lorsque l'endroit où ils se trouvent ne
leur fournit plus de nourriture en quantité suffisante, ils
plient bagage et se dirigent vers une contrée plus hospi-
talière. Pourvu qu'ils aient de quoi manger aujourd'hui,
ils ne se soucient pas du lendemain, et, comme je vous
l'ai dit, passent leur temps à raconter des histoires, ou
bien à dormir ou à manger.

« Leur manière de raconter a quelque chose de tout à
fait singulier, et que je n'ai observé chez aucun autre
peuple. Ainsi l'un d'eux débite l'histoire, et les autres
l'interrompent de temps en temps en psalmodiant une
espèce de refrain, qui se compose uniquement des mots
amna aya. Ces mots n'ont aucune signification précise,
et on les répète à volonté. Les femmes paraissent pren-

dre grand plaisir à ces sortes de chœurs, et ce sont
elles qui chantent le plus fort, surtout lorsque dans le
récit il s'agit d'un homme. Voici d'ailleurs un échantillon de ces sortes de chansons, traduit, bien entendu, car
il y a déjà longtemps que j'ai oublié la langue des sauvages. C'est un récit, ou plutôt un chant, que je tiens
d'Eatum, qui le disait souvent, surtout quand Karsuk,
le héros de l'histoire, était présent ; je vais vous la dire,
mes enfants ; libre à vous d'en chanter le refrain, comme
si vous étiez des petits sauvages vous-mêmes. On le
nomme :

LE CHANT DE KARSUK QUI VA A LA CHASSE DE L'OURS.

« On voit un ours sur la glace,
            Amna aya ;
Karsuk sort pour se mettre à sa poursuite,
            Amna, amna aya.
« Les chiens suivent la piste,
            Amna aya.
Les chiens bondissent sur ses traces,
            Amna, amna aya.
« L'ours s'élance en avant,
            Amna aya,
Mais il se lasse et ne peut plus courir,
            Amna, amna aya.
« Il se retourne pour attaquer Karsuk,
            Amna aya.
Karsuk effrayé se met à fuir,
            Amna, amna aya.
« Tremblant de crainte, il se sauve,
            Amna aya.
Il est tellement effrayé, qu'il tombe,
            Amna, amna aya.
« L'ours tue les chiens, et brise le traîneau.
            Amna aya.
Quelle fille épouserait un tel homme ?
            Amna, amna aya. »

« Inutile d'ajouter que ce récit avait toujours un succès immense, et que les assistants continuaient à crier leurs *aya* et *amna aya*, en faisant de plus en plus de bruit, jusqu'au moment où las de rire et de chanter, ils s'endormaient. Quant à Karsuk, vous devinez qu'il s'était esquivé dès les premiers mots.

« J'ai entendu réciter de la même façon l'enlèvement de la fiancée de Metak, toujours avec l'éternel *amna aya*. Il est vrai qu'ils ne connaissent pas d'autre refrain. Ils le répètent même en chantant leurs hymnes funèbres, avec cette différence, qu'au lieu de les chanter en riant, ils prennent un ton solennel. Je vous réciterai comme exemple

LE CHANT DE MORT DE MERAKUT.

« Merakut, Merakut, Merakut est morte !
    Amna aya.
Merakut est trépassée, mais sa lampe fume encore,
    Amna, amna aya.
« Ses enfants pleurent, le plus jeune va geler,
    Amna aya.
Son logis est glacé, notre cœur l'est aussi !
    Amna, amna aya. »

« Dean et moi aurions bien voulu assister à une nouvelle chasse à l'ours ; mais les sauvages nous dirent que la saison était de beaucoup trop avancée pour cela. Le fait est que la glace commençait à fondre, ce qui permettait aux ours poursuivis de sauter par-dessus les crevasses, et se mettre en sûreté. Un jour, en effet, ayant grimpé sur le haut d'un glaçon pour jeter un coup d'œil dans la direction de l'île que nous avions quittée, je vis un grand nombre de ces crevasses, dont quelques-unes paraissaient avoir deux ou trois pieds de large et d'autres jusqu'à deux ou trois cents.

« Cette débâcle était pour nos sauvages le signal du

départ; car demeurer plus longtemps au lieu où nous étions était s'exposer à voir une crevasse se former entre nous et le rivage, et nous fermer la retraite. Aussitôt, tout ce que contenaient les huttes, tout ce qui valait la peine d'être emporté, fut emballé et déposé sur les traîneaux, et nous nous dirigeâmes du côté de la terre ferme qui n'était pas éloignée de plus de dix milles. Là, nous trouvâmes un village composé de trois huttes bâties sur un coteau qui dominait la mer. Ces huttes ressemblaient en tout à celles que nous venions d'abandonner, sauf que les murailles en étaient régulièrement construites avec des pierres et de la mousse ; ces murailles étaient bâties en pente, et se joignaient à leurs sommets de manière à former un toit. Deux ou trois familles pouvaient habiter commodément dans chacune de ces habitations, qui étaient assez vastes.

« Nous restâmes dans ces huttes pendant cinq jours, après quoi nous reprîmes notre route, marchant le long du rivage, où la glace était encore très-solide. En arrivant à une baie large et spacieuse, au pied d'une colline en plein midi, et de laquelle la neige avait déjà disparu, nous fîmes halte.

« Les hommes se dirigèrent vers plusieurs gros tas de pierres qui s'y trouvaient, et retirèrent de dessous ces monticules une quantité de peaux de phoques, qu'ils étendirent sur des cornes de narval. Au bout de deux ou trois heures de travail, ils avaient établi deux tentes, sous lesquelles nous dormîmes, car nous étions très-fatigués. Peu de jours après, d'autres sauvages étaient venus nous rejoindre ; le nombre de ces tentes se trouva porté à sept, qui constituèrent un véritable village, en peau de phoque, il est vrai, mais bien autrement confortable que celui où nous avions passé l'hiver.

« En voyant les préparatifs de chasse auxquels tout le monde se livrait avec ardeur, je compris que notre in-

stallation devait durer assez longtemps. Il ne s'agissait
pas seulement de capturer des phoques et des morses,
mais encore une sorte de lièvre d'une très-haute taille
et blanc comme la neige. L'espèce en était très-com-
mune, bien que ces animaux n'eussent pas d'autre
nourriture que les boutons et les écorces du saule nain.
Pour les prendre on étendait une longue corde à un pied
du sol, à laquelle on attachait des lacets espacés les uns
des autres de six pieds environ. Ce piége étant assujetti
par des pierres, on rabattait les lièvres qui, en fuyant,
se trouvaient pris. On était généralement moins heureux
dans la chasse qu'on faisait à une sorte de coq de bruyère
blanc, qui abondait également dans ces parages, et
qui, plus rusé que les lièvres, se laissait rarement
saisir.

« L'ardeur que nous déployâmes, Dean et moi, dans
cette expédition acheva de nous conquérir l'estime et la
sympathie de nos amis les sauvages. Pour nous désigner, ils nous avaient baptisés à leur tour. Je devins *An-
norak*, ce qui veut dire le *Vent*, non parce que je courais
très-vite, mais parce que je causais sans cesse et que
rien ne pouvait me faire taire. Quant à Dean, il reçut le
nom de *Aupadleit, Petite tête rouge*, bien qu'il fût blond,
couleur très-estimée de nos amis qui ne se gênaient point
pour lui couper des mèches de ses cheveux dont ils faisaient des ornements.

« Ce qui n'avait pas médiocrement contribué à me bien
faire venir des gens de la tribu, c'était l'attention que je
montrais aux enfants Eatum.

« M. et Mme Eatum étaient les personnes les plus con-
sidérables du pays. Les jeunes Eatum étaient d'ailleurs
de petits sauvages assez intéressants. L'un était un garçon, l'autre une fille, et ils aimaient le jeu comme tous
les enfants. Je ne me rappelle plus de leurs véritables
noms, mais je sais que Dean et moi nommions le petit

..., nous trouvâmes un village composé de trois huttes. (Page 386.)

garçon *Mop-Head*[1], à cause de la quantité de cheveux noirs et crasseux qui ornaient sa tête; quant à la petite fille, nous l'appelions *Gimlet-Eyes*[2]. Mop-Head était possesseur d'un petit traineau, fabriqué avec des os, comme celui de son père, et ce joujou leur servait pour « jouer aux voyages ». Gimlet-Eyes avait des poupées, également fabriquées avec des os, qu'elle habillait de morceaux de peau de phoque, et qu'elle mettait sur le traineau de son frère : celui-ci avait en outre de petits dards, et Gimlet-Eyes de petits chaudrons et de petites lampes. Ils faisaient des excursions autour de leur cabane, et bâtissaient des maisons de neige dans lesquelles on installait les poupées et où Gimlet-Eyes les endormait en leur chantant *amna aya, amna aya*.

« Mon ami et moi aimions à jouer avec ce petit monde; et lorsque nous allions en course, et que nous n'étions pas trop pressés, nous emmenions Mop-Head et son traineau. Inutile de vous peindre la joie du petit sauvage en voyant les étrangers, les hommes blancs, trainer les poupées, les pots et les lampes de sa sœur.

« Nous étions parvenus au milieu de l'été. La neige se fondait rapidement, puis s'écoulait, d'abord en petits ruisseaux, ensuite en larges torrents, vers la mer. Avec la verdure et les fleurs, reparurent les papillons aux ailes d'or et aussi les oiseaux. Chaque jour c'était une bande nouvelle qui arrivait. Ce furent d'abord les eiders et les auks; puis vinrent les bécassines, plusieurs espèces de mouettes, des canards, des faucons, des corbeaux et beaucoup de petits moineaux dont j'ignore le nom. En considérant cette abondance de volatiles, nous com-

---

1. *Faubert*. C'est une sorte de balai fait de bouts de cordes dont on se sert pour nettoyer le pont des navires.
2. Littéralement : *Yeux percés avec une vrille.*

prîmes pourquoi nos sauvages avaient choisi pour leur
séjour la contrée où ils nous avaient conduits. Ces oiseaux constituent leur principale subsistance durant la
saison de l'été ; c'est même parfois leur unique nourriture. Il y en avait véritablement des millions. Ils faisaient
leurs nids entre les pierres qui se trouvaient sur les co-
teaux, où on les voyait fourmiller comme des abeilles.
Les sauvages les prenaient avec le procédé que nous
avions nous-mêmes employé, c'est-à-dire avec des filets.
Il y avait aussi des rennes dans le pays, mais on ne les
attrapait pas aussi facilement ; car ici ils ne sont pas,
comme en Laponie, apprivoisés et dressés à tirer les
traîneaux. Lorsque les sauvages allaient à la chasse de
ces animaux, ils étaient toujours deux, marchant l'un
derrière l'autre, et à si peu de distance qu'ils paraissaient ne faire qu'une seule personne. Aussitôt que le
renne aperçoit les chasseurs, celui-ci, qui est très-curieux, se met à les suivre. On l'attire ainsi jusqu'au plus
prochain défilé. Là, les chasseurs se séparent. L'un se
cache brusquement derrière un rocher, tandis que l'autre
continue son chemin, suivi de l'animal qui ne se doute
nullement de ce qu'on lui prépare. Le renne arrive de la
sorte à l'endroit où le chasseur est aux aguets. Sans plus
attendre, celui-ci se montre et lance son harpon, auquel
est attachée une ligne, fixée elle-même à une grosse
pierre. Ce coup suffit à blesser mortellement la pauvre
bête, qui tombe bientôt sous les efforts réunis des deux
chasseurs.

« A propos de harpon, j'étais très-désireux de savoir
comment ils en fabriquaient les têtes, ainsi que les
pointes de leurs lances, qui toutes étaient en fer. Le
hasard nous conduisit un jour à l'endroit d'où ils tiraient
ce métal, et qu'ils nommaient *savisavick*, qui signifie
pays du fer. Nous y vîmes un gros bloc de fer métallique
duquel ils détachaient de petites plaques, qu'ils fixaient

Il y avait aussi des rennes dans le pays. (Page 290.)

très-ingénieusement aux extrémités de leurs lances et de leurs harpons, à peu près comme je l'avais fait avec mes boutons de cuivre. Leurs couteaux étaient fabriqués avec la même matière. Quant aux manches de leurs lances, c'étaient des cornes de narval, absolument comme le vieux Crumply.

« Vous voyez, mes enfants, que le bon Dieu n'a pas pour les hommes deux poids et deux balances. Qu'ils soient sauvages ou civilisés, chrétiens ou païens, il leur a donné les mêmes facultés et les mêmes ressources, afin que tous puissent, dans quelque contrée du monde qu'ils soient jetés, atteindre au même but, qui est leur conservation.

« C'est au milieu de ces travaux que nous parvînmes au mois de juil et. Il ne restait plus que fort peu de neige sur les collines, qui résonnaient sans cesse du chant des oiseaux et du bruit des cascades. Nous pouvions encore une fois dormir sur l'herbe verte et guetter le retour des navires, car les sauvages nous avaient assuré qu'il ne se passait pas d'année sans qu'on en vît plusieurs. Lorsqu'ils faisaient mine de poursuivre leur route sans s'arrêter, les sauvages couraient vers une petite vallée qui dominait la mer. Comme ce lieu conservait son tapis de neige en tout temps, ils s'y promenaient de long en large pour attirer l'attention des équipages et les engager à atterrir, ce qui était toujours pour eux une excellente aubaine.

« Pour le moment, il ne fallait pas songer à les apercevoir, car la glace s'étendait encore fort loin sur la mer, et par conséquent interdisait à tout bâtiment l'approche de nos côtes. Le vent nous vint heureusement en aide. Il souffla si fort, qu'il rompit l'obstacle ; les courants qui arrivaient du midi firent le reste, et nous délivra enfin de ces fortifications gelées.

« Dès lors, nous ne nous occupâmes plus que d'une

chose : de ce qu'on voyait à l'horizon. Sans cesse nos
yeux y étaient attachés, comme nos pieds l'étaient au
rivage. Nos bons amis nous laissaient parfaitement
libres de notre temps. Sachant combien était vif notre
désir de retourner dans notre patrie, ils nous engageaient
à ne pas perdre courage, et pour nous venir en aide
plus efficacement, ils pourvoyaient à nos besoins ; enfin,
pour nous tenir société et nous aider à guetter les
oomeaksuaks, ils nous avaient envoyé leurs femmes et
leurs enfants.

« Le temps se passait, et nous commencions à craindre
qu'il n'arrivât point de navires, lorsqu'un jour nous fûmes brusquement tirés de nos réflexions par le cri plusieurs fois répété de *oomeaksuak ! oomeaksuak !* poussé
par les sauvages. Aussitôt nous nous élançâmes vers la
colline, au sommet de laquelle ils se trouvaient, et nous
vîmes en effet un bâtiment faisant voile vers le nord.
Quelle joie nous ressentîmes à cette vue, mes enfants ;
vous la comprendrez en vous souvenant que nos cœurs
l'attendaient depuis trois ans. Ce n'était plus un de ces
glaçons dont l'apparence nous avait si souvent induits
en erreur. Non, c'était bien un vaisseau cette fois. Nous
n'avions qu'une inquiétude, c'était de n'être pas aperçus
de son équipage et de le voir passer au large.

« Déjà la coque du navire devenait visible. O bonheur !
il n'était pas seul, un autre bâtiment le suivait à quelques milles de distance ; puis nous en vîmes un troisième, un quatrième et, au bout de quelques heures, un
cinquième apparut à l'horizon.

« Vous allez voir combien il était heureux pour nous
que ces navires fussent nombreux ; car, ainsi que nous
l'avions redouté tout d'abord, celui qui passa le premier
se tenait si loin de terre, qu'il nous eût été impossible
d'attirer l'attention de son équipage. Mais les banquises
que le vent poussait dans cette direction obligèrent les au-

tres de voguer plus près de nous. En les voyant se diriger vers la terre, nous courûmes, avec nos sauvages,
vers le coteau couvert de neige dont je vous ai parlé, et
nous mîmes à marcher en tous sens. Vains efforts! le
second navire passa au large. Le troisième passa également ainsi que le quatrième. Sur cinq bâtiments, quatre
avaient disparu; et à leur bord pas une âme ne s'était
doutée que si près d'eux il y eût deux pauvres naufragés,
qui priaient, qui appelaient de toutes leurs forces, qui
essayaient vainement de se faire voir, de se faire entendre!

« Mais une espérance nous restait : le dernier de ces
bâtiments était encore visible; il pouvait se diriger de
notre côté, nous voir, nous recueillir!... Autrement
tout serait fini pour nous, et il nous faudrait attendre
encore, attendre toujours peut-être! Heureusement tout
n'était pas perdu. Nous avions remarqué que chaque
bâtiment, en arrivant en vue, voguait toujours de plus
en plus près de terre, chassé par les glaçons qui continuaient à flotter, poussés par le vent. Or, lorsque le dernier des navires voulut à son tour suivre les quatre autres , la glace lui barra directement le chemin. A ses
manœuvres, nous comprîmes qu'il ne voulait point tenir
compte de cet obstacle. Mais de notre position élevée
nous vîmes avec joie qu'il lui serait impossible de le
surmonter : les glaçons couvrant une étendue considérable de la mer. Il ne tarda pas à les voir à son tour,
car virant de bord, il fit voile pour l'endroit où nous
nous tenions. Vous avez deviné, mes enfants, qu'en le
voyant s'approcher, nous fîmes tout ce qui était possible
pour attirer l'attention de son équipage. Nous criâmes
de toutes nos forces, nous agitâmes nos chapeaux, nous
les jetâmes en l'air, nous courûmes de long en large sur
la neige; exercices qui furent imités par les sauvages!

« Oh! dans quel état de fièvre nous étions! Nous deve-

nions fous. Voir un navire si près et en même temps si
loin de nous! En avoir vu déjà passer quatre devant nos
yeux! Le cinquième était là; mais les gens qui le montaient nous verraient-ils? Que faire pour leur révéler
notre présence sur ces rivages désolés?

« Tandis que nos esprits flottaient ainsi entre la plus
vive espérance et le désespoir le plus profond, le navire
s'était avancé si près de terre que nous pouvions distinguer les hommes qui se trouvaient sur le pont. Mais eux
nous voyaient-ils?...

« Les voiles se dégonflent, le vaisseau vient au vent!
Nous ont-ils vus? Vont-ils mettre en panne? Veulent-
ils envoyer une chaloupe pour nous prendre?... Le
grincement des poulies parvient à nos oreilles.... Les
vergues se retournent, on brasse graduellement en virant, jusqu'à ce qu'on soit orienté à l'autre bord; on ne
met pas le vaisseau en panne !

« Les voiles se remplissent de nouveau, et le navire
part, court devant la brise. Ils ne nous ont pas vus!

« Nous crions encore! nous parcourons la neige en
nous agitant, en faisant des signaux. Nous crions tous
en chœur, nous crions de toute la force de nos poumons.
Tout cela est inutile.

« Le navire a tourné sur lui-même ! Où va-t-il?
Pourquoi s'éloigne-t-il ? Il n'est pas possible qu'il songe
à s'éloigner ?

« Oh non, il vogue vers la terre, il l'approche ; il a
doublé un cap, nous ne le voyons plus! Où est-il ? où
est-il?

« Nous nous dirigeons vers le point où il paraît se
diriger lui-même. Nous faisons des milles et des milles
parmi les rochers abrupts, à travers des ravines profon-
des, montant, descendant, grimpant, haletant. Les sauvages nous accompagnent.

« Qu'espérons-nous pour prix de cette course furieuse?

Nous espérons que le navire, n'osant pas affronter le glaçon qui lui barre le chemin, se dirigera vers la côte pour
y mouiller, pour y rester, pour y trouver un abri jusqu'à ce que la glace s'ouvre pour lui livrer passage,
jusqu'à ce qu'il puisse, sans danger, continuer sa route.

« Nous doublons la pointe d'un récif qui s'avance au
loin dans la mer, et nous arrivons à une petite baie.
Encore quelques pas et nous découvrons le vaisseau.
Dieu veille sur nous. Il est là devant nous, gisant tranquillement à l'ancre, toutes ses voiles serrées. Nous
apercevons les hommes sur le pont, pas très-distinctement, mais enfin nous les voyons. Nous crions de
nouveau....

« Un homme est debout sur les bastingages. Il tient à
la main quelque chose qui brille. Serait-ce une longue-
vue? Il disparaît.

« Mais qui monte ainsi à la barre traversière de misaine? C'est l'homme à la longue-vue. Il n'y a pas à en
douter.... Il ôte son chapeau, il l'agite. Il parle, il a
donné un ordre aux hommes qui sont sur le pont. Il
redescend, un grand mouvement se fait sur le navire ;
un canot est mis à la mer ; des hommes y descendent ;
les rames plongent dans l'eau ; les matelots tirent à
force de bras ; le bateau se dirige à l'endroit où nous
nous tenons ; on nous a vus ! Que Dieu soit loué ! enfin ! enfin !

« Le canot fend les eaux ; il approche ; nous voyons
pour la première fois depuis trois longues années des
hommes blancs, et nous entendons des paroles dans une
langue qui est la nôtre.

« On cesse de ramer ; la chaloupe touche aux rochers,
et nous nous élançons vers elle pour saisir son câble et
pour l'amarrer.

« Deux des matelots sautent à terre : un homme se lève
sur la poupe et met la main devant ses yeux comme

pour les garantir des rayons du soleil; il nous regarde,
il examine les sauvages, hommes, femmes et enfants,
vieux et jeunes, qui nous entourent, qui nous pressent
de tous côtés, puis il demande à haute voix : « Y a-t-il
un homme blanc parmi vous?

« — Oui, monsieur, nous sommes deux !

« — C'est ce que j'avais supposé, d'après vos mouvements et vos signaux, » dit l'homme. Puis me considérant avec plus d'attention : « N'êtes-vous pas le nommé
Hardy, du *Merle ?* me demande-t-il.

« — Oui, monsieur, c'est moi.

« — Et cet autre garçon, n'est-ce pas le mousse qui
était au service du capitaine? celui qu'on nommait le
Dean ?

« — Oui, monsieur; » dit à son tour mon petit camarade.

« En un instant l'homme avait sauté sur les rochers,
et nous avait serré amicalement les mains. Nous le reconnûmes alors comme il nous avait reconnus lui-même.
C'était le capitaine de l'un des bâtiments marchands qui
naviguaient en compagnie du *Merle*, et qui ne s'en était
séparé qu'au moment où celui-ci avait pénétré si mala-
droitement dans les glaces. Son vaisseau était le *Rob-Roy*,
d'Aberdeen.

« Il nous parla avec douceur, cherchant à ramener un
peu de calme dans nos esprits, car nous étions réellement affolés. Il nous apprit qu'on n'avait jamais eu de
nouvelles du *Merle*, ce qui avait fait supposer que ce
navire s'était perdu corps et biens dans les glaces; il
ajouta que nous serions bien reçus à bord de son bâtiment.

« *Le Rob-Roy* et les navires qui l'avaient précédé sous
nos yeux faisaient partie de la flotte qui se rend tous
les ans à la pêche de la baleine. Le capitaine nous fit
observer combien il était heureux qu'il nous eût décou-

verts. Sans lui, en effet, notre maigre espoir de salut eût été perdu, car les bâtiments qui étaient derrière lui se tinrent plus à l'ouest et ne s'approchèrent pas de terre, à cause de l'état des glaces.

« Pendant ce colloque les sauvages yeh-yehaient avec un bonheur presque égal au nôtre; ce qui amusait fort le capitaine du *Rob-Roy*, ainsi que ses matelots. Lorsque je leur racontai combien ils avaient été bons pour nous, il envoya chercher à son bord du bois, du fer, des couteaux, des aiguilles, qu'il leur distribua en si grande abondance que le yeh-yeh entonné pour le remercier doit durer encore.

« Mais la joie des sauvages pouvait-elle être comparée à la nôtre? Il serait impossible de décrire ce que nous ressentions, c'était une véritable résurrection, un retour à la vie. Nous pouvions à peine croire que nous avions devant les yeux le vaisseau si longtemps espéré, et que nous touchions à cette espérance si impatiemment, si ardemment désirée. Nous pleurions de joie, et nous nous comportions comme des insensés. Le capitaine du *Rob-Roy* riait de bon cœur en nous voyant ainsi. Il voulait nous transporter immédiatement à bord. Mais avant de quitter nos amis, nous tînmes la promesse que nous avions faite à Eatum de lui donner tout ce que nous possédions. Seulement, comme le capitaine avait grande envie du vieux Crumply et du Délice de Dean, ainsi que de notre lampe et de quelques-uns des ustensiles qui nous avaient été si utiles, il fit une sorte de troc avec Eatum, lui donnant en échange des objets qui avaient une valeur infiniment plus grande. Cette affaire réglée, nous prîmes congé de nos amis de la terre des glaces, non sans un certain sentiment de tristesse et de regret, car notre joie ne nous avait pas fait oublier qu'ils nous avaient arrachés à notre malheureux sort, et combien leur hospitalité nous avait été douce.

« De leur côté, ils ne nous virent pas partir sans quelque chagrin. Ils vinrent nous dire adieu l'un après l'au-

Les voiles du *Rob-Roy* furent déployée et tendues. (Page 301.)

tre, en commençant par Eatum, Mme Eatum et les
deux jeunes Eatum, avec lesquels j'avais si souvent joué;
puis ce fut le tour du Vieux Grognon, de Gros-Orteils,

de Petit-Nez, d'Awak, de Kossuit, des deux demoiselles
qui eussent pu être nos femmes, et enfin de tout le
monde, grands et petits, jeunes et vieux.

« Bientôt un vent favorable s'étant élevé, les glaçons
se dispersèrent, les voiles du *Rob-Roy* furent déployées
et tendues par la fraîche brise. Alors, le cœur plein de
reconnaissance envers le ciel pour notre délivrance,
nous fûmes encore une fois à flot sur les eaux bleues,
ignorant pour le moment vers quel port nous courions,
mais sachant que tôt ou tard nous reverrions notre
patrie.

— Oh, comme vous avez dû être contents! s'écria
Fred.

— Et comme tout finit bien! dit William. C'est vraiment magnifique, cela ressemble à une histoire impri-
mée. Je crois même, capitaine, que si vous l'aviez in
ventée, elle n'aurait pas l'air aussi véridique. »

Quant à la petite Alice, elle ne dit pas un mot; son
étonnement et l'admiration que lui causait le vieillard
lui avaient coupé la parole.

CHAPITRE XX.

Qui voit la fin de l'histoire du vieillard et des vacances des enfants.

Ce jour-là fut le dernier que passèrent nos petits amis à l'Ermitage du vieux marin. Aussi, en leur souhaitant la bienvenue, le visage du capitaine portait-il l'empreinte de la tristesse, et les enfants étaient-ils moins joyeux que d'habitude.

« Oh! que c'est ennuyeux, dit William, de penser que c'est aujourd'hui notre dernier jour?

— N'est-ce pas plus triste pour moi? répliqua le vieillard d'un air aussi refrogné que s'il se fût encore trouvé sur son île de glace. Et passant la main sur son front, comme pour en chasser le chagrin :

« Puisque c'est notre dernier jour, ajouta-t-il, il serait
trop maladroit de l'employer en plaintes inutiles, et
mon avis est que nous allions dans le Nid de corbeaux,
où nous avons commencé notre histoire, et que là je
vous en dise la fin, car vous vous souvenez que si nous
avions quitté le pays des glaces, Dean et moi, nous n'a-
vions pas encore vu notre patrie. Qu'en dites-vous, mes
chéris?

— Le Nid de corbeaux! oh! oui, allons-y! » s'écrièrent tous les enfants en chœur. Et, sans attendre le
vieillard, ils bondirent vers l'endroit désigné aussi gaiement que si jamais il n'avait été question de se séparer.

Quand le vieux marin les eut rejoints sous le petit
berceau couvert de vignes, il retira de sa bouche sa longue pipe en terre et la fourra entre les feuilles, au-dessus
de sa tête; puis, entourant la petite Alice de son bras
paternel, il attira près de lui sa belle tête blonde, aux
yeux brillants et doux. Ainsi *lesté*, suivant sa propre
expression, il dirigea son navire vers le port.

« Or, pour arriver au bout de notre histoire, dit-il,
il faut vous dire, mes enfants, que *le Rob-Roy* était un
bon et solide navire; le capitaine, un Écossais au cœur
franc et loyal; le contre-maître, un brave homme, tout
à fait différent de celui qui m'avait tant malmené à bord
du *Merle*. Quant au reste de l'équipage, c'était la crème
des marins. Ils furent tous aussi bons pour nous que
l'avaient été les sauvages. Ils n'eurent qu'un tort, c'est
de nous bourrer de tant de café, de biscuits et d'autres
bonnes choses auxquelles nous n'avions pas goûté depuis
plus de trois ans, que nous en fûmes malades. Il va
sans dire que l'on ne se priva pas de nous faire raconter
nos aventures. Nous nous prêtâmes de bonne grâce à ce
désir; et notre histoire les intéressait tellement tous,
depuis le capitaine jusqu'aux mousses, qu'ils ne se las-
saient pas de l'entendre et de nous questionner.

« Le capitaine du *Rob-Roy* avait grand désir de posséder nos habillements comme curiosité. Ce qu'il désirait surtout, c'étaient nos vêtements de dessous, en peau de canard. Nous étions trop contents de les échanger contre ceux du bâtiment pour les lui refuser. Il offrit néanmoins de les mettre de côté pour nous les rendre plus tard; mais nous refusâmes cette proposition, car nous les avions portés suffisamment.

« Nous prîmes naturellement une bonne part dans la pêche de la baleine et dans les autres travaux du bord. La campagne terminée, c'est-à-dire lorsque nous eûmes fait une *bonne prise* (c'est ainsi que les baleiniers désignent une bonne cargaison d'huile), nous fîmes voile pour Aberdeen sans nous être arrêtés plus de deux ou trois fois pour faire de l'eau et des vivres.

« La sensation que nous fîmes en arrivant fut énorme car nos compagnons n'avaient pas été longs à divulguer notre histoire; si bien que lorsque nous passions dans les rues, on sortait des maisons pour nous regarder, et nous ne voyions que gens affamés d'entendre le récit de nos aventures. Nous étions réellement les lions de l'endroit.

« Enfin, ayant trouvé un navire américain en partance pour New-York, le consul des États-Unis, siégeant à Aberdeen, nous embarqua à son bord. Cette fois, nous arrivâmes sains et saufs. Nous étions alors au 22 décembre : ce qui faisait trois ans, neuf mois et dix-sept jours que nous avions quitté New-Bedford.

« Dès que nous eûmes abordé, nous nous dirigeâmes vers l'hôpital où Dean avait laissé sa mère. Déjà il lui avait écrit d'Aberdeen. Nous pensions que, dans le cas où elle aurait quitté cet établissement, la lettre l'aurait suivie à sa nouvelle demeure, et qu'on nous donnerait son adresse. C'est, en effet, ce qui avait eu lieu. Nous nous dirigeâmes en hâte vers le quartier qu'habitait la bonne

femme; mais ce ne fut pas sans peine que nous trouvâmes
sa maison, qui était située dans une petite rue peu fré-
quentée. Elle avait l'air bien délabrée, cette pauvre maison! et la chambre qu'on nous indiqua comme étant celle
de la mère de Dean était plus délabrée encore. Elle ne
contenait qu'un vieux lit tout démantibulé; une vieille
caisse renversée, qui servait de chaise; une petite table,
qui ne tenait pas sur ses pieds; et debout, au milieu de
la pièce, une petite femme plus délabrée, plus en ruine
que tout le reste. C'était la mère de mon ami. Elle se trouvait près d'un baquet, dans lequel elle venait de laver du
linge, et tenait dans ses mains un papier dont elle essayait de déchiffrer le contenu. Ces pauvres mains, usées
jusqu'aux os tremblaient violemment et se crispaient sur
la lettre, car c'était bien celle de son fils chéri qu'elle
lisait. Sa figure amaigrie et pleine de rides montrait combien elle avait dû souffrir. Cette lettre était arrivée seulement quelques instants avant nous; de sorte qu'elle
n'en avait encore lu que les premiers mots. De grosses
larmes roulaient le long de ses joues.

« Elle n'acheva pas la lecture, car là, devant elle,
était son enfant chéri, son garçon à la blonde chevelure. La pauvre femme n'avait jamais désespéré de le
revoir. Elle était sûre qu'il reviendrait, disait-elle. Aussi
ne fut-elle pas longue à le reconnaître. Si elle pleura
sur lui, si elle l'appela par tous les noms affectueux
qu'on a jamais donnés à un être aimé, — vous pouvez
l'imaginer; de la vie, je n'ai rien vu de pareil à sa joie.
Vous auriez dit qu'elle n'osait plus le laisser sortir de
ses bras, de crainte de le perdre de nouveau. Voyant la
tournure que prenaient les choses, je m'esquivai furtivement et restai à la porte jusqu'à ce que je fusse re-
joint par Richard. Ayant dans nos poches un peu d'argent gagné à bord du *Rob-Roy* et sur le bateau américain,
nous allâmes sur-le-champ acheter le meilleur souper

que nous pûmes trouver, et nous le fîmes poser sur la
vieille table mal calée dans la vieille chambre qui avait
l'air de vouloir s'écrouler. Je crois que dans le monde
entier on n'eût pas trouvé une femme plus heureuse
que la mère de Dean, ni deux garçons plus joyeux que
nous. Tantôt elle riait de joie, tantôt elle pleurait. Lorsqu'elle ne faisait ni l'un ni l'autre, ou lorsqu'elle pleu-

Elle n'en avait encore lu que les premiers mots. (Page 305.)

rait et ne riait pas en même temps, elle s'élançait vers
son fils, les bras ouverts, et l'embrassait, l'étreignait
jusqu'à ce que les forces lui manquassent complète-
ment. Quant à lui, qui, tout en soupant, essayait de raconter à sa mère ce qui lui était arrivé, il ne pouvait
venir à bout ni de son souper, ni de son histoire.

« Comme vous le voyez, mes enfants, nous étions

enfin dans notre pays, sains et saufs de corps et d'esprit. Tout cela était si extraordinaire que nous avions peine à croire que tout cela fût réel. Après tant d'années d'absence, après les dangers que nous avions courus, après les épreuves par lesquelles nous avions passé, tout autour de nous paraissait étrange; la ville de New-York avait l'air d'un autre monde. Nous avions été tellement habitués au grand air que nous pouvions à peine dormir à couvert; nous ne pouvions respirer que dans la rue. Tout ce que nous voyions nous apparaissait sous un aspect nouveau, et nous marchions d'étonnement en étonnement. Dans notre trouble cependant, nous n'oubliâmes point ce que nous devions à notre Père céleste, et en débarquant nous n'avions pas manqué d'entrer dans la première église qui s'était offerte à nous; et là, du plus profond de nos cœurs, nous avions rendu grâces à Celui qui maîtrise et les vents et les flots, à Celui qui n'oublie jamais les créatures sorties de ses mains.

« — A présent, me dit mon petit ami lorsque nous re- « commençâmes à nous occuper de l'avenir, il faut que « ma mère ait désormais une autre existence que celle « qu'elle a eue jusqu'ici. » Il la retira d'abord de la vieille bicoque où nous l'avions trouvée, l'installa dans une maison plus confortable, et prit des dispositions de façon qu'elle ne fût plus obligée de travailler. Je veux dire par là qu'il lui donna tout son argent, auquel je fus bien heureux de pouvoir joindre le mien, n'ayant pas comme lui une mère à qui l'offrir. Mon père me croyait mort. J'appris qu'il avait quitté Rockdale avec mes frères, et s'était rendu dans l'Ohio. A tout hasard, je lui adressai une lettre dans laquelle je lui racontais mes voyages et mes aventures, en ajoutant que je reviendrais le voir lorsque je me serais créé une position qui pût faire excuser ma conduite.

« Nos affaires ainsi réglées, Dean et moi nous mîmes

en quête d'un bon navire sur lequel nous puissions embarquer comme matelots, la profession de marin étant la
seule dont nous sachions quelque chose. Nous rencontrâmes d'autant mieux notre affaire, que nous n'étions
plus isolés dans le monde. L'histoire de nos aventures
avait fait beaucoup de bruit et nous avait attiré de nom
breux amis. Grâce à leur protection, nous n'eûmes pas
de peine à trouver mieux qu'un vieux ponton tel que *le
Merle*. Cette fois, nous ne retournâmes pas pêcher le
phoque et la baleine; nous en avions assez de cette pê-
che-là. Nous partîmes pour la Méditerranée.

« Cette première campagne terminée, je proposai à
Richard de mettre en commun l'argent qu'elle nous avait
rapporté et de le consacrer à l'achat d'une maisonnette
et d'y loger sa mère. Il y consentit aisément, et bientôt
nous nous trouvâmes propriétaires d'un joli petit cottage
qui reçut le nom de *Cottage de Bonne-Espérance*, en souvenir de notre rocher. Notre installation terminée, nous
embarquâmes pour Rio Janeiro, puis encore pour la Méditerranée. Pendant ce voyage, je fus nommé second;
peu de temps après, ce fut le tour de Richard à monter
en grade. Comme il était un excellent marin, il devint
bientôt capitaine. J'eus moi-même le commandement
d'un navire. Dès lors, nous dûmes nous séparer, et ce
ne fut plus que de loin en loin que nous pûmes nous
revoir, dans notre petit pied-à-terre, le *Cottage de Bonne-
Espérance*.

« Mais, ajouta le capitaine, je vais trop loin; car je
ne vous avais promis que le récit de mon naufrage dans
les glaces, et voilà que je vous raconte toute ma vie. Je
m'arrête; autrement je n'aurais plus rien à vous conter
quand vous reviendrez me voir l'année prochaine. Aujourd'hui d'ailleurs se terminent vos vacances; et puis,
regardez le soleil qui se couche là-bas derrière les arbres. Déjà leurs ombres, semblables à des fantômes, s'é-

tendent sur les champs. Voici l'heure où d'habitude nous
nous disons au revoir. Ainsi que le premier soir où nous
nous séparâmes, au seuil de ce petit berceau, nous allons
nous séparer encore. Seulement, ce soir-là, le retour de
la nuit me laissait indifférent, tandis que maintenant sa
vue m'attriste et pèse sur mon cœur, qu'elle va envelopper jusqu'à votre retour.

« Je vais être seul à présent, bien seul, sans mes
petits amis..... Allons! la nuit arrive, mes chers enfants; son rideau commence à tomber sur tout ce que
nous avons vu et admiré ensemble; l'herbe est déjà
mouillée par la rosée; il va falloir le prononcer, le vilain
mot d'adieu! »

Le capitaine s'arrêta et tourna les yeux pour un moment du côté de l'occident, contemplant la lumière do-
rée qui baignait le ciel, comme s'il eût voulu y trouver
quelque présage, quelque secret caché dans l'avenir, soit
pour lui, soit pour les enfants qui se tenaient à ses côtés;
mais l'horizon restant impénétrable :

« Allons, reprit-il d'une voix entrecoupée; allons, mes
chers enfants, il faut que nous disions l'affreux mot, il
faut en finir avec ADIEU! Maintenant, c'est dit : Que Dieu
vous bénisse !

— Adieu, cher capitaine! s'écria William en lui donnant la main; adieu! et mille remercîments pour toute
la bonté que vous nous avez témoignée. »

Et, en prononçant ces paroles, le petit garçon essuya
une grosse larme qui glissait sur sa joue.

« Adieu, dit Fred, qui lui aussi avait les larmes aux
yeux.

— Adieu! aurait voulu dire la petite Alice, mais cela
lui était impossible. Tout ce qu'elle put faire, ce fut de
jeter ses petits bras autour du cou du vieux capitaine et
de baiser cette joue qui avait été brûlée par le soleil et
battue par les tempêtes.

— Adieu! allait répéter le vieux marin; mais, craignant que ses yeux ne s'humectassent à leur tour et voulant conjurer le danger, il se mit bravement à siffler et puis à crier aussi fort que s'il avait voulu appeler tous les gens d'équipage, au commencement d'un ouragan, pour carguer les voiles : Bâbord et Tribord! Bâbord et Tribord! Venez ici, vieux fainéants, marins d'eau douce que vous êtes; — venez nous donner un coup d'épaule. Venez ici, et dépêchez-vous de faire vos adieux. »

Bâbord et Tribord ne se firent pas donner l'ordre deux fois. Ils arrivèrent en bondissant furieusement et en aboyant en manière d'adieu à chaque bond qu'ils faisaient, agitant leurs grandes queues semblables à des panaches.

A leur exemple, les canards des environs cessèrent de patauger et crièrent adieu.

Les poules, qui se livraient à un somptueux festin de sauterelles, s'arrêtèrent à leur tour; et poules et poulets, toute la famille enfin, se mirent à glousser leurs adieux.

Alors on vit surgir du sein de la verdure et accourir clopin-clopant, sur les saucissons qui lui servaient de jambes, l'illustre Bras de Misaine. De sa tête en forme de pâté sortaient par intervalles des sons qui ressemblaient, à s'y méprendre, aux décharges successives d'un revolver. En arrivant sous le berceau, il commença à comprendre de quoi il s'agissait. Les *hoo-hoo* qu'il fit entendre en voyant que ses petits amis ne reviendraient plus de l'année furent terribles, et on ne sait trop ce qui serait arrivé si un torrent, un déluge, un cataclysme de larmes ne fût venu noyer sa douleur dans leurs flots bienfaisants.

Les enfants n'attendirent pas qu'il fût consolé; cela leur aurait demandé trop de temps. Disant une dernière fois adieu au capitaine, ils s'enfuirent, Fred précédant William qui tenait sa petite sœur par la main. De loin

en loin, l'aimable enfant s'arrêtait pour sourire au vieux
marin et lui envoyer un baiser du bout de ses doigts
mignons. Quant à lui, debout à la porte de son jardin,
il la suivait d'un regard mélancolique en continuant à
murmurer :

« Que Dieu vous bénisse et vous garde jusqu'à votre
retour ! Adieu ! adieu ! adieu ! »

FIN.

6635-90. — Conseil. Imprimerie Crété.

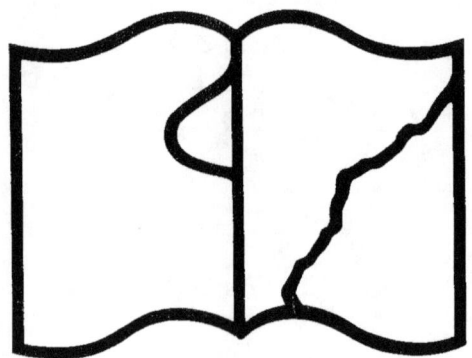

Texte détérioré — reliure défectueuse

NF Z 43-120-11

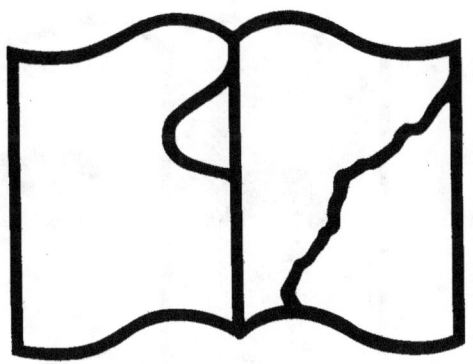

Texte détérioré — reliure défectueuse

NF Z 43-120-11

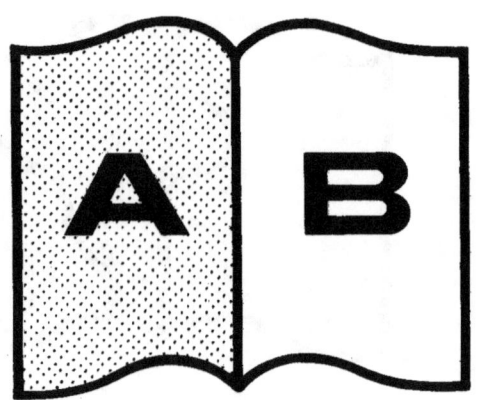

Contraste insuffisant
NF Z 43-120-14